チーズ専門店②

チーズフォンデュと死の財宝

エイヴリー・エイムズ　赤尾秀子 訳

Lost and Fondue

by Avery Aames

コージーブックス

挿画／後藤貴志

ジャクソンへ
本書をあなたに

チーズフォンデュと死の財宝

主要登場人物

シャーロット・ベセット……チーズ＆ワイン専門店店主
マシュー・ベセット……シャーロットのいとこで共同経営者。もとソムリエ
シルヴィ……マシューのもと妻
バーナデット・ベセット……シャーロットの祖母。現職の町長
エティエン・ベセット……シャーロットの祖父
レベッカ・ズーク……シャーロットの店の従業員
ボズ・ボズート……シャーロットの店のＩＴ担当。高校生
ジョーダン・ペイス……チーズ製造業者
メレディス・ヴァンス……シャーロットの親友。学校教師
フレディ・ヴァンス……メレディスの兄。美術クラスの指導教授
クイン・ヴァンス……フレディの娘。美術学生
ウィノナ・ウェスタトン……新設大学の寄付者
ハーカー・フォンタン……美術学生
デーン・ツェギェルスキー……美術学生
エドセル・ナッシュ……美術学生
ウンベルト・アーソ……警察署長。シャーロットの同級生
プルーデンス・ハート……ブティックのオーナー

1

「ジーグラー・ワイナリーは申し分なしよ、シャーロット。由緒正しくて歴史もあるし」

メレディスはショップの真ん中で両手を大きく広げ、くるっと一回転した。腕にかけた赤いレインコートがひるがえり、水しぶきが飛ぶ。

「ちょっと謎めいて《ミステール》いるしね」

わたしはぞっとして、親友の発言を訂正した。

「ちょっとどころじゃないわよ」

「気にしない、気にしない！」メレディスは三十代の小学校教師どころか、クリスマスにはしゃぐ子どものように、もう一回転した。

「悪いけど、先生、おとなしくしてちょうだい」

せっかく並べたチーズが、コートではじきとばされたらかなわない。四月は観光シーズンを控えているので、わが〈フロマジュリー・ベセット〉もささやかな模様替えをしたのだ。たとえば、商品展示用の樽《たる》に敷くクロスは、春らしい柄の刺繍《ししゅう》が入った琥珀《こはく》色のものに統一し、そこにグリュイエール・チーズを円板《ホイール》のまま置いたり、バジル・ペストの美しい瓶やマスタード、ジャム、そしてクコの実とピスタチオでつくったクラッカーを並べた。

でも、こういうディスプレイは、うちのおじいちゃん《ペペール》にいわせると〝みずから災難を招いている〟らしい。小さい子が何かの拍子に、瓶を樽から落としてしまうかもしれないからだ。ところがいま、災いを起こしかねないのは小さい子ではなく、興奮した大人の女性だった。わたしはメレディスの腕をつかんで樽から離した。

「廃屋のワイナリーが大学になったら、この町はどうなると思う?」と、メレディス。

観光客や野次馬であふれかえる、とわたしは思う。数カ月まえ、プロヴィデンスにも大学が必要だと考えた教員と保護者の一部が、資金提供してくれそうな篤志家たちに協力を依頼した。そしてメレディスが、ジーグラー・ワイナリーを大学施設に改造してはどうか、ワイナリーで資金集めのイベントをやろうと提案したのだ。

ジーグラー・ワイナリーというのは、十九世紀末、プロヴィデンスの初代町長ザカライア・ジーグラーが建てたもので、ありきたりのワイナリーとちがい、尖塔ややぐらのある城郭ふうにした。その敷地も、ヨーロッパの王家の所領のように広大で、隣接するクウェイルリッジ養蜂場が〝猫のひたい〟に見えるほどだ。後年、ジーグラー夫人は精神を病み、実の息子を殺害したのちに自殺。ほどなくしてザカライア・ジーグラーはワイナリーの操業を停止した。そして一九五〇年、ザカライアが没すると、その娘が土地と建物をプロヴィデンス町に譲渡し、自分はニューヨークに去った。そして今日まで、町はジーグラー・ワイナリーを放置したまま、いっさい活用していないのだ。

「そうだ、これは内緒なんだけどね」メレディスは声をひそめた。でもいまここで、人に聞かれる心配なんかまったくない。時間は朝の七時で、ショップの開店までまだ二時間もあるのだから。「今週に入ってからずっと、《ヴィンテージ・トゥデイ》がワイナリーを改装しているのよ。ただし、極秘でね」

《ヴィンテージ・トゥデイ》は家屋を改築・改造するテレビ番組で、手加減というものを知らない。はたしてジーグラー・ワイナリーのかび臭い貯蔵庫やテイスティング・ルームはどんなふうに仕上がるだろう？

メレディスはキャスケットをぬいで、明るい茶色の髪をかきあげた。

「すごいと思わない？　いろんなところから、いろんな人たちが来るわよ。大学の先生や理事や……」キッチンに目をやる。「どうしたの？」

「え？　何が？」

「ふしぎな香りがするわ」

「ああ、それなら蜂蜜とたまねぎのキッシュよ」うちのショップはチーズだけでなく手づくりキッシュも販売していて、毎週、できるだけ新しいレシピを考えるようにしていた。そして本日は、クウェイルリッジ養蜂場の蜂蜜とアップルウッドでスモークしたベーコン、ヴィデーリア産のたまねぎとエメンタール・チーズのキッシュだ。いまオーヴンに入っているのが最初のひと焼きで、あと数分もすればできあがる。

「だったらぜひ、そのキッシュを買わなきゃ」

「いいわよ、お店のおごりにしてあげる」

「まっ、ごちそうさま！　それで……どこまで話したかしら？」メレディスは人差し指で唇をたたいた。「そうそう、それでね、アトラクションがひとつ増えたの。イベントはあしただから急な話なんだけど、入口でマリアッチの演奏をして、お客さまを迎えることにしたのよ」

「どうしてまた、メキシコ音楽なの？」

「なんといっても陽気だから。それで、メキシコの衣装を着てソンブレロをかぶって、ギターを持って立つのは、あなたのおばあちゃんの劇団にたのもうと思ってるの」

意表をつく演出は、祖母にはお手のものだろう。プロヴィデンスの町長であるわたしの祖母は、プロヴィデンス劇場の座長でもあり、この劇団は（はっきりいって）多種多様な作品の寄せ集め的演目を得意とする。

「もちろん、実際にギターを弾かなくてもいいのよ」と、メレディス。「弾く格好だけしてくれたらいいの。音楽はカラオケ・スタイルで、スピーカーから流すから。飾りつけは、〈ソー・インスパイアード・キルト〉の店員さんの手を借りるわ。おもしろそうでしょ？それから、埋もれた財宝にひっかけた、がらくた集め競争をやることにしたの」

「埋もれた財宝なんて、ただの噂よ」

「でもジーグラーは亡くなる間際に、隠した財宝があるって告白したのよ」

わたしは大げさなため息をついた。ワイナリーのどこかに宝物があれば、ジーグラーの娘はそれを掘り出してから町を出たはずだ。あるいは、掘り出したのはいいが、出てきたのは財宝ではなく死体だったから——これも噂のひとつ——娘は町を出ていったとか。

「企画はほかにもあるのよ」メレディスはトートバッグから、よれよれになった薄い紫色の紙を引っぱりだした。

キッチンのタイマーが鳴った。

「ちょっと待っててね」

わたしは小走りで奥のキッチンに行くと、オーヴンからキッシュをとりだした。それから自分用に準備した簡単な朝食と、花柄のナプキン二枚、ナイフ一本、キンドレッド・クリークの湧水のボトル一本をトレイにのせる。そして友人を手招きして、石畳のアーチ道を抜け、ワイン別館《アネックス》へ。

モザイク・テーブルに朝食を置いてから、おおぶりのワイングラスにお水をつぐ。朝食は手づくりのラズベリー・ジャムと、やわらかいタレッジョ・チーズを巻いたクロワッサンだ。口のなかでとろっと溶ける感触がたまらない逸品で、これを半分に切ってメレディスに渡す。

椅子に腰をおろすと、メレディスがわたしにリストをさしだした。がらくた集め競争のほかにも、袋跳び競走《サックレース》やタグ・フットボール、フリスビー競技などがある。招待客は、五十人を超えた。

「そうだ、ここに来た理由を忘れるところだったわ」メレディスはクロワッサンを食べながらいった。満足げな、小さな声がもれる。「じつはね、このイベントのパーティで、あなたにフォンデュをつくってもらいたいのよ」

あら……。わたしはすでに彼女から、イベント用のチーズの盛り合わせと軽食のケータリングをたのまれていた。それになんといってもビュフェ形式だ。チーズフォンデュは五人から十人弱くらいなら楽しめてよいけれど、五十人以上でいただくというのは……。しかも、イベントはあしただった。

「どう？　できない？」と、メレディス。「もちろん、あなたならできるわよね？　料理に関しちゃ万能選手だもの。いろんな種類のフォンデュをつくってくれるとうれしいわ。牛乳のチーズに、山羊に——それから羊」

「羊乳のチーズはあまり溶けないわ」

「ええ、ええ、細かいことはあなたにお任せよ。ともかく、パーティのテーマに合えばいいから。テーマっていうのはね、なくしたものを見つける〝お忘れ物取扱所《ロスト・アンド・ファウンド》〟をもじって、〝ロスト・アンド・フォンデュ〟にしたのよ。新しい大学も発見《ファインド》することだしね」メレディスは自分が考えたシャレにご満悦らしい。「それからマシューには、ワインのほかにシャンパンも追加でたのみたいと思ってるの」

　マシューというのはわたしのいとこで、このショップの共同経営者でもある。もとソムリエ。そして、しばらくまえからメレディスの恋人。

「直前になって申し訳ないけど、どうかお願い。ね？」

　親友がここまではりきっているのだから——わたしは大きくひとつうなずいた。

メレディスの顔がぱっと輝く。

「ありがとう。助かるわ、ほんとに。それから、ついでといってはなんだけど、チーズの盛り合わせにハンボルト・フォグを入れてもらえるとうれしいわ。それにあの……まわりにローズマリーがついた羊乳のチーズも」

「ミティカのロマーノ・チーズ？」

「そうそう、それよ。あとはね、カウガール・クリーマリーのレッドホークも食べたいわ。あなたに教わったように、サーモンのチーズ焼きでオープンサンドにしたら、すっごくおいしかった！」

レッドホークは、わたしのお気に入りのひとつでもある。バターっぽい芳香で、口当たりはカマンベールのようになめらかだ。常温に近い状態で食べたほうがおいしいけど、それはどんなチーズにもいえることかもしれない。

「イベントにはクインも呼んだのよ」と、メレディス。「オハイオ大学の美術クラスの仲間といっしょに来るわ」

わたしがメレディスの姪っ子クインと最後に会ったのは、クインのベビーシッターをしたときだ。

「あの子が美術を勉強しているのは話したわよね？　仲間はみんな、ソルボンヌとかプラット・インスティテュートとかパサデナのアート・センター・カレッジにあこがれる美術一筋のタイプなの。未来のドガやルノワールたちよ。だから、大学に改築されるまえのワイナリーを写生しにいらっしゃいって誘ったの」メレディスはクロワッサンを食べきると水を飲み、立ちあがった。「シャーロットが了解してくれたって、兄に報告しなくちゃ」

わたしは顔がほてるのを感じた。メレディスの兄フレディは、わたしのファーストキスの相手なのだ。場所は、プロヴィデンス小学校の講堂のステージ。カーテンの陰。フレディは十歳で、わたしは七つだった。ほんのりと、ピーナツバターの味がしたのを覚えている。

「ふたりはてっきり、本気で交際していると思ってたのに……」と、メレディス。

フレディは高校三年のとき、一年生のわたしではなく、二年生の女の子を舞踏会《プロム》に誘った。わたしは何日も泣いて過ごしたのだ。

「あなたたち、年じゅういっしょにいたでしょ」

それは彼が結婚するまでのことで、フレディは卒業した夏、プロムに誘ったあの子と結婚し、それから五カ月してクインが生まれた。フレディは魅力的な男性だけれど、衝動的なところがある。

「あなたも兄もエネルギッシュだし……」メレディスは少しためらった。「兄はあなたとおなじで、フード・ネットワークの番組をよく見てるわよ。古い映画やミステリ小説が好きだってことは話したかしら？」

ええ、聞いたわよ。

「でもシャーロットはいまジョーダンと熱々でしあわせそうだから、ほんとによかったわ」

そう、しばらくまえから、わたしはジョーダンとデートしている。ジョーダン・ペイスは地元のチーズ製造業者で、二枚目俳優さながらの容姿に、バラード歌手のような声。しかもギャンブラーっぽい鋭さがある。そしてまた、ギャンブラーが手の内を見せないように、彼は自分の過去をほとんど明かさなかった。

「もう行かなきゃ」メレディスは時計に目をやり、「キッシュをお願い」といった。

わたしはキッシュを金色の箱に入れ、ラフィア糸の紐をかけた。そのあいだずっと、メレディスは兄フレディのこと、姪クインのこと、才能ある若き芸術家たちについてしゃべりっぱなしだ。

その後、メレディスが帰るのと入れ違いに、うちのアシスタントのレベッカが出勤してきた。黄色いレインコートに膝まであるブーツ。踵《かかと》で玄関のラグをこすり、汚れをはらう。

「おはようございます、シャーロット」レベッカは店の奥に行くと、レインコートをぬいで壁のフックにかけた。コートの下は、黄色いニットのワンピースだ。若々しく引き締まった体形によく似合っていて、あれはたぶん新品だろう。お給料でうまくやりくりできているのかしら？　少し心配だけれど、口にはしない。彼女はもう立派な大人なのだから。

レベッカはすぐ仕事にとりかかり、チーズの包装をといてカッティング・ボードにのせた。

「お嬢ちゃんたちの調子はどうですか？」チーズを切りながら、レベッカが訊いた。

「元気いっぱいよ。スーパーマン顔負けだわ」

この一年、わたしはかわいいふたごの姪っ子に夢中だった。正確には、いとこのマシューの娘だから、姪ではなく従姪《じゅうてつ》だ。でもふだんは〝姪〟で十分（家族はもちろんご近所でも）

通用する。

わたしは祖父母の提案に従って、マシュー父娘をわが家にひきとった。というのも、マシューの奥さんが夫と娘を捨てて、〝パパとママ〟がいるイングランドの田舎家に帰ってしまったからだ（ちなみに、その田舎家の敷地は十二エーカーで、ボウリング場と馬術競技用の馬場まである！）。そういうわけで現在、わたしのヴィクトリア様式の家では、マシューとふたごの娘、そしてわたしの合計四人が仲良く暮らし、不満があるとすれば、ふたごが階段の手すりを滑り台がわりにすることくらいだ。十歳にもならない小さなからだとはいえ、ホワイトオークの手すりがきしんだ音をたてるから、事故が起きやしないかとはらはらする。といっても、強制的にやめさせたりはしない。子どもというのは、いろんな意味でチーズに似ているからだ。大事に思うあまりきつくラッピングすると、呼吸ができなくなってしまう。

わたしはゴールドのストライプのセーターとチノパンの上に茶色のエプロンをかけると、カウンターに入ってレベッカの横に並んだ。

「さっきお店から出ていったのはメレディスですか？」と、レベッカ。

わたしはあしたのイベントに関し、メレディスにたのまれたメニューの変更やマリアッチの追加などを詳しく話した。

「あのジーグラー・ワイナリーには……」レベッカはカットしたチーズをラッピングしながらいった。わたしはその横で、仕上がったチーズをガラスケースにならべていく。「埋蔵金があるらしいですね」

「ただの噂よ」わたしは顔の前にたれた髪を、ふっと息を吹きかけてはらった。

「なかに入ったことはあるんですか？」

「まさか」高校生のとき、フレディ率いる大胆不敵なグループが探検を決行した。でも、わたしは不参加。蜘蛛の巣だらけの部屋を歩いたり、縦横無尽に駆けまわるネズミと遭遇するなんてごめんだから。

「そういえば、《CSI・ニューヨーク》でこういう話が――」

レベッカお得意のドラマの引用が始まったところで、玄関の、葡萄の葉の呼び鈴がちりんちりんと鳴った。わたしの祖母が指をふりふり入ってくる。

「おじいちゃんは来ている？」

祖母は元気な足どりでこちらにやってきた。レインコートがひるがえり、その下のあざやかなピンクのセーターとパッチワークのスカートが見える。わたしはにっこりした。祖母は七十代のいまも、現役の粋なダンサーであり、ブレーキなしで山を下る機関車なみのエネルギーの持ち主だ。

祖母はキッチンをのぞき、ウォークインの冷蔵庫をのぞき、「おじいちゃんには、劇場に来てもらいたいんだけど」と、いった。

「春公演は、どういうのをやるんですか？」レベッカが訊いた。

「《ポーの出口なし》っていう、新人脚本家のデビュー作よ」祖母はすごいのよといわんばかりに腕をふった。「エドガー・アラン・ポーの詩を、《出口なし》の登場人物三人――ガルサンとエステル、イネスで解釈したものなの」

「それは少しヘンじゃない?」と、わたしがいうと、レベッカが、どうしてですかと訊いた。

彼女はアーミッシュのコミュニティを出てこの町に来るまで、一度も劇場に足を運んだことがなかった。いまのレベッカは、たとえるなら空っぽの壺で、少しでも早く知識で満たされたいと熱望している。刑事ものやサスペンス・ドラマの熱狂的ファンだけれど、戯曲をはじめとする書物も週に一冊は読んでいるようだ。

「だって、サルトルの《出口なし》は不条理劇で、地獄にいるガルサンたち三人が、罪を犯した過去を語るって内容でしょ? ポーとはぜんぜんちがうもの」

祖母はわたしの前に来ると、指先でわたしの鼻を軽くたたいた。

「お嬢《シェリ》さん、それは一面的な見方よ。今度の脚本は、サルトルが扱った存在と苦しみをテーマにしていて、これはポーにも通じるわ。今回も絶賛されるのはまちがいなしね」祖母はワイン・アネックスのほうへ行き、なかをのぞいた。「おじいちゃんは、どこ?」

「まだ顔を見せていないわよ」

「コーヒーを飲みに行くっていって出かけたんだけど、あの人のことだから、ここに来るに決まってるわ……。エティエン! どこにいるの?」祖母は大きな声で呼んだ。

祖母のいうとおり、祖父は何かにつけてショップにやってきた。とりあえず経営からは引退したけれど、チーズの香りを一日でもかがないと寝込んでしまいかねない。

「ひょっとして、どこかに隠しているとか?」祖母はわたしが誘拐犯でもあるかのように、じっと目をのぞきこんだ。

「よしてよ。わたしがおじいちゃん《ペペール》を隠すわけないじゃないの。きっと散歩でもしてるのよ。仕事をやめてから太ったのを気にしてたから」祖父は大理石のカウンターに置いた試食のチーズをつまみ食いするのが大好きだった。「なあんだ、ほら、あそこにいるじゃないの」わたしは窓の外を指さした。通りをはさんで向かいにある〈カントリー・キッチン〉から、祖父が出てきたのだ。「だけど、ここに来る気はなさそうよ」

祖母はフランス語でぶつぶついった。生涯にひとりかぎりの愛する夫を信じなかった自分をなじっているようだ。わたしは祖父母の絆を心からうらやましいと思った。まるで申し分なく熟成したチーズのようだ。

「そういえば、シャーロット」と、レベッカ。「メレディスがジーグラー・ワイナリーで、劇団の人にマリアッチをやってもらいたいと話していたことをおばあちゃんに伝えました？」

すると、祖母がぎょっとした顔で、「あら、それはできないわ。絶対に無理」といった。

「どうしてそんなにいやがるの？」

祖母は答えない。

わたしは胸騒ぎを覚えた。メレディスがあそこを大学に改築したらどうかとはじめて口にしたときも、祖母は似たような反応をして、しかも理由はいわなかった。あのときはわたしも、とくに追及はしなかったけれど。

「マリアッチだから、だめなの？」

「いいえ、そうじゃなくて……」声がしぼみ、祖母はわたしの頰を軽くたたいた。「そろそろ行かなきゃ。またね《ルヴォワ》」

祖母はそそくさと帰っていき、わたしはお店の玄関のサインを「営業中」にした。

ほどなくしてお客さんがやってきて、試食をしたり、顔見知りでおしゃべりしたり。店内がいっぺんににぎやかになり、さっきの胸騒ぎなどどこかへ消えた。万事順調、問題なし。

と思ったのは、大まちがいだった。

玄関が勢いよく開き、冷たい風が一気に店内に吹きこんできた。そしてその寒風といっしょに、シルヴィも。

シルヴィは、マシューのもと妻だ。横柄な態度、手術でぷっくりした唇、手術ではちきれんばかりになったバスト。祖母の辛辣な表現を借りれば、シルヴィは見かけ倒しの金メッキ人間だ。いま彼女は、オセロットの毛皮のコート——絶滅危惧種を救うために、どうか偽ものでありますように——肩にかけた巨大な革のトートバッグのストラップを、ちょっと調整した。そして薬品で脱色したような真っ白な髪を肩から払うと、英国びいきでさえうんざりするような大英帝国ふうアクセントでこういった。

「わたしの子どもたちはどこかしら？」

Cowgirl Creamery's RED HAWK

カウガール・クリーマリーのレッドホーク

カウガール・クリーマリーは女性ふたりが1997年にカリフォルニアで創業したチーズファーム。レッドホークはトリプルクリーム（乳脂肪分75%以上）のウォッシュ・タイプで、牛乳からつくられる。

San Simon

サンシモン

スペイン、ガリシア地方伝統の牛乳でつくられるスモークチーズ。オレンジ色の皮は薄く、口あたりと風味の良さから、用途の広い万能チーズとされる。洋梨、たけのこ、砲弾、尖ったオッパイなど、様々にたとえられるユニークな形が特徴。

2

　シルヴィは、はた迷惑などなんのその、コートについた雨の滴をショップの床にふりまき、わたしのほうへつかつかと歩いてきた。

「あの子たちに会わせてちょうだい。隠したりしないでね。ふたりはわたしの子なの。いますぐ連れてきてちょうだい」

　その高飛車な物言いに、わたしはむっとした。お客さんの半数はびっくりしてそそくさと帰ってしまい、残った人たちも隅っこに逃げこんでいく。でも、いちばん腹がたったのはそういうことではない。エイミーとクレアは、いまはもうシルヴィの娘ではないのだ。彼女はあの子たちを捨てたのだから。

「シルヴィ――」わたしは挨拶のキスをする気にもなれなかった。「悪いけど、べつの場所で話さない？」わたしは礼儀正しく腕を伸ばし、ワイン・アネックスを示した。いま、アネックスにお客さんはひとりもいない。

　シルヴィは異臭でもするように、整形した鼻に皺をよせた。

「娘たちに会いたいのよ、シャーロット。あなたの家にはいなかったし、早い時間だからここにいると思ったんだけど」

「教室に行ったわよ」わたしは精一杯おちついた声でいった。「きょうは土曜だからお休みでしょ」

「町に陶芸教室があるの」

「あら、だったらそこに行くわ」

わたしは彼女の腕をつかんで引きとめた。

シルヴィは、もがいてわたしの手をふりはらう。と、いきなり、わっとわたしの胸に顔をうずめ、赤ん坊のように泣きはじめた。わたしはためらいながらも、彼女の背中をやさしくたたいた。

「わたしがいけなかったの」しゃくりあげる。「とっても後悔しているの」シルヴィの涙がわたしのセーターを濡らした。そうやってずいぶん長いあいだ泣いてから、彼女はからだを離し、目の下についたマスカラを拭く。「嘘じゃないわ。ほんとに後悔しているの」

わたしは指でうなじをかいた。彼女を信じていいだろうか？

「ゆっくりおちついて話しましょう」

肩ごしにレベッカを見て、〝ほかにどうしようもないから〟と目で伝える。そしてシルヴィを案内し、レンガのアーチ道を通ってワイン・アネックスに行くと、出窓のそばのテーブルに腰をおろした。ここまでずっとあとをついてきたラグズ――わたしのかわいい、ラクドール種のオス猫――は、ワイン・バーのスツールの下でうずくまり、左右の耳をピンとたて、じっとこちらを見る。

シルヴィは毛皮のコートをぬいだ。その下はシルバーのラメのセーターで、巨大な胸はさながらピラミッド。個性豊かなファッションの総仕上げは、ゴールドのスパンデックスのスリムなパンツと、おなじくゴールドのショートブーツだろう。

「わたし、あの子たちを産んだときはまだ若くて、何がなんだか、よくわからなかったの」

シルヴィが出産したのは、たしか……三十四歳だった？

「わたしがいなくて、さびしがってるでしょ？」トートバッグのなかをひっかきまわして、

「もちろん、そうよね」といいながら、しわくちゃのティッシュをとりだし、大きな音をたてて鼻をかんだ。

「ふたごは元気よ」と、わたしはいった。「あなたに捨てられたこともなんとか乗りこえたわ」

「捨てる？　わたしがあの子たちを捨てたって、まわりはそんな言い方をしてるの？」

「電話の一本も、便りの一通もなしでしょ」

「わたし、自分を見つめて猛省してたのよ。セラピーにも通って」

「あの子たちには母親が必要だった。なのに、あなたときたら――」

「もうよして」シルヴィの涙は、砂漠の雨より早く乾いていた。険しい顔つきでコートをつかみ、立ちあがる。「わが子に会うのにあなたの許可なんて必要ないのよ」

歩きだした彼女をわたしは追った。アーチ道でつかまえて、ふりむかせる。

「放してよ」シルヴィはわたしの腕をたたいた。ダイヤモンドの指輪の王冠《クラウン》が、ちくちく当たって痛い。「あなたみたいな人には涙を見せればいいと思ったのに」

「どういう意味？」

「弱い人間ってことよ」

「は？」頭のてんっぺんから声が出た。

「ともかく、わたしは娘に会いにいくわ。いくらあなたやマシューがいやがってもね」

「ぼくが何をいやがるんだ？」マシューがワインの箱をかかえてやってきた。もと妻の姿に気づいて愕然とし、立ちすくむ。

「あらあ、マシュー……」シルヴィは彼のところへ走っていくと正面に立ち、人差し指で男らしい顎をつつーとなでた。そしてその指を首へ、腕へとはわせる。「会いたくてたまらなかったわ。元気にしてた？」

わたしはうなった。たしかに、彼女はうまい。マシューはその場に釘づけで、シルヴィは船乗りを誘惑するギリシア神話の妖精《セイレーン》さながら、甘い声でマシューを誘う。

「とってもさびしかったのよ」シルヴィはマシューからワインの箱をとり、カウンターに置いた。「さあ、すわって。近況を報告しあわない？」

彼女がマシューをモザイク・テーブルに連れていこうとすると、彼はその手をふりはらった。

「やめてくれ！」二歩あとずさり、もと妻をにらみつける。堂々として、いじけた子犬のようなところはない。わたしはほっとした。これが一年まえの、まだ傷が癒えていないころのマシューだったら、彼女の誘惑にころりと負けていただろう。でも、いまはちがう。いまはメレディスが彼の支えになっていた。娘たちも、すでに大きな悲しみを乗りこえている。

「でも、あなた――」

「やめろといったはずだ！」マシューの口調は厳しい。「なんでここに来た？」

「そんな言い方はよしてよ、マシュー」シルヴィはしなをつくり、唇をなめた。でもマシューの険しい表情はくずれない。「わたしがここに来たのは、かわいい娘たちをハーヴェスト・ムーン牧場に連れていって、スケートをさせてあげようと思ったからよ」

この牧場では、冬から初春にかけて結婚式の予約が少ないため、昔ながらの赤い納屋をアイススケート場にしているのだ。

「きみらしくないな」マシューがいった。

「あの子たちはスケートが大好きでしょ？」

「そしてきみは大嫌いだ。ここに来たのは、両親にいわれたからだろ。ちがうか？」

「何いってんのよ」シルヴィの態度が変わり、顎をつんとあげた。「いちいち説明なんかしないわよ。あなたにも、ほかのだれにもね」シルヴィはマシューの横を通ってずんずん歩き、玄関に向かった。

マシューは彼女のあとを追う――「おい、話を聞け、いいか、シルヴィ――」

玄関の呼び鈴が音をたて、ドアが閉まった。

すると直後、耳をつんざくような悲鳴が聞こえた。女性の声。ショップの前の通り。ひょっとしてシルヴィ？　わたしはあわてて外に飛び出した。雨がふっているので、入口の日よけの下に立つ。冷たい空気に頬がひりひりした。マシューとシルヴィはどこにいるのだろう？　きょろきょろすると、水着姿の若者二人と、ビキニを着た女性がひとり、通りを走ってくるのが見えた。三人ともビーチサンダル履きで、それぞれ水風船を持っている。

あの若い女の子は、メレディスの姪っ子のクインじゃないかしら？　そう、大声を出していたのはシルヴィではなく、クインだった。マシューとシルヴィが殴りあったのではないとわかって、とりあえずほっとする。といっても、この若者たちはいったい何を考えているのだろう？　冷たい雨の下で水着だなんて……。

クインはかわいらしい顔に雨で濡れた赤毛を張りつけ、背の高いほうの若者に駆けよった。そして水風船を高くかかげて、「あなたを殺すわ、ハーカー！」とさけぶ。

名前を呼ばれた若者は、もりあがった筋肉に、サーファーふうのブロンド・ヘア。一見おとぎ話に出てきそうな美青年だ。メレディスから聞いた話では、クインの仲間のうち、いちばん才能に恵まれているのがこのハンサム青年で、名をハーカーというらしい。彼の反対側にいる若者は、黒髪で痩せぎす。そして彼らのうしろでは、かなり猫背で、だぶだぶのトランクスをだらりと腰ではいた若者がかわいい形のワゴンを引いていた。そこには山盛りの水風船と、何か防水シートで覆ったものが載っている。

「ほらっ！」クインが水風船を投げつけた。

「的《まと》をはずすのが上手だねえ！」ハーカーが笑う。

「こちらもはずれ！」黒髪の若者。

ハーカーはワゴンに走り、水の爆弾をたくさんつかんで、そのひとつをクインに投げた。彼女の足もとで水しぶきがあがる。「きゃーっ！」クインの悲鳴は楽しそうだ。

「おい、きみたち、よしなさい」道の向かいの〈カントリー・キッチン〉から、メレディスの兄のフレディが飛びだしてきた。駐車している車のあいだを急ぎ、娘たちのほうに向かう。わたしのいる場所から見るかぎり、フレディは高校時代とほとんど変わらなかった。引き締まった、エネルギッシュなからだつきで、かつては体操のスター選手だ。「いいかげんにしなさい」蛍光色ではないものの、オレンジ色のレインコートを着ているせいで、両手を大きくふりながら歩く姿は熱心な交通指導員のようだった。「町の人がびっくりしているぞ。まわりの迷惑も考えろ。クイン、服はどこにある？　まさか朝食つき宿泊施設《B&B》に置いてきたんじゃないだろうな」

「このワゴンにあるわ」

「だったら、すぐに着なさい。きみら全員だ」フレディは若者たちにも命令した。

「はい、はい」ハーカーが追い払うように手をふる。

するとフレディは彼のところまで走り、肩をつかんだ。おそらく、かなりの力だったのだろう、ハーカーは無言でいわれたとおりにした。ワゴンに行き、シートの下から服をひっぱりだして、濡れたからだの上に着る。ほかの若者たちもそれに従った。

レベッカが外に出てきて、日よけの下でわたしの横に並んだ。吐く息が白くなる。

「みんな美術学生ですか？」

わたしはうなずいた。

「やあ、シャーロット！」フレディがわたしに気づき、苦笑いしながらやってきた。「あの子たちときたら、ちょっと目を離すとこれだからな。そうだ、もしよかったら、冷えたからだを温めがてら、こいつらともども、きみの店でうまいものを食わせてくれないか？　くつろぐには最高の店だと聞いたよ」

レベッカがふりむいて、わたしの目をじっと見た。彼女が何をいいたいかは察しがつく。そう、うちは食事を提供する店ではないのだ。お向かいの〈カントリー・キッチン〉とお客さんをとりあいたくないからだけど、まあね、暇な季節にささやかなおまけのビジネスをするくらいならいいでしょう。

「ええ、どうぞお入りください」

フレディはわたしを軽く抱擁し、キスをした。

「さ、きみたち、入りなさい」フレディが入口の扉を押しあけ、その腕の下をくぐって、若者たちが店に入っていく。クインはしんがりで、ちっぽけなビキニの上に長袖のTシャツを着ていた。下はジーンズとハイキングブーツだ。彼女は店に入るまえ、わたしを力いっぱい抱きしめた。

フレディは入口に立ったまま、「きみの経営しているチーズ屋さんが――」といった。「こんなに立派だとは知らなかったよ。前々から、きみにはビジネスの才能があるとは思っていたけどね。それにずいぶん、いい女になった。メレディスから聞いてはいたけど、妹のいうことなんか信じやしないからさ」

わたしは寒さにふるえながら、彼のうしろについて店内へ。そしてカウンターのなかに入ると、「みなさん、ご注文は?」と訊いた。

ところがまだだれもオーダーしないうちにまた玄関の呼び鈴が鳴って、二十代後半とおぼしき華やかな女性が入ってきた。

「フレーディィー?」

みごとなアリアを歌うイタリアの官能的な歌姫、といったところだ。

彼女はフレディを見つけると、「北極グマでもなきゃ、寒くて外にはいられないわ」といいながら、彼のとなりにすわった。そしてわたしを、あからさまな好奇の目でじろじろながめる。

歯に何かついていないか、わたしは鏡でチェックしたい衝動をぐっとおさえた。

「はじめまして」歌姫がわたしにいった。「ウィノナ・ウエスタトンといいます」

「ウィノナはね」と、フレディ。「大学設立に寄付してくれるそうなんだ」

「あら、もう寄付したわよ――」間をおく。「十万ドルばかり」

田舎の大学にそんな大金を寄付できるなんて、いったい彼女はどんな仕事をしているの?

ウィノナは「すごいでしょ」とでもいいたげな、自慢げな目でわたしを見た。このぶんなら、よほど用心していないと、この町の女顔役プルーデンス・ハートから〝プロヴィデンスの女王〟の称号をかけて決闘を申しこまれかねない。

「さあ、みんな」と、フレディ。「腹ごしらえをしたら絵を描くぞ」

「えっ、こんな天気でも休まないの？」クインが訊いた。

「あたりまえだろ」と、ハーカー。「むしろ印象主義にはこれくらいの光が理想的だ」

さすが美術学生ね、とわたしは思った。ふつうなら、寒い雨はただそれだけでいやなものだ。

「それよりも、ダリとゴッホを足して二で割る感じじゃない？」ウィノナはハーカーにウィンクした。「宝石が、歩道で溶けていくの」

ハーカーの顔つきから、このたとえには納得しかねるらしい。

「芸術のすばらしいところだよ」フレディがいった。「人それぞれの感性と嗜好がある」

男性陣がチーズを選びはじめると、クインがカウンターのほうへ来て小声でいった。

「お店の近くで大騒ぎをしてごめんなさい。でも、お酒やドラッグとは関係ないから」

「気にしなくていいわよ」わたしも小声で答える。「わたしだって、身に覚えがあるわ」大学生のころ友人たちと、フットボールのビッグゲームをヒッチハイクで見に行くことになった。その程度ならとくに危険じゃないと考えたからだ。そして道中、友人はみんなひるんで乗らなかったのに、わたしひとりが愚かな勇気を見せ、男性四人が乗る車に便乗した。さいわい四人ともビジネスマンで、娘をもつ父親だった。そしてわたしは彼らに、見知らぬ車に乗る危険性についてみっちりお説教されたという次第。それに比べれば、初春の寒い朝に水風船で遊ぶのはたいしたことではない。

「で、クインは何を食べる？」

「あの大きな、梨の形をしたチーズは何？」

「サンシモンっていう牛乳のチーズで、おいしいわよ。スペインのガリシア地方産なの。スモーキーで、口当たりはとろっとしてるわ」

「あっ、残念。それはだめだわ。アレルギーがあるから、山羊乳《ゴート》のチーズしか食べられないの」

「ここにはゴートチーズもたくさんありますよ」レベッカがいった。「山羊乳のカマンベールに、ブリーに……」大きな秘密を教えるように顔をよせる。「わたしのおすすめは、サイプレス・グローヴ・シェヴルのパープル・ヘイズってチーズです。さあ、ひと口どうぞ」レベッカは試食用の丸いチーズをスライスして、クインにさしだした。「ラベンダーとウイキョウの香りがあります。焼いたポルトベロ・マッシュルームにのせると、とろりとして抜群ですよ」

クインはスライスを口にふくみ、「あ、ほんと、おいしいわ」と目を輝かせた。

「きみは何にするかい？」フレディがウィノナに訊いた。

「あの丸いパンにしようかしら」ウィノナは指さし、その真っ赤な爪の先にあったのは、バスケットに入った焼きたてのサワー種のパンだった。〈プロヴィデンス・パティスリー〉から届いたばかりのものだ。「なんだか硬そうだけど」

「なかは綿のようにやわらかいわ」と、わたしはいった。「それで、チーズのほうは？」

「いらないわ。太るから」

「ひと切れくらいなら平気よ」誤った定説を払拭しなくては。「食べ過ぎたら太るのは、何もチーズにかぎらないでしょ」

「ぼくもそのパンをもらおうかな」と、猫背の青年。「それから、その白いチーズも」

「これはコリアーズのウェルシュ・チェダーというの」わたしはくさび形のチーズをひとつとりだした。「結晶ができるくらい熟成されて、木の実《ナッティ》の風味があるわ」

「ナッティ？　そうか、ばかって《ナッティ》ことか」ハーカーが猫背の青年に向かってにやっとした。

「おまえにぴったりだな、エドセル」

　ハーカーは肘でクインをつつき、クインはくすくす笑った。エドセルは射るような視線をハーカーに向け、フレディは娘のクインをにらみつける。

「おい、ハーカー、こっちの部屋を見てみろよ」黒髪の若者がアネックスにつづくアーチ道から声をかけた。彼のTシャツの背中には、大きな文字で「DANE」とある。デンマーク出《DANE》身という意味だろうか。それとも、悩みをかかえる黒髪のハムレットのつもり？　若者は怒りを閉じこめたような、どこか悲しげな目をしていた。「ずいぶんレトロな内装だ」

　レトロ？　アネックスがそんなふうに見えるの？　マシューとわたしがめざしたのはシックな内装、それでいて素朴な雰囲気づくりだったんだけど……。マホガニーの壁に、床はトラバーチンのタイル。そして古いアイリッシュ・パブから木製のバー・カウンターとスツールを手に入れて、ワインを並べる小さな棚もつくった。

「ワイナリーに行くのが先だよ、デーン」ハーカーがいった。

そうか。Tシャツの文字デーン《DANE》は、彼の名前だったんだ。

「あっちは、相当レトロだって噂だから」と、ハーカー。

「ばかにしちゃだめよ」クインが腰でハーカーをついた。

わたしの勘では、ハーカーとクインはちょっといい関係で、不機嫌そうなデーンはそれが気にいらず、その点はエドセルも同様、といったところだ。

「こいつらのことは気にしないでくれ、シャーロット」フレディがいった。「きみの望みどおりの、いい店になったと思うよ。だろ、ウィノナ?」

「そんなこと、わたしにわかるわけないでしょ?」ウィノナは人差し指で彼の腕を突いた。「この町に来たのも、彼女に会うのもはじめてなんだから」

フレディは指をぱちんと鳴らす。「たしかに!」

「デーンはどのチーズを食べるの?」クインが訊いた。

「モルビエかな」デーンは本格的なフランス語の発音でいった。祖父がこれを聞いたら、確実にデーンを気に入っただろう。モルビエは、中間に野菜の灰の層がある香りのいいチーズで、祖父の大好物だった。

「で、宝さがしの名人は何にする?」と、クイン。「どのチーズがいいの?」また、腰をハーカーに当てる。

「おれは宝さがしなんかしないよ」ハーカーはぶすっとした。

「おやおや」エドセルがからかうようにいった。「ワイナリーに行こうといいだしたのは、おまえだろ？」

「おれじゃない」

「いいや、おまえだよ。おまえは金の亡者だからな。寝ても覚めても金、金、金」

「いいだしたのはおれじゃなくて、クインだ」

「あら、とんでもない」と、クイン。「わたしはデーンから、インターネットの記事を教わっただけよ」

「それはきみのおばさんが――」と、デーン。「ワイナリーを大学に改築するっていいだしたあとのことだ」

フレディがぱんぱんと手をたたき、「よし、そこでおしまいだ」といった。

デーンの頰がピンクに染まり、ココア色の目に怒りがにじむ。

「だれが何をいったかなんて、どうでもいいだろ？」横からエドセルがつきはなすようにいった。「ここには絵を描きにきたんだ。それがおれたちの天職なんだろ？　みんな画家として名をあげたいと思ってるはずだ」

「よしてくれよ……」ハーカーがめそめそと泣き真似をした。「将来のことを考えるだけで胸が苦しくなるよ。名をあげるだなんて……」がはは、と大笑いをする。「できっこないさ。

おれたちの天職？　貧乏暮らしがせいぜいだよ」

「おまえが今後もポーカーでデーンに負けっぱなしならそうだろうな」と、エドセル。「海賊の埋蔵金がちょっぴりでも手に入れれば、おれたちの金回りも多少はよくなる——と、おまえは考えてるんだろ？」

「負けるのはおれじゃなく、おまえのほうだ」ハーカーの目が険しくなった。「海賊の埋蔵
「埋められているのは宝石だって聞いたわ」横からウィノナがいった。学生たちより年上ながら、話の輪に入りたいらしい。「ルビーとかエメラルドとかダイヤモンドとか」

「そうじゃないよ」ハーカーがばかにしたように否定し、

「うん、ダブロン金貨だ」と、エドセルが軽口をたたいた。

「海賊のどくろ印の箱に入ってるらしい」フレディが指で空中に、骸骨と交差する二本の骨を描く。

「海賊？」ウィノナの目はまん丸だ。「それって、ほんとなの？」

うなずくフレディ。

「海賊か」と、デーン。「そりゃすごいや。ヨーホーッ、ヽ、ヽ、ヽ！」

彼の笑顔を見て、わたしは第一印象のハムレットより、ひげを剃ったジョニー・デップのほうに近いような気がした。目の縁を黒くして、ぼさぼさのひげをつけ、髪をドレッドヘアにすれば、ジャック・スパロウになる。

レベッカが寄ってきて、わたしにささやいた。

「このあたりにほんとに海賊がいたんですか？」

わたしはびっくりして、彼女の目を見た。どうやら本気で怖がっているらしい。

「まさか。いないわよ」そう答えたものの、わたし自身、子どものころに海賊の噂を聞いてぶるぶる震えた経験がある。もちろん、噂は噂でしかない。キンドレッド・クリークは、海賊の船が入れるほど大きくないからだ。

「そうですか……。でも、あんまり気持ちのいい話じゃありませんね」

わたしは精一杯胸を張り、レベッカの腕をたたいた。

「心配しなくていいわよ。ただの噂だから」

「だけど、火のないところに煙はたたないっていいますから」

3

あくる日、わたしたちはイベントの準備で早めにジーグラー・ワイナリーに向かった。到着したときは雨もやみ、紫けぶる夕暮れどき。丘に立つお城のようなワイナリーの入口は、メレディスの説明どおりだった。私道には手づくりの提灯をいただく杭が並び、ポーチの柱には色鮮やかなクレープ紙が巻かれている。そして玄関につづく階段の横には、オハイオ州の各郡を象徴する手刺繡の旗。といっても、実際に郡旗をもつ地域はひとつもなく、メレディスにいわせれば、〝想像力は人生のスパイス〟らしい。

そのメレディスが迎えに出てきて、わたしは車を一時停止するとウィンドウをおろした。

「いらっしゃい！」メレディスが明るいＢＧＭごしに声をかけてきた。

玄関わきで、マリアッチの衣装を着た地元の俳優たちがギターをかき鳴らしているのだ。ただし、演奏は予定どおり、かたちばかりでしかない。実際の音楽は、花壇のチューリップと黄水仙の陰に置かれた岩石もどきのスピーカーが流していた。そういえば、祖母はメレディスに、ワイナリーへの不信感を話しただろうか？　でもいまそれをメレディスにたずねたら、せっかくの気分に水をさしてしまうだろう。

「日曜の夕方にパーティを開くなんて最高よね？」

メレディスはそういうとわたしたちの縦隊に、広い砂利道の突き当たりに駐車するよう指示した。縦隊というのは、まずわたしが運転する白いエスコート、つぎに祖父母のアウディ、それからレベッカとボズ（うちのショップのホームページ担当の高校生）が乗ったミニ・クーパーだ。レベッカは最近このミニを買って、乗りまわしていた。そしてしんがりがマシューの車、のはずなのだけど……どこかへ消えてしまった。

メレディスはわたしのエスコートの後部座席にあるカラフルなお鍋に目をとめた。

「きょうはどんなフォンデュをつくってくれるの？」

「ご要望のとおり、ひとつは山羊乳のハンボルト・フォグとホイッピング・クリーム、胡椒とチャイブのフォンデュ。もうひとつはナツメグと白胡椒を使ったシャンパン・フォンデュよ。チーズは黒ラベル――長期熟成のグリュイエール・ド・コンテを使うわ」

「すごい！」メレディスはルビーレッドのショールを肩にかけなおした。ドレスは肩ストラップのワンピースで、ショールと同系の赤色だ。彼女はわたしの車のトランクから道具箱をとりだすと、砂利道を足早に渡って階段をあがった。あんなに細いヒールでよく歩けるものだと感心する。でも、きょうの彼女はすてき。寒そうだけど、とってもすてき。

わたしはつぎの箱をとりあげ、メレディスのあとについていくと、ポーチにあがってからふりかえった。そして、納得。ザカライア・ジーグラーが、なぜここに居を定めたか。なぜメレディスが、ここを大学にしたがっているか。あたりの風景は三百六十度、じつにすばらしいのだ。山並みはゆるやかに波うちながらどこまでも果てしなくつづき、緑は木々の芽吹きを、春の訪れを約束している。そしてふもとでは、プロヴィデンスの街の明かりがまたたいていた。

玄関の扉をあけたところで、「わおっ」という男の子の声が聞こえた。ふりむくと、ミニ・クーパーから出てきたボズが立ちすくんでいる。でもたぶん、彼は美しい風景に称賛の声をあげたのではないだろう。あの美術学生たちがエクスプローラーで到着し、最初におりてきたのがクインだった。スカイブルーのセーターにカラフルなニットのスカーフ、ジーンズといういでたちで、見るからにはつらつとして健康そうだ。そしてボズはといえば、どうやら彼女にみとれているらしく、わたしは思わずにんまりした。だって男の子だもの、当然よね？　女の子にはいやでも目がいくだろうし、その逆もあるかもしれない。ボズは高校でレスリングをしているからか、このところ日に日に格好よくなっているからだ。

車からハーカーが飛び出してきた。そしてクインの肩に腕をまわし、ボズを鼻で笑う。

「おまえ、なに見てんだよ？　彼女はおれのもんだぜ」

つぎにエクスプローラーからおりてきたのはデーンで、ジーンズのベルトループに親指をひっかけ、「おれは所有格の現代的用法にうといが……」といった。「女を自分のものと主張するのは、せめてダイヤモンドの指輪を贈ったあとだと思うけどな」

ハーカーはデーンをにらみつけ、デーンはハーカーの背中をたたいた。

「さあ、ワイナリーを探検しようぜ。なかなかすごい屋敷らしいから」

「だれからそんなことを聞いたんだ？」

「両親だよ。オハイオの歴史に詳しくてね。とくに建築に」

「あら、ニューヨーク出身じゃなかったの？」と、クイン。

「そうだよ。だけど両親はもともとオハイオの人間なんだ。まあ、ともかく、おれがこのワイナリーに行くのを知って、両親は――」

学生たちがそんな話をしながら玄関に向かうそばで、ジープが車寄せを走ってきて停止すると、なかからマシューがおりてきた。

「ボズ、ちょっと手伝ってくれ！」マシューはジープの後部に行くと、ハッチバックのドアをひきはがさんばかりの勢いで開いた。

「何かあったのかしら？」メレディスがわたしの横で心配そうにつぶやく。

たしかに、ちょっと様子がへんだ。わたしは箱を抱えたまま階段をおりると、ジープのほうへ行って彼に訊いた。

「どうしたの？　ワシントンからピノが届いて、ボズートのワインも手に入ったのよね？」

マシューは不機嫌そうにうなずく。

「だったら、どうしてしかめっ面をしているの？」

「シャーロットたちが店を出発したあと、シルヴィがやってきて、ふたごとひと晩過ごさせろというんだ。結局、三人で乗馬をしに出かけたよ」首のうしろをなでる。「娘たちが近くで聞いているのに、〝だめだ、行かせない〟なんていえないよ。子どもはそんなことをする父親を責めるだろう——自分たちの楽しい計画を、いや、生活をだいなしにしたってね」小さな声でなにやらぶつぶつ。「いっつもいっつも、あいつのペースなんだよ」額にかかった髪に、ふーっと息を吹きかける。そしてワインの箱をボズに渡すと、自分も箱をひとつ抱え、ハッチバックのドアをばたんと閉じた。

「シルヴィは何を考えているのかしらねえ……」わたしは両手で箱を持ちなおし、玄関ポーチに向かうマシューのあとについた。「町に長くいるつもりかしら?」

「さあね」

わたしは胸が痛んだ。娘たちを愛してやまないいとこが動揺し、悩んでいる姿を見るのはつらい。この数カ月、マシューはメレディスと愛をはぐくみ、顔色もよくなって、笑顔がもどった。多少、体重も増えたのではないかと思う。そんなときにシルヴィがふたたび町にもどってきたら、いったいどうなることか。

「やあ!」マシューがポーチにいるメレディスに声をかけ、ベテラン俳優さながら、すばらしい笑顔をつくった。そして彼女の頰にキス。「すてきだよ。きみも、このワイナリーも」

「すごいでしょ?」メレディスは満面の笑みで玄関広間に入ると、両手を大きく広げた。

「地下のワイン貯蔵庫に行くと、葡萄の搾り器と樽があるわよ」

「見てきたの?」と、わたし。

「とんでもないわ。わたしにそんな勇気はないもの。《ヴィンテージ・トゥデイ》のスタッフから聞いただけよ」指を一本、頭上につきたてる。「それに一フロアまるまる使った舞踏室まであるのよ。結局きょうは、フリスビーとかお遊びの競技会はやめて、がらくた集め競争だけやることにしたの。それなら舞踏場とかにも入って楽しめるでしょ？」

メレディスの意気込みには伝染性があるらしく、ワイナリーに薄気味悪さを感じていたわたしもだんだん前向きな気分になってきた。あたりを見まわすと、《ヴィンテージ・トゥデイ》のスタッフが、いかにがんばって改装したかがよくわかった。廊下の壁面パネルはきれいに修復され、そこに大きな油絵や肖像画がかけられている。アンティークのサイドテーブルには、華やかなアヤメの盛り花。一階と二階を結ぶのは手すりの太いらせん階段で、丸天井は宝石をちりばめたかのようにきらきらしていた。

「部屋割りをざっと教えてくれる？」わたしはメレディスにいった。「ダイニングはどこかしら？」

「廊下のつきあたりよ」

「テイスティング・ルームは？」

「ダイニングを入った先にあるけど、ウッド・パネルは昔のまんまだし、何も手をつけていないわ」

「さあ行くぞ、ボズ、レベッカ」マシューが声をかけた。

そこへ、「ボン・ソワ、メレディス」といいながら、祖父がやってきた。残り少なくなった白い髪が、頭の左右で翼のようにひらひらしている。ほっぺたは上気してピンク色。「これはどこに持っていけばいいんだ、シャーロット？」祖父が抱えているのはパンとディップの箱だ。

　わたしも両手がふさがっていたので、あっちよ、と顎をふった。祖父がそちらへ向かい、祖母がレインコートをつまんでそのあとを追う。赤ワイン色のコーデュロイのスカートが、焦げ茶色のブーツのまわりで揺れた。と、階段わきで、祖母はなぜか立ち止まった。肖像画のひとつを、とくとながめる。わたしの位置からは祖母の横顔しか見えないけれど、それでも顔をしかめているのはわかった。すると祖母はわたしの視線に気づき、また歩きだした。

「何かあったの？」わたしは祖母のあとを追った。

　祖母は首を横にふる。

「おばあちゃん《グランメール》、ちゃんと話してちょうだい」

「なんでもないわよ、お嬢さん《シェリ》。年寄りは迷信深いの。ただそれだけ」

　祖母はさっさと歩いて角を曲がり、姿を消した。わたしのなかに、きのう感じた胸騒ぎがよみがえる。わたしはメレディスのところにもどりかけて足を止め、祖母が見つめていた肖像画をながめてみた。額縁の下の金のプレートには「ザカライア・ジーグラー」とある。その顔を見て、わたしは『クリスマス・キャロル』のスクルージを思い出した。痩せこけた頬に、おちくぼんだ黒い目。そして、吝嗇そうな口もと。となりには家族の肖像画がかかり、そこにいる息子の目は父親同様にくぼんで、おなじくしかつめらしい、陰気な顔つきをしている。悲劇としかいいようのない彼の死を考えると背筋が寒くなって、やっぱりこの館はとりこわしたほうがいいかも、と思ってしまう。悲劇の歴史などもたない新品の施設を建てるのは無理なのかしら？

　メレディスがわたしの横に来て「ダイニングルームに案内するわね」といった。「きっとびっくりするわよ」

《ヴィンテージ・トゥデイ》は食事室の装飾にも世紀の変わり目というテーマを堅持した。金線を施した照明器具に、金の房がついた赤いカーテン。そして三メートル×六メートルくらいある大きな食卓には亜麻色のクロスがかかり、中央に置かれたワインレッドのクリスタルの花瓶には、あふれんばかりの白いアイリスの花。フレンチドアを開けるとテラスがあり、丘の斜面の葡萄畑を見わたすことができた。部屋のなかにやさしく涼しい風が吹きこんでくる。

　それから十分ほど、わたしたちは華麗なダイニングルームにチーズその他を運びこんだ。そして必要なものを運びおえると、わたしはレベッカとボズに、加熱トレイと回転式の台、フォンデュ鍋を食卓の端、キッチンに近い側にセットするようたのんだ。大きな食卓の逆側は、マシューがワインのテイスティングに使い、それ以外のスペースは、参加者が持ちよる料理を置けるように空けておく。

　するとちょうどセットしおえたところで、地元の人たちのグループが入ってきた。それぞれ蓋やラップをかけた料理を手にしている。

　メレディスがこぼれんばかりの笑みでわたしの横に来ると、

「グレーテルがお得意のチリを持ってきてくれたわよ」といった。

グレーテルは会衆派教会の牧師の奥さんで、とびきり辛くておいしいチリをつくるのだ。

「それからロイスはスコーンね」わたしの自宅のとなりに〈ラベンダー&レース〉というB&Bがあり、ロイスはそこのオーナーだ。するとメレディスはわたしに顔をよせ、「ティムもね、自慢のベーコン・ポテトスキンを持ってきてくれたのよ」とささやいた。ティムはアイリッシュ・パブのオーナー兼シェフだ。ここのアペタイザーをいただくと、夕飯なんかもういらない！　という気になる。彼はわたしのすすめに応じて、ポテトスキンに牛乳《フィオル・ディ・ラッテ》でつくったモッツァレラを使っていた。

「それからデリラはね——」メレディスは止まらない。

「当ててみましょうか」と、わたし。「グリルド・チーズじゃない？」

メレディスは、さあどうかしらねえ、というようににやりとした。デリラはわたしたちの友人で、〈カントリー・キッチン〉のオーナー兼ウェイトレスだ。そしてここ何週間も、グリルド・チーズの新作をあれこれ試していた。われらがふるさとホームズ郡が、全州規模のコンペを主催しているからだ。そこで彼女はポテトやロブスターを使ったグリルド・チーズ、キノコのベジタリアン・グリルド・チーズ等など、新しいレシピを次つぎ考案し、デザート用のグリルド・チーズなんてものまでつくった。

「あら、どうしてあの人がここにいるの？」メレディスは唇をきゅっと結んだ。

「あの人って？」

「冷酷な女《クルエラ・ド・ヴィル》（『101匹わんちゃん』に登場する毛皮マニアの悪女）よ」

ダイニングルームに入ってきたのは、シルヴィだった。オセロットの毛皮のロングコートを着て、ふたごの手を握りしめている。

するとマシューが駆けより、彼女の行く手をふさいだ。

「どうかしたの、マシュー？」シルヴィは薄い笑みをうかべた。「ずいぶん怖い顔をしているけど」

マシューは何やら小声で吐き捨てるようにいった。

シルヴィはふたごの手を離すと、顎をつんと上げ、片手を腰に当てた。でも白い髪は乱れているから、おそらく娘たちとの乗馬でお疲れなのだろう。かたや娘たちは元気いっぱいだ。黒髪のエイミーは目を輝かせ、頭ひとつ背が高く色白のクレアはほっぺたがピンク色。

わたしはふたごのところに行き、「楽しかった？」と訊いた。

クレアはうなずいたものの、わたしと目を合わせようとはしない。母親と楽しい時間を過ごしたことで、ばつが悪いのだろうか。

「お願いだから、いちいち目くじらをたてないでよ」シルヴィは手のひらでマシューの胸をたたいた。マシューはよろっとあとずさる。シルヴィはまわりの人たちに笑顔で会釈し、その場をとりつくろった。そう、早くも野次馬が集まっていたのだ。

その野次馬のなかから祖父と祖母があらわれた。祖母は心底驚いたようすだ。

「これは大人のイベントだぞ、シルヴィ」マシューがいった。

「だから?」

「子どもが来る場所じゃないんだよ。さあ、エイミーにクレア、いい子だからね。シャーロット、悪いがこの子たちを――」

「いいえ、レッセ・モワ」祖母がわたしの顔を見ていった。「子どもたちは、わたしが連れて帰ります。食事をすませたら、まっすぐ劇場に行く予定だったから」祖母はかがんで両手を広げ、ふたごはちょっとためらいながらもそちらに行った。祖母は子どもたちを連れて部屋の外へ。そのうしろに、祖父がつづく。

マシューはそれを見届けるとすぐ、シルヴィの腕をつかんで戸口へ向かった。

目で人を殺せるなら、シルヴィの命は風前の灯といえる。

わたしはあわててふたりを追った。でもロビーに出たところで、車のドアが激しく閉まる音がした。そして、タイヤがアスファルトをこする音。

マシューが口を引き結び、怖い顔をしてひとりでもどってきた。片手をわたしの肩にまわし、そのままわたしたちはダイニングに向かった。

食卓は中世の絵画から抜け出てきたように華やかだった。レベッカの案で、フォンデュには野菜のほかにりんごのスライスと、茹でて冷ましたフィンガーポテトも用意してある。レベッカはそれを大きなお皿に山盛りにのせていた。アーミッシュの手編みの籠に入っているのは、皮の硬いパンをひと口大に切ったもので、これは〈プロヴィデンス・パティスリー〉の提供だ。

マシューはわたしの腕を軽くつねってから、ワインをご所望のお客さんたちの接待に向かった。

「ほらほら、ご登場ですよ」レベッカが小走りでやってきた。

心臓が十分の一に縮み、胃は百分の一に縮んだ。そう、戸口を見ると、そこにいたのはジョーダン・ペイス！　骨ばった男っぽい頬を、シャンデリアの光が黄金色に照らしている。ありきたりの白いシャツにジーンズ、ブーツというういでたちで、これほどステキに見える男性って、この世にほかにいるかしら？

わたしは彼に背を向けて髪の乱れをなおし、「どう？」と、レベッカに訊いた。

「大丈夫。とてもきれいですよ」と、レベッカ。

わたしのきょうの服装は、ブラック・ジーンズを黒いブーツにたくしこみ、上はエメラルドグリーンのタートルネックのセーター。そして昼間なのに、アイシャドウと頬紅をつけた。おまけにマニキュアまでぬり、シャリマーの香水をふりかけて。ジョーダンと何回デートを重ねても、わたしはいつも初デートのような気がした。

「さあ、手をふって」レベッカがいった。「あの人、こっちを見ていますよ」

わたしがふりむくと、ジョーダンは指二本で敬礼した。おたがい食卓に沿って歩いて、真ん中あたりで出会う。

「やあ！」ジョーダンはわたしの頬に軽くキスすると、指をからませてきた。ほんのちょっぴりでも触れ合うと、何かがわたしの全身を貫いて、欲望の波が押し寄せてくる。たとえば、いっしょにココアを飲みたいわ、みたいな。

ふたりきりで。

燃える暖炉の前で。

「イベントが始まるまえに、ちょっといいかな？」ジョーダンはテラスに向かって開いた窓にわたしを連れていった。「前に話した、骨休め旅行ってやつを具体的に計画したいと思うんだ」

「どこに行くの？　クリーヴランドとかコロンバス？」どちらもこのホームズ郡から車ですぐだ。

「それより、グリュイエールはどうだろうか？」

わたしは思わず息をのんだ。

「スイスに行くってこと？」チーズで有名な古都グリュイエールは、わたしにとっては長年のあこがれの地だった。「週末で往復できる所じゃないわ」

「だったら一週間かけよう。それなら少しはゆっくりできるだろ？」ウィンクをひとつ。

「夜は雪山歩き《スノーシュー》を楽しんで、ケーブルカーでプランフランシーまで行くのもいい。来週あたりどうだろうか？」

「でも、町の観光シーズンが始まるわ」

「五月まではだいじょうぶだよ。さあ、〝イエス〟といって！」

わたしが返事をためらっていると、ウィノナ・ウェスタトンが連れの男性とともにあらわれ――タイトなワンピースの色はゴールドだ――わたしとジョーダンのあいだにわりこんできた。垂らした黒髪が一九四〇年代の妖婦のごとく揺れ、彼女が寄りそっている小柄な男性は、透き通るような肌をして、髪はバターの色だ。

「こんにちは、シャーロット」ウィノナがいった。「わたしのこと、覚えてる?」

ええ、もちろん覚えているわ。

「ウォルフォード・ラングドンを紹介するわね」と、ウィノナ。「芸術活動を支援して、寄付もしてくださるの……わたしとおんなじよ」

「まだ寄付はしていない」小柄な男性は、フレームの太いメガネをちょこっと調節し、堅苦しい感じで会釈した。

「すてきな夜じゃない?」ウィノナはちゃらちゃら揺れるイヤリングをいじりながら、うれしそうにジョーダンを値踏みした。「お名前は?」

「ジョーダン・ペイスです」彼は美しいウィノナを前にしても、どきまぎしない。

「ジョーダンはプロヴィデンスで農場を経営して、チーズをつくっているの」と、わたしはいった。

「あら、ここの出身なの?」ウィノナは目を細めて彼を見た。「オハイオでこんなにいい男が育つなんて驚きだわ」

「出身はカリフォルニアです」ジョーダンはおちついて答えた。

「ほんと、カリフォルニアはいいところよねえ」わざとらしいウィノナ。

ジョーダンとデートするようになってから、わたしは彼の過去を少しだけ知った。たとえば、スキーをしたことがあるとか。色は青が好きで、南西部の料理がお好みとか。作家はリー・チャイルド、映画は《ゴッド・ファーザー》が好きだけど、《ボーン・アイデンティティー》も捨てがたいところ。音楽では、ピアノのデイヴ・ブルーベック。わたしはもっともっとジョーダンのことを知りたいのだけど……。

「こんな環境だったら、また大学に入りたいわ」ウィノナは話題を変えた。「そう思わない、ウォルフォード?」

小柄な友人はあくびをかみころし、腕から彼女の手をはぎとると、ビュフェへ向かった。ウィノナは彼のそんな態度にも気分を害したようすはない。

「やあやあ、みなさん、こんにちは!」ハーカーが入ってきた。「おや、美人のチーズ屋さん! 埋もれた財宝は発見されましたでしょうか?」彼はまっすぐわたしのほうへ来た。

「財宝なんかないわよ」わたしは多少たしなめる口調でいった。

「いいや、かならずありますよ」

彼の息はビールくさかった。早くも酔っているとか?

「だろ、デーン?」うしろを向く。でも、そこにデーンはいなかった。

ハーカーはいったんダイニングから出ていくと、クインとデーンを連れてもどってきた。クインは何やらデーンにささやき、彼の肩をたたいて笑う。きょうのデーンは黒い服装で、きのうよりさらに陰気なハムレットといったところだ。その彼が、クインに向かってちょっと顔をしかめた。クインはカラフルなスカーフの端でデーンの顎をなでたけれど、彼のほうはむずかしい顔をしたままだ。外の廊下では、仲間のエドセルがスケッチブックに向かって手を動かしている。背をまるめ、眉間に皺をよせて集中し、友人たちには無関心だった。

そこへフレディがやってきて、エドセルの肩に触れ、手でダイニングを示した。

「絵はほどほどにして、少しはみんなにつきあいなさい」

エドセルはスケッチブックを閉じると、ぶすっとしてダイニングルームに入ってきた。

フレディはそんな若者の背中をじっと見つめ、わたしの視線に気づいて近づいてきた。

「やあ、シャーロット、なかなかいいところだな」

「エドセルは大丈夫？」

「熱心すぎるだけさ。暇さえあれば絵をかきたいんだ」部屋をぐるっと見まわして、「愚妹もそれなりの仕事をしたみたいだな」というと、ジョーダンに片手をさしだした。「メレディスの兄のフレディ・ヴァンスです」わたしのほうに顎をふる。「シャーロットとは長いつきあいでね」

「どれくらい長いの？」ウィノナが長いまつ毛をぱたぱたさせて訊いた。

「かなりのもんだよ」フレディは苦笑い。「十歳のときからだからな」わたしを肘でつつく。

「覚えてるかい？　キンドレッド・クリークで、ふたりで寝っころがって将来の夢を話しあったこと」

ええ、もちろんよ。わたしはうなずいた。

「あなたは独身？」ジョーダンが険のある言い方でフレディにたずねた。どうやら彼は、やきもちやきらしい。わたしは心のなかでにっこりした。

「いまはね」と、フレディ。

「あら……」わたしはここではじめて、フレディが指輪をしていないのに気づいた。メレディスからは、兄夫婦の離婚について聞いたことがない。

「妻は収入がよくて堅い職業を望んだんだよ」と、フレディはいった。「芸術家は食べるのさえやっとで、芸術を教える教師も似たり寄ったりだからね。まあ、自由奔放《ボヘミアン》で、シンプル。贅沢とは縁遠い。ぼく自身はそれでうまくやれてるんだけどね」

口調は明るいけれど、フレディの頬はひくついていた。

ウィノナがフレディの腕に手をかける。

「わたしも、どっちかっていうとボヘミアンよ」

ジョーダンが咳払いをして、わたしにべつの場所へ行こうと目で合図を送ってきた。と、ちょうどそのとき、ジョーダンの妹のジャッキーがダイニングに飛びこんできた。

その様子をたとえるなら、火事から逃げ出してきた美しい馬だ。背中で黒いたてがみが揺れ、目は血走っていた。

4

ジョーダンはジャッキーのもとへ駆け寄った。妹が兄の耳に何かささやくと、兄はぞんざいにうなずき、妹を外のテラスに連れていく。わたしの耳に、ふたりの会話は聞こえてこなかった。ただ、兄妹ふたりきりになる必要があること、ジョーダンが深刻な顔つきになったことが、わたしを不安にさせた。

メレディスが部屋の中央に歩み出て、両手をたたいた。

「みなさん！　お忙しいなか、よくいらしてくださいました。どうぞ、料理をめしあがってくださいませ。十分後に、がらくた集め競争を始めます！」

「じゃあ、いただくとするか」フレディがわたしとウィノナをビュフェに連れていった。

食卓のまわりではもう二十人ほどが思いおもいの料理を食べていた。そしてレベッカと祖父母、ふたごたちが、祖母の劇団の出し物についてかんかんがくがくやっている。ふたごから見れば、わたしの祖父母は曾祖父《グランメール》に曾祖母《ペペール》だけれど、日々の暮らしのなかではマシューやわたしとおなじようにおばあちゃんやおじいちゃんと呼ぶ。

出し物については老若男女それぞれの意見があるのだけれど、祖母はみんなの意見を鼻であしらい、何を選ぶかは脚本家の特権よ、といった。

だったら、その脚本家ってだれなの？　わたしは訊いてみようかと思ったけれど、祖母はたぶん教えてくれないだろう。

「で、シャーロットの意見は？」祖母がわたしをふりむいた。

祖母と議論するのは避けたほうがいい。いくら小さな町とはいえ、口達者でなければ、町長になんかなれるはずがないのだから。

「わたしの意見はね、わたしがつくったフォンデュをもっと食べてほしいってことかしら」

祖母はからからと笑い、自分のお腹をたたいて、「たっぷりいただいたわよ」といった。それから祖父を肘で突く。「エティエン、そろそろ行きましょうか。ボズはどこかしら？舞台作りを手伝ってくれる約束なのよ。エイミーとクレアは手を洗ってらっしゃい。それから車に乗って」祖母は少女たちを急がせ、ふたりがある程度離れてからこういった。「シルヴィは何をしに帰ってきたの？」

わたしは首をすくめる以外なかった。お手上げ状態なのはいやだし、マシューもおなじ気持ちだとは思うのだけど。彼はいま、部屋の隅でメレディスと身を寄せあい、何やら一方的にしゃべりまくっているようだ。彼女のほうは話を聞きながら、やさしくマシューの髪をなでている。

「あの人は信用できないからね」と、祖母。「善意で町に来たとは思えないわ。くれぐれも用心しなきゃ」

そういって歩きはじめた祖母を、わたしは腕をつかんで引きとめた。

「ねえ、おばあちゃん《グランメール》、どうしてこのワイナリーが気に入らないの？」

「いったでしょ。年をとると迷信深くなるのよ。まあ、ようすを見ていましょ。おや、あれはアーソ署長じゃない？」祖母はあからさまに話題を変えた。「非番のときに会うのもいいわね。茶色のスーツがよくお似合いよ。あらあら、おまえをじっと見てるじゃないの」

わたしはそちらに目をやった。われらが町の警察署長、ウンベルト・アーソ――高校時代のニックネームでいえば〝ユーイー〟が、こちらを見ている。わたしが手をふると、彼はうなずいた。

「少しつきあってみたら？」と、祖母。

アーソは善良実直な人で、プロヴィデンスの平和をがっちりと維持しつづけている。去年、町の有力者が殺される事件があったのだけど、以来、町には信号無視すらなくなったような気がする。ともかくあの身長とたくましさなら、相手がどんな男でも、素手でぽきんとふたつに折れそうだ。

「でも、わたしには交際中の人がいるもの」わたしがそういうと、祖母は、

「あらあら、年寄りは忘れっぽくてね」といった。

祖母が忘れっぽいなんて、とんでもない！　七十三という若々しい年齢で――本人は七十歳だといいはるけど――頭はノンストップで働きつづけることができる。

「ジョーダンはここに来ているの？」

祖母に訊かれて、わたしはテラスのほうを見た。ジョーダンとジャッキーの姿はない。

「うん、でももう帰ったみたい」わたしはがっかりしたのを隠しきれなかった。

「あらそうなの。セ・ラ・ヴィ、シェリ」と、祖母。

人生《セ・ラ・ヴィ》なんてそんなもの？　わたしには意外な言葉だった。もしかして祖母は、わたしとジョーダンはうまくいかないと思っているの？　わたしは祖母を見つめ、指を一本ふりふりいった。

「その手はくいませんよ。このワイナリーを嫌う理由を話したくないからって、話題を変えてもだめ。さあ、話してちょうだい」

祖母はため息をつくと、しぶしぶ話しはじめた。「エティエンとふたりでこの町に引っ越してきたときにね、ジーグラーの娘さんと会ったのよ。でも、ようすがどこかおかしくて、心配していたら、彼女は町を出たの。最後に聞いた噂では、ヒッピーの仲間に入ったらしいんだけど」

「それで明るいマリアッチの演奏は気がひけたわけ？」

「いいえ、そうじゃなくて。心配したのはここ、ワイナリーのことよ。だけど、もう気にしないようにするわね。特に問題は起きていないし、今度の件では、メレディスががんばっているから」憑き物を落とすように、肩をはらう。これは祖母がジプシーから学んだしぐさだ。

それからわたしの頬にキスをして、祖母は食堂から出ていった。

「シャーロット！」わたしの肩をたたいたのはフレディだった。「おすすめのフォンデュはどれかな？　シャンパン？　それともハンボルト・フォグ？」

「どっちもよ。両方とも食べてみてちょうだい」

フレディはパンとブロッコリの小房をお皿にとると、クリスタルの壺から竹串を一本抜きとった。そしてフォンデュを二種類とも、お皿にすくいとる。

「わたし、フォンデュを食べたことがないのよ」ウィノナがいった。

「そりゃあ残念だ」と、フレディ。「食べさせ合いっこは色っぽいんだけどな」

「食べさせ合いっこ？」

「ぼくがきみに食べさせ、きみがぼくに食べさせる」ウィンクをひとつ。「なかなかうまいぞ」

ウィノナはくすくす笑った。

よそでやってよね。と、わたしは心のなかでつぶやき、ふと、ウィノナはフレディの気を引きたくて寄付したのかしら、と思った。

フレディは串にパンを刺し、シャンパン・フォンデュのチーズのなかで回してから、ウィノナの口へ――。彼女の唇の端にチーズが残り、フレディはそれを曲げた指の関節でぬぐった。

わたしもお皿をとろうと手をのばし――クインの大声がしてその手が止まった。

「やめてよ！」

デーンが彼女を窓際に追いつめていた。片手は彼女のスカーフの端を握りしめ、反対側の手は彼女の口にフォンデュを入れようとしている。

「さあ、グリュイエール・ド・コンテだ。きっと気に入るぞ」チーズが串からスカーフにぽたぽた落ちる。

クインは歯をくいしばっていた。目には涙がいっぱいで、手はデーンをたたきつづけている。その左手の指輪がニットのスカーフにひっかかっても、デーンは気にもとめない。

「若者の恋って――」ウィノナがつぶやいた。「満足することがないのよね」

「あのふたりは恋人じゃないわ」と、わたしはいった。「デーンのやってることは、いじめとおなじよ」クインは山羊乳以外のチーズにはアレルギーがあるといっていた。だからいまは本気で怖がっているはずなのだ。彼女を守るべき騎士はどこに行ったの？　ハーカーはどこ？「フレディ、あなたが行かないなら、わたしが行くわよ」

フレディはわたしの腕をつかみ、苦笑いした。

「ほんとにきみは、小学生のときからおせっかいだったよな。大丈夫だよ、放っておけ。クインはもう自分の面倒は自分で――」

「いいかげんにして！」クインはデーンをつきとばした。

よろよろっと後ずさるデーンのセーターに、溶けたチーズが飛び散った。

クインは床に落ちたスカーフには目もくれず、観音開きのガラス扉から建物の裏手に走っていった。デーンは怒りで顔を真っ赤にして反対側へ、ロビーのほうへ向かう。

と、鐘の音が響きわたった。

「さあさあ、みなさん！」メレディスが楽器のカウベルを手にあらわれ、もう一度、それを金属の棒でたたいた。「ロビーにお集まりください！」

メレディスは軍楽隊の楽長さながらカウベルを鳴らして歩きはじめ、お客さんたちはお皿をテーブルにもどすと、彼女のうしろについていった。

わたしはクインのことが気になったけれど、フレディの意見に従うことにして、みんなといっしょにロビーに向かう。

お客さんたちがロビーに集まると、まずはメレディスが自己紹介し、つぎに大学新設に寄付した町民数人、クリーヴランドから来た寄付者たちが挨拶をした。それからメレディスが「プロヴィデンスで楽しい時間を過ごしていただきたいと思います！」と、がらくた集め競争の説明を始めた。「みなさん、ふたり一組になって、集める品物のリストをお取りください。制限時間は四十五分です。品物の数は合計で三十、ここの部屋数は三十六ですが、一部屋に複数の品物がある場合もあります」

お客さんたちから、うめきや歓声があがった。

「よく見える場所、ありふれた場所に隠されたものもありますよ！　七つ以上の品物を見つけて、最初にダイニングに帰ってきたペアには、賞品として〈フロマジュリー・ベセット〉提供のワインとチーズのバスケットを進呈します！」

これはマシューとふたりで相談した結果だった。フォンデュのほかに賞品も提供すれば、お店の宣伝になると考えたからだ。メレディスがテーブルに置いたバスケットに手をふり、何人かがヒューッと口笛を吹く。これはバスケットづくりの名人レベッカがつくったもので、リボンをかけた美しいバスケットには、ソーヴィニョン・ブランとマルベックを一本ずつ、そして山羊乳のラベンダー・チーズ（ツー・プラグ・ニッケルズ牧場のもの）に、蜂蜜やジャムなどを入れてある。

「それでは……用意、スタート！」メレディスは見つける品物を書いた緑色の紙と、おなじく緑色の袋をかかげた。

フレディが紙と袋をつかみ、ウィノナと連れだって走りだす。

デーンが人を押しわけてハーカーに近づき、「やあ、組む相手は見つかったかい？」と声をかけた。「ぼくはクインに見捨てられたよ」

ハーカーの目がきらりと光った。おまえがクインと組めるわけがないだろ、と思っているのだろう。けれど重い時間は一瞬だけで、ハーカーはこういった。

「あほらしいゲームにおれが参加するとでも思ってんのか？」

デーンはジーンズのポケットに両手をつっこみ、「いいや、思ってないよ」と答える。

「ところで」と、ハーカー。「ここに飾ってあるニセモノの絵を見たか？　クレーもカンディンスキーも、棺おけのなかでひっくりかえるな」

「ん、それはラスヴェガスの芸人か？」

「おいおい、よしてくれよ。表現主義の画家だろ？　色彩理論と聞いてぴんとこないか？」

「色彩理論？」

ハーカーはデーンの肩をぱしっとたたき、ふたり並んで歩きはじめた。

するとレベッカがやってきて、わたしにペアの相手は見つかったか、と訊いた。

わたしは奇跡を期待してジョーダンをさがしたけれど、やっぱりジャッキーといっしょに帰ったようだ。

「では、わたしと組みましょう！」レベッカは品物リストをさしだした。「これをやっている最中に、埋もれた財宝まで見つけたりして……」

「財宝なんてないわよ」

「はい、はい。ではまず、図書室から始めましょうか」

図書室はマホガニーのおちついた部屋で、ここに入った人たちはみんな、美術学生の作品を足を止めて鑑賞した。そしてもちろん、わたしたちも。クインの作品は、丘に立つワイナリーの正面を描いたもので、明るく生き生きしている。メレディスによれば、クインの絵はマティスっぽいとのことだ。建物の周囲を淡い色合いの羊が跳ねて、空では白い雲が輝いている。いっぽうエドセルの作品では、ワイナリーは荒涼とした丘に立ち、空にはどんよりした雨雲。感動的とはいいがたいものの、「E・ナッシュ」というサインはなかなか粋だった。

その横には、デーンの自画像。ワイナリーのロビーに立ち、白と黒だけで描かれて、それなりの才能を感じさせる。そして最後のハーカーの作品は、ひときわ個性的で目を引き、孤独と絶望をにじませていた。ワイン貯蔵庫だけを描いたのは、ここにあると噂される財宝にこだわっているからだろうか？　しかし、描かれた貯蔵庫はがらんとした洞窟にしか見えず、灰色の石と漆黒の虚無につつまれていた。

ハーカーの絵の前にはフレディとウィノナがいて、ウィノナは彼に「なんだかイヤな感じの絵じゃない？」と話していた。といっても、返事を待たずにその場を離れ、フレディがあとを追う。

すると直後に、「見つけたわ！」という彼女の声がした。見ると部屋の向こうで、絵の具のパレットをふりまわしている。

そしてレベッカもキャンヴァスの裏をのぞいて絵筆を発見。

「見つけましたよ！　リストの六番です」それを袋に入れながら、早足で外へ。「さあ、急ぎましょう！」

キッチンに入ってみると、まだだれも来ていなかった。一歩足を踏みいれるだけで、《ヴィンテージ・トゥデイ》が最新の器具類で一新したのがわかる。

それから数分もたたずに、わたしたちは小さな厨房用昇降機《ダムウェーター》の横の納戸に手編みの鍋つかみを見つけた。

「これでふたつですね。残り五つはどこから――」

「待てよ、クイン！」若い男の大きな声がした。

直後、クインがキッチンに飛びこんできた。ゲーム用の袋をぶらさげ、立ち止まってきょろきょろする。たぶん隠れ場所をさがしているのだろう。そう思ったわたしは、小さな昇降機を指さした。クインはそらちへ行くとハンドルを回したものの、びくともしない。そこでわたしは奥の隅にあるテーブルを指さし、クインはそちらへ突進した。でも、時すでに遅し。ハーカーが駆けより、彼女の手首をつかんだ。わたしやレベッカのことは、壁にとまったハエとおなじで眼中にないらしい。

「放してよ！」クインはもがいた。

「おれの話を聞けって」

「いいから彼女を放しなさい」わたしは教師の威厳をこめたメレディスの口調をまねていった。

ハーカーはとりあえずクインの手を放しはしたものの、指をつきつけ「あやまれ！」という。

「わたし、何も悪いことなんかしていないわ。誘ってきたのはデーンよ。それからエドセルもね」

デーンもエドセルも、クインとハーカーが恋人どうしなのは知っている。なのにどうしてクインにちょっかいをだして、ハーカーを怒らせたりするのだろう？

「おれは傷ついたんだよ」ハーカーの顔つきを見るかぎり、それは誇張ではないようだ。

「よしてちょうだい」クインはあきれたようにいった。「あなたのほうこそ、いろんな人の心をずたずたにしてるわ」

ハーカーは彼女の言葉に一瞬ひるみ、その隙をとらえてクインはキッチンを飛び出した。出ていくとき、一瞬わたしをふりむいたけれど、彼女の目に恐怖があったかどうかはわからない。

すぐにハーカーがあとを追う。「クイン、おれが悪かったよ！」

彼もあやまることがあるのだとわかり、わたしは少し安心した。若者の恋は、チーズに似ているようにも思う。気遣いながら、環境を整えながら、じっくりと熟成していかなくてはいけない。

レベッカが気持ちをゲームにもどし、「二十センチのマッチ棒なんて、ほんとにあるんですかねえ……」と、引き出しをのぞきながらいった。

「書斎に行ってみない？　たしか暖炉があったと思うから」

《ヴィンテージ・トゥデイ》は書斎をプロヴィデンスの歴史博物館ふうに仕上げていた。オーク材のデスク、すわり心地のよい椅子、ティファニーのランプ。レベッカは厚いカーテンの裏や重ねた図書の下をのぞき、わたしは部屋の中央にある書見台のほうへ行った。台には祖母がとびあがって喜びそうなものが置いてある。もちろん、《ヴィンテージ・トゥデイ》の贋作でなく、ほんものだとしての話だけれど。それは、十九世紀のプロヴィデンスの地図だった。手にとって見ると、ジーグラーの地所を囲むようにしてボズート家、アーソ家、ハート家の所有地があり、プロヴィデンスの町には十字路がいくつかとヴィレッジ・グリーンが描かれている。わたしの祖父母は、一九五〇年代にフランスからこの町にやってきた。プリマ・バレリーナをあきらめた祖母は穏やかな暮らしを求め、それをこの町で見つけたのだ。以来、祖母は、自分を温かく受けいれてくれた町にまつわる歴史資料のコレクターにもなった。

「品物リストに地図は載っていない？」わたしはレベッカに訊いた。

「ないですね……。でもマッチ棒は見つけましたよ。つぎは、ろうそくです。急ぎましょうね。参加した以上、勝たなくては」

「あら、本気でゲームをやってるの？」わたしはからかった。

「もちろんですよ。一分でも早くろうそくを見つけなきゃ。三階の舞踏室に行ってみましょうか？　ほんもののろうそくを使った燭台があるはずです」レベッカは小走りになり、磨かれた階段をとんとんとあがっていった。

そしてもうすぐ二階というところで、廊下の奥から男性の「うおーっ！」という声が聞こえた。

「ちょっと待って」わたしはレベッカの腕をつかんだ。

「止まれ！」男の声がつづく。

そして笑い声。男と女の。

「ふざけるのもいいかげんにして」クインの声だった。ただし、声は聞こえても顔は見えない。わたしは忍び足で二階にあがりきると、首をのばして奥をうかがった。

ハーカーはどこに行ったんだろう？　とりあえずクインが彼から逃げられたのなら、それでいいけれど。

廊下の向こうにエドセルの姿が見えた。背をまるめ、銀の燭台を持ってこちらに近づいてくる。燭台には、火のついたろうそくが三本。片足を引きずって歩き、腕をふりまわすようすは、メル・ブルックスの《ヤング・フランケンシュタイン》の怪物みたいだ。

「こっちですよ、お嬢さん。温室はこっちだ」

エドセルの舌足らずの話し方に、クインはいっそう大きな笑い声をあげた。彼の腕をわざとらしく何度もたたく。

「どうか、お嬢さま……」エドセルは身を縮めていった。「お仕置きはかんべんしてください」

ふたりはほかのチームと入れ替わるように、寝室のひとつに入っていった。

クインが元気になってよかったわ。わたしはひと安心して、レベッカに目を向けた。彼女は階段なかばの踊り場にいて、鉛線の模様がある窓ごしに外を見つめている。

わたしも彼女のうしろから、肩ごしにながめた。

「すばらしい景色ですね」と、レベッカ。「壮麗っていうんでしょうか」

雲間から月光がさし、一面に広がる葡萄畑のそこかしこがきらめいている。わたしは風景に見とれながらも、この老いた葡萄畑を、メレディスや寄付者たちはふたたび青々とよみがえらせてくれるだろうか、と考えた。大学のどこかの部署が、栽培に取り組む可能性はあるかもしれない——。と、そのとき、風景にそぐわないものが目にとまった。

左の方向。敷地内の車道。

外で煙草を吸っているウィノナとは、またべつのもの。彼女はいま、ぼんやりと首筋をなでている。そうではなく、わたしの目を引いたのはシルヴィのレクサスだった。マシューのジープの横に停車。

レベッカがわたしの視線を追い、「あれはシルヴィのレンタカーですね」といった。「何をしにもどってきたんでしょうか？」

「さあね。見当もつかないわ」あまり考えちゃだめ、とわたしは自分にいいきかせた。マシューは彼女に毅然とした態度で接していたし、ふたごは祖父母といっしょに帰ったのだ。シルヴィがまた子どもたちを連れ出そうとしたら、祖母が抵抗するに決まっている。

「ゲームにもどりましょ」わたしはレベッカにいった。

がらくた集めの参加者たちは二階の寝室に集中しているようだったから、わたしたちは三階に行くことにした。

「マシューはシルヴィのどこが気に入って結婚したんでしょうね？」と、レベッカ。

「ひと目ぼれだったみたい。マシューはそのころ高級レストランのソムリエで、シルヴィはウェイトレスよ」

「彼女は当時からあんな感じだったんですか？」

「元気いっぱいで、何をするのか予測がつかない女性だったわ」これは、マシューがわたしたち家族にシルヴィを紹介したときの表現だ。「知り合ってから一カ月後に結婚したの」

「そんなに早く？　もしかして……」

「ううん、妊娠したからじゃないの。ただふたりが盛り上がっただけよ」

「マシューはそういうタイプの人に見えませんけどね」

「あれで懲りたんでしょ」マシューにとっては痛い教訓だったのだ。

三階に着いたところで、「もうよせ！」という男の声がした。

わたしはびくっとして立ち止まると、首をのばして声がしたほうを見た。すると舞踏室の、大理石の床のど真ん中で、フレディとハーカーがにらみあっている。窓からさしこむ月の光が、スポットライトのようにふたりを照らしていた。

フレディの目は暗く陰湿で、恐ろしかった。人差し指でハーカーの胸を突く。

「うちの娘にちょっかいをだすな」

「あっちから寄ってきたんだよ。男と遊びまわるのが好きだから――」

「黙れ！」フレディはハーカーの肩をつかんだ。「これは約束違反だ」

「あんた、反故にしたいのか？」

「いや、反故にはしない。だからといって、なんでも好きにできるとは思うな。いいな？」

フレディは念を押すように、若者の胸をまた突いた。そしてわたしたちがいるほうにずかずか歩いてくると、こちらをちらっとも見ずに、そのまま通りすぎて階段をおりていった。全身が怒りの炎につつまれているようだ。

「すごいですね」フレディの姿が見えなくなってから、レベッカがいった。「うちの父もかなり怖かったですけど」

かつては祖父も、チップに似たような態度をとった。チップというのは、結婚の約束をしたあとでわたしを捨てた〝食えないシェフ〟の愛称だ。祖父は彼にとても厳しくて……。

当時を思い出し、目がうるんできたのにわれながら驚いて、わたしはあわてていった。

「さあさあ、がらくた集めに集中！」

舞踏室に入ってみると、まさしく華麗な空間で、いまにも弦楽四重奏団の演奏が聞こえてきそうだった。舞踏会の最中は、ひんやりした空気を入れるため、ガラスの観音開きの扉は開かれていただろう。そして収穫された葡萄の出来や、おいしいワインについておしゃべりしたにちがいない。

そんなことを考えながらふりむくと、銀の燭台に、細いろうそくが一本！　わたしたちはそれを抜いて袋に入れると、早足で部屋を出た。

階段をおりてリビングルームに入り、古いオークの机の下にロングフェローの詩を書いた紙を発見。

その後、階段下の納戸とおぼしき小部屋に入ってみる。するとここはいっさい手が加えられておらず、調度のひとつもない。壁面は、白一色だ。

「残念！」レベッカは背を向け、廊下に出ようとした。

でもわたしは、ちょっと待ってよ、とレベッカの腕をつかんだ。

「メレディスはよく見える場所にある、とかなんとかいってなかった？　ここに隠し扉とか、秘密のスペースがないとはかぎらないでしょ？　たとえばほら、厨房用の昇降機みたいなやつよ。白く塗ってあったら気づかないかも」わたしは探偵気分で、壁面を押しながら部屋をまわった。しかし反応なし。壁は微動だにしない。わたしの考えすぎだったわね、とあきらめかけたところで、出入り口のドアの背後にペンシルを見つけた。真っ白なペンシル。「さがしもの発見！」

レベッカがそばに来て、わたしが握ったペンシルを見る。

「メレディスのいったとおりね」と、わたし。「じゃあ、つぎはワインの貯蔵庫にする？見つけるものはあとひとつで――」

「もうやめませんか？」レベッカは緊張した小さな声でいった。「べつに勝たなくてもいいですよ」

わたしはまじまじと彼女を見た。顔は青ざめ、額には玉のような汗。

「レベッカ……大丈夫？」

「なんだか気味が悪くなってきたんですよ。ここでは、いさかいばかりでしょう？　クインとハーカー。それからクインのお父さん」

レベッカはいつも行動的だから、わたしはつい忘れがちになる。アーミッシュとして育った彼女は、人が言い争うのをあまり見たことがないのだ。

「《ゴースト》で見た話だと」と、レベッカ。「町のいたるところで、幽霊はビルの地下にすみつき、悪い波動を送っていました。この建物に悪霊がいたらどうします？　海賊の霊が、ここの生きた人間たちに喧嘩をさせているとしたら？」

わたしはぞっとした。レベッカのようにテレビ・マニアじゃないけれど、映画はそれなりに見ている。レベッカがいうような話は、《ゴーストバスターズ》のスライムとか……。といっても、わたしは邪術の類は信じないし、海賊がジーグラー・ワイナリーに財宝を隠したというのも信じていない。だからともかく、ゲームはつづけよう。

「元気を出してよ」わたしはレベッカを励ました。「あとひとつ見つけましょう。リストの二十九番の、ワインの箱なら地下の貯蔵庫にあると思うから」

「テイスティング・ルームではなく？」レベッカは勇気をふるいおこそうと唇を噛んだ。そして仕方がないといったように、首をすくめる。「はい、わかりました、貯蔵庫ですね」

わたしたちは廊下にいるほかのお客さんたちを追いこして、貯蔵庫に通じるドアへ向かった。そして廊下の角を曲がる——と、いきなり冷たい突風が吹きぬけ、照明が消えた。

その場にいた人たち全員が、息をのむ。

「幽霊です……」レベッカがわたしの腕を思いきりつかんだ。

「幽霊なんていないわよ。おちつきなさい」わたしは袋のなかからマッチとろうそくをとりだした。床の石でマッチをこすると火がつき、それをろうそくの芯に。揺れる炎がレベッカの顔を照らし、彼女はほっと息をついた。

そのようすを見たほかのお客さんたちが、おなじように袋からろうそくを出しては火をつけはじめる。するとそのとき、地下のワイン貯蔵庫につづくドアが勢いよく開いた。

飛び出してきたのはデーンだった。顔から血の気が引いている。

「クインを見なかった？」彼がわたしに訊き、わたしは「エドセルといっしょだったわよ」

と答えた。

「いや、彼とは別れたんだ。そのあとぼくといっしょにいて、さっき照明が消えたとき、怖がって逃げていって――」

まさか、あなたがまた何か意地悪をしたわけじゃないわよね？　あのダイニングルームでの件以来、わたしはなんとなく彼を信じられないような気になっていた。

（よしなさい、シャーロット。やたらに人を疑うんじゃないの）

「クインを見つけなきゃ」デーンは展望室のほうへ駆け出した。「彼女、暗いのをひどくいやがるから」

そのとき、階下から耳をつんざくような悲鳴が聞こえた。あれは女性だ。声をふりしぼった絶叫。

デーンの足が止まり、不安げにあたりを見まわす。

「クイン！」

レベッカが真っ青な顔でうめき声をもらした。

「ここで待っていて」わたしが彼女にいうと、

「どこにも行かないでください」レベッカはわたしのセーターをつかんだ。

しがみついてくるレベッカを連れて、わたしはきしむ階段をおりていった。《ヴィンテージ・トゥデイ》は、地下貯蔵庫にはまったく手をつけなかったようだ。メレディスがいったように、錆びた鉄製の燭台にろうそくがあるだけで、石づくりの天井には蜘蛛の巣。湿ったカビの臭いが鼻をつく。といっても、チーズの貯蔵室につきものの自然でおいしい香りではなく、じめじめした洞窟のそれだ。

階段をおりきると、右手から大きな声が聞えてきた。わたしはろうそくを高くかかげ、炎が石床の部屋の奥を照らしだす。わたしはセーターをレベッカにつかまれたまま、声のするほうに向かった。オークの大樽を、古びた葡萄の搾り器を通り過ぎる。と、部屋の奥のほうに、人が集まっているのが見えた。鉄柵で守られたワインの棚を背に、何かを囲んで見おろしている。

わたしはレベッカにその場で待っているように指示すると、人垣を越えていった。そして彼らが見おろしているものを見て、その場に立ちつくす。

貯蔵庫の中央に、レンガの衝立がある。その衝立のうしろから、カラフルなニットのスカーフの端がのぞいていたのだ。

それはクインのスカーフだった。

5

「クイン！」わたしはさけんだ。石の壁にわたしの声がこだまする。そして集まった人びとの、息をのむ音も。「クイン！」わたしはもう一度呼んだ。

たぶん、クインは意識を失っているのだろう。

わたしはレンガの衝立の横を通って進み、立ちすくんだ。床に倒れているのはクインではない。首にスカーフをきつく巻かれ横たわっているのは、ハーカーだった。わたしは彼のそばに駆けより、しゃがんだ。うす明かりのもとで、彼の顔は熟成しすぎたブルーチーズのようになっていた。わたしはスカーフをゆるめ、彼の首筋に指先を当ててみた。脈は感じられなかった。

年を追うごとに、わたしは祖父母の健康が気になり、緊急の場合に備えて何度か心肺蘇生法《CPR》の講習会に行った。そこでいま、わたしはハーカーにまたがり、両手を重ねて胸骨を圧迫。力をこめてそれをくりかえした。しかし、ハーカーはぴくりとも動かない。つぎに彼の鼻をつまみ、口に息を吹きこむ。勢いよく三回。そして耳をそばだてる。呼吸はもどってこない。

胸骨圧迫と人工呼吸をくりかえしたものの、彼が息を吹き返す気配はなかった。

汗びっしょりになり、無念さと悲しみがこみあげてくる。わたしは力なく立ちあがると、ふらっとよろめき、レベッカがささえてくれた。

「ハーカーさんは亡くなったんですか？」

わたしは図書室で見た作品のサインを思い出し、「彼の名前は、ハーカー・フォンタンよ」といってから、答えた。「ええ、彼は亡くなっているわ」

「そこに落ちているのは何ですか？」と、レベッカ。

彼女が指さすほうに目をやると、それは宝石のようだった。エメラルドにルビー、サファイア。数は十個足らずで、ハーカーの手のそばにころがっている。彼は噂の財宝を発見したのだろうか？　あるいは、横取りしようとした？　衝立ごしにこちらをのぞきこんでいる人びと。彼らのなかに殺人犯がいる？　いちばん前に、ウィノナとウォルフォードがいて、それぞれろうそくを持っていた。ふたりの顔の前で、炎がゆらゆら揺れる。ウィノナの口が動いたけれど、声はわたしのところまでは聞こえてこなかった。その横から顔をのぞかせたのはデーンで、目には恐怖があふれ、床の光景を正視できないようだ。ほかの人たちも、その場でただ呆然としている。まるでロダンの「地獄の門」の光景だった。

エドセルが人をおしわけ前に出てきて、息をのんだ。

「ああ、いったいどうして……」

わたしはレベッカの腕をほどいていった。

「どなたかアーソ署長に連絡してください」

「いや、その必要はない。ここにいるから」

それはアーソの声だった。「みなさん、壁ぎわまでさがってください」彼の靴音が響く。レンガの衝立の横を通って、ハーカーの脇にしゃがみこみ、脈をチェック。そして顔をあげてじっとわたしを見てから立ちあがると、わたしのセーターにそっと手をそえた。

「大丈夫か？」

わたしの唇が、顎が、ぶるぶる震えはじめた。ううん、大丈夫じゃない。とっても、とっても怖い。

アーソは小さくうなずいた。わたしの沈黙の意味を察してくれたのだろう。

「何があったのかな？　あわてなくていい。まず、この男性の名前を知っていれば教えてくれ」

「ハーカー・フォンタンよ」そこで、あの図書室の作品は彼の遺作になったのだと思った。悲しみがこみあげてきて、わたしは大きく深呼吸をした。乾いた唇を湿らせる。そうして少しおちついてから、アーソに順を追って話した。照明が消えたこと、デーンがクインをさがしていたこと、悲鳴が聞こえ、ハーカーの遺体を発見したこと。いったん口を開くと止まらなくなった。

「石の壁から突風が吹いたんですよ、署長」レベッカがいった。

「それが何かに関係あるのかな、ミス・ズーク？」アーソは職務中は、苗字で呼びかけることが多かった。そのほうが、相手との距離を一定に保ててよいという。

レベッカは片手でポニーテールをいじった。彼女はアーソの前に出ると、なぜか縮こまってしまう。アーソは巨漢だから、その大きさに気おされるのかもしれない。

「いいえ、ただ調べたほうがいいかもしれないと思っただけです。テレビドラマの《BONES》を見ていたら、壁の向こうに隠し部屋がいくつもあって――」

アーソは片手をあげて話を止めた。それから壁ぎわまで行き、とくとながめると、壁面に指をはわせた。石がはずれるかどうかを確認しているのだろうけど、動く気配はまったくない。床にモルタルのかたまりがあったので、彼はそれで犯罪現場を示す規制線を引き、副署長に連絡した。

レベッカがわたしの横に来てつぶやく――「メレディスがかわいそうですね」

わたしも胸が痛んだ。古いワイナリーを大学に改装するという彼女の計画は、殺人事件のニュースが広まれば頓挫するだろう。寄付も集まりにくいだろうし、親は子どもをそんな場所に通わせるのをためらうはずだ。かたやプルーデンス・ハートは、計画の失敗を喜ぶかもしれない。町の女ボスの気分でいる彼女は、大学誘致反対の旗振り役をやっているからだ。理由は、大学ができればよそ者が流入し、町の平穏が乱れる、というものだった。

アーソがこちらにもどってきて、わたしは訊いた。

「この宝石は何かしら？　もしかして秘密の財宝とか？」

アーソは財宝の噂話を知っている。なんといっても高校時代、このワイナリーに侵入した男子のひとりなのだから。いま、彼はわたしを真上から見おろして――わたしより頭ひとつぶん背が高い——こう訊いた。

「この若者が財宝を発見したと思うのか?」

「犯人は彼を殺してそれを奪ったのかもしれないわ」

「そして現場にぱらぱらこぼして逃げた?」アーソはかぶりをふった。「考えにくいね」

「がらくた集め競争でたくさんの人が動きまわっていたから、あわてたのよ」

「犯人が女性だとしたら、ずいぶん力持ちだな。被害者は体格がいいから」アーソはかがみこむと、床の宝石をひとつつまんだ。「これは人造宝石だよ」

アーソなら、宝石が本物か偽物かの見分けがつく。高校生のころ、夏休みに〈シルヴァー・トレーダー〉というショップで鑑定の仕事を手伝ったくらいなのだ。

「じゃあどうして犯人は、ハーカーのからだの近くにガラスをまきちらしたの?」

「さあねえ……」アーソは立ちあがると背筋をのばし、集まった人たちに向かっていった。

「何かを見たり聞いたりした人はいませんか?」

「わたしはゲーム中だったから」ウィノナが声をはりあげた。嘘でないことを示すように、さがしものリストをひらひらさせ、袋を揺らす。

「失礼ですが、あなたは?」

「ウィノナ・ウェスタトンよ」オペラ歌手のような調子で名乗ると、自分は新設大学への寄付者だ、この貯蔵庫におりてきたのはがらくた集め競争でワインの空き瓶をさがしていたからだ、と説明した。

「ハーカーって人はとっても……。こんなことになるなんて信じられないわ」

「フレディはどこ？」わたしはあたりを見まわしながら彼女に訊いた。

「はぐれたのよ、わたしが煙草を吸いに外に出ているあいだに」

そういえば、階段の踊り場で外をながめたとき、煙草を吸っているウィノナを見た。でも、フレディはどこに行ったのだろう？　彼はハーカーと口論していた。まさか彼がハーカーを……。ううん、そんなことはありえない。

「ハーカーがだれかといっしょにここに来るのを見た人がいるかもしれないから」と、わたしはアーソにいった。「館内にいる人全員に話を聞いたほうがいいと思うわ」

「心配してくれなくても、職務はちゃんと――」

「何があったの？」メレディスが人をおしわけてやってきた。「いったい何が……。まあっ！」手の甲を口に当てる。「クインはどこ？」

わたしはハーカーの蘇生に夢中で、クインのことはすっかり忘れてしまっていた。そう、あの子はどこに行ったの？「クイン！」わたしは大声で呼んだ。

「クインって？」と、アーソ。

「クイン・ヴァンス。わたしの姪よ」メレディスが答えた。「兄のフレディの娘なの。クイン！」

「十九歳で、髪は赤いわ」と、わたし。

「クイン！」くりかえすメレディスの声は震え、怯えきっていた。「クイン！　お願い、返事をして！」

「ここにいるわ……」小さな声が聞こえた。

人の集まりが魚群のように左右に分かれ、アーソとわたしたちは声のするほうに走っていった。クインは煤《すす》だらけの汚れた壁のくぼみにいた。両手をからだにまわしてうずくまっている。あんなにきつく抱きしめて、まともに息ができるのだろうかと心配になるくらいだった。ろうそくの揺らめく炎が、涙に濡れた顔を照らしている。

メレディスが彼女のそばにしゃがみ、抱きしめた。

「まちがいないの？」と、クイン。やっと聞こえるくらいの小さな声。「あれはほんとうに……ハーカーなの？」喉がつまる。

メレディスはうなずき、クインはわっと泣き伏した。姪の背中をやさしくたたくメレディス。

しばらくしてクインは顔をあげて息をすると、メレディスの腕から離れて訊いた。

「だれがあんなことを？」

アーソがふたりの横で片膝をつき、立てた膝に両手をのせてクインの顔をのぞきこんだ。

「きみじゃないよね？」

「えっ？　ちがうわ、わたしじゃないわ！」クインは下唇を嚙み、メレディスがアーソをにらみつける。

「ひどいことをいわないで！」

「彼女はいやに怯えているよ」アーソは冷静に、メレディスをなだめるようにいった。「何かを見たんじゃないかな？　どうだい、ヴァンスさん、何かを見たりしなかった？」

「何も見てないわ！　わたしは隠れていただけよ」

「ハーカー・フォンタンさんから隠れたのかい？」

「ちがいます！　わたしは……わたしは、みんなから隠れたの」

クインはすがるようにわたしを見た。でも、どうして？　そうか、彼女とハーカーの喧嘩をわたしが目撃したからだ。わたしはクインを見つめかえし、わかったわ、気にせず話しなさい、と目で伝えた。

「扉を見つけて――」と、クイン。「なかに入ったとたん、下に落ちたの」腕をのばし、壁のくぼみを示す。「落ちた場所は、あそこ」

わたしはしゃがんで、くぼみのなかをのぞいた。

「これは昔の降ろし樋《シュート》だわね」

「それで、外に出てここに隠れたの」

アーソが彼女の話を信じているかどうかはわからない。彼の表情はラシュモア山に彫られた大統領の彫像のようだった。

「怪我は大丈夫かい？」と、アーソ。

クインの頬には赤い擦り傷があった。でも彼女は、大丈夫です、と答える。

「さあ、立ってごらん」アーソは手を添えてクインを立たせると、ほかの人たちに向かって

「みなさん、上にもどってください」といった。「そのあと、少しお話をうかがいます。どうか、ここにあるものには手を触れないように。悪いがシャーロット、きみもみんなといっしょに上にもどって、聞き取りが終わるまでだれも帰らないように見ていてくれないか」

アーソはわたしを信頼し、仕事を任せてくれた。と思うと、とても誇らしい気分になった。去年は大失敗して、捜査の障害以外のなにものでもないと彼にいわれたのだ。

お客さんたちはぞろぞろと歩きだした。事件のショックを小声で話している人もいれば、しくしく泣いている人もいる。玄関ホールに着くと、何人かでグループをつくってそれぞれべつの部屋に入っていったから、わたしとしては全員を一度に見ていることができなくなった。犯人は一刻も早くここから逃げ出そうとするかしら？　それとも、とっくにここから出ていった？　そして何より、フレディはどこ？　心の片隅にもやもやしたものがいすわり、フレディとハーカーの口論がよみがえった。

レベッカがこちらに向かって走ってきた。そしていきなり、「思い出したことを全部話してみてください」という。

元気をとりもどしたのはよいことだけど、探偵ごっこが好きなのは困りものだ。

「それはまたあとでね」

「だけど埋もれた財宝の話はほんとうでしたよね」

「まだ断定できないでしょ」

「でも宝石が——」

「あれは偽物よ」それにしても、犯人はなぜハーカーの遺体のそばに残していったのだろう？　ゲームのさがしものリストに宝石は入っていなかった。

レベッカは指先で喉をとんとんたたきながら考えた。

「衝立の裏に殺された人がいるなんて……エドガー・アラン・ポーの『アモンティラードの樽』を思い出しますね」

わたしもその短編は読んだことがある。主人公が自分を侮辱した友人に復讐する話で、彼はその友人をワインの地下蔵に誘いこみ、壁の裏側に生き埋めにするのだ。

「でもハーカーは埋められていなかったわ」

「レンガの衝立で隠すのは生き埋めの寓意ではないですか？　シャーロットのおばあちゃんだったら、そういうような気がします」

「ううん、うちのおばあちゃん《グランメール》だったらきっと、レベッカは意識下で影響されてるっていうわ。プロヴィデンス劇場のつぎの出し物が頭に残ってるのよ」

「ハーカーを貯蔵庫におびきよせたのは……」レベッカは眉間に皺を寄せて考えこんだ。

「お客さんのひとりなんでしょうかね？」

わたしは玄関ホールにいる人たちに目を向けた。すると、リビングの開いたドアの向こうで、ウィノナとフレディがひそひそ話をしているのが見えた。わたしはフレディの居場所がわかってほっとする半面、ようすがおかしいのが気になった。ウィノナを見たかと思えば玄関を見たり、きょろきょろしておちつきがない。リビングにはエドセルもいて、両手をポケットにつっこみうろうろし——立ち止まると、サイドテーブルの脚をつま先で蹴った。そしてまた、あてもなく行ったり来たり。何か悩み事でもあるかのようだ。

玄関に目をやると、メレディスとマシューが抱き合っていた。メレディスの顔は涙でぐしゃぐしゃで、マシューが手の甲で頬をなでている。

そして開いた玄関の先を見ると、表のポーチで煙草を吸っている人が何人もいた。デーンもそのひとりだ。ポーチの柱にもたれかかり、紫の煙がただよい昇る。貯蔵庫の階段扉から飛び出してきたとき、彼はほんとにクインをさがしていたのだろうか？　それとも、犯行現場から逃げてきたとか？　わたしの考えが伝わったかのように、デーンがこちらをふりむいた。その深く暗い目には……なんと、涙がたまっていた。

それからほどなくして、階段にアーソの姿が見えた。たくましい手が、クインの細い腕をつかんでいる。アーソは彼女を壁ぎわに連れていき、そこの背もたれが垂直《ストレートバック》の椅子にすわらせた。クインは背中をまるめてうつむき、震えている。

アーソが両手をたたき、「みなさん、ちょっとよろしいですか？」と、声をあげた。

犯人が見つかり、事件は解決しました……なんて話だと、とてもうれしいのだけど。

「あの男は首を絞められたのか？」お客さんのなかから質問が飛んだ。

すぐさまアーソが両手をかかげる。と、あたりはしん、と静まりかえった。けれどこのての静寂は、人の心を不安にさせる。

「これからひとりずつお話をうかがいます」アーソが大きな声でいった。「よって、かなり時間がかかると思われます」

　全員同時にうめき声。

「申し訳ありません。どうかご協力ください」アーソはそういうと副署長をふりむき、「下へ行って、現場保存をたのむ」といった。どうやら副署長のロダムも、きょうのイベントに参加していたらしい。彼は細身で脚が長く、髪はつんつん突っ立って、口はくちばしのようだ。わたしは彼を見ると、アニメの『ロードランナー』を思い出す。ロードランナーというのは、ダチョウに似た野鳥だ。

　アーソはつぎにメレディスを見て、「紙と筆記具を貸してもらえないだろうか」とたのんだ。

　やるべきことができて、メレディスはほっとしたにちがいない。マシューの腕のなかから出ると、注文された品物を用意しようと駆け出した。

「それでは、みなさんはダイニングに移動して、椅子にすわってお待ちください」

　集まった人たちがぞろぞろとダイニングに向かうなか、クインがこちらに駆けてきた。

「シャーロット！」クインはわたしの正面でぴたりと止まると、真剣なまなざしでこういった――「ハーカーを殺した犯人はわかってるわ。シャーロットのお店を手伝っているボズよ」

6

「えっ、ボスが？」声が裏返った。「それはありえないわ」

ダイニングに向かっていた人たちが、こちらをふりむいた。すっぱくてえぐいものを食べたような形相でわたしを見たのは、この町の〝女ボス〟プルーデンス・ハートだ。彼女は右隣の、鼻のとんがった女友だちに何かささやき、含み笑いをした。

わたしは両手でクインの肩をつかみ、「ボスは人殺しなんてしないわよ」といった。

マシューとメレディス、レベッカが飛んできた。そして、アーソも。

「そういうからには根拠があるんだな？」

アーソの質問に、クインの顔から血の気が引いた。肩がぶるぶる震えだす。アーソは心根のやさしい人だけれど、それを知らなければ、威圧感たっぷりの口調にすくみあがってしまうだろう。

「ボスとハーカーが喧嘩したって聞いたから」と、クイン。

「だれから聞いたのかな？」アーソは顎を引き、ぶ厚い胸の前で腕を組んだ。顔は無表情。

「エドセルから聞いたの」クインはそわそわしはじめた。「ハーカーがボスを殴って、ボズが玄関の階段から落ちるのを見たって」

「それはいつのこと？」わたしは思わず訊いた。

「三十分くらいまえ」と、クイン。

「エドセルというのは？」アーソが訊いた。

「エドセル・ナッシュです。あの、髪がくしゃくしゃの人」クインは彼がいるほうを指さした。

「ナッシュさん、ちょっとこちらに来て！」アーソが親指をたてて呼んだ。

エドセルはすなおに従い、そのうしろをデーンが影のようについてくる。

「詳しく話してください、ナッシュさん」と、アーソ。

「ハーカーはボズに……」エドセルは咳払いをしてからつづけた。「あのコンピュータ野郎に怒りまくってたよ」

「どこで？」

「玄関のポーチで」エドセルは人の注目を浴びても緊張しないたちらしい。肩もでれっとしてだらしなく、目はコブラのごとく半開き。それでも額に垂れる髪は手ではらった。

「あいつが――」

「あいつとは？」と、アーソ。

「ボズだよ」横からデーンがいった。

アーソはくるっと彼をふりむく。「きみも見たのか？」

デーンは唇をきゅっと結んで、「いいや」と答えた。

「では、そのときのようすはすべて彼から聞こう」アーソはエドセルに視線をもどし、「では、つづけて」といった。

エドセルは唇をなめる。

「あいつは――ボズは、『何がいけないんですか？　どうしてぼくのあとをつけるんですか？』っていったんだ。そうしたらハーカーが、『おまえ、彼女をじっと見ただろ』っていって、ボズは『見てません』と。そうしたらハーカーが『嘘つけ。おまえには、近づくなって注意したはずだぞ』と怒鳴って、顎に一発くらわしたんだよ」

アーソの表情に変化はない。彼は子どものころから幾度となく、とっくみあいや殴りあいを見てきただろう。といっても、彼のことだから、自分が手を出すことはなかったはずだ。アーソはボーイスカウトで最高位のイーグルスカウトとなり、ずっと模範男子だった。

ちょっと間があってから、アーソはわたしをふりむいた。

「ふたりはもともと知り合いだったのか？」

「それはないと思うわ」あくまで、わたしの知るかぎりでは、だけれど。ハーカーたちがうちで朝食を食べたきのう、ボズはお店には来なかった。

「ふたりは今夜が初対面です」レベッカがいった。「車でここに来るとき、ボズがクインはすてきだっていってましたから」

わたしはレベッカの手首を握って黙らせた。

「ねえ、ユーイー――」あっ、まずい！　わたしはごくっとつばを飲みこみ訂正した。「すみません、アーソ署長。でも、ボズがやさしい子なのは、署長も知っているでしょ？」

フレディがクインの横に行き、いかにも父親らしく、愛情をこめて娘の肩に腕をまわした。その反対側にウィノナが立ったけれど、もちろんそれ以上のことはしない。

フレディ父娘とウィノナの背後にいる一団のなかに、プルーデンスととんがり鼻の友人の顔があった。目を輝かせて話に聞きいっているから、あしたにはもう、事件にまつわるゴシップが町じゅうに広まっているだろう。

「ボズはいい子かもしれないが」フレディがいった。「ぼくも言い争うのを見たよ」

わたしは絶句して、彼を見つめた。ふたりも目撃者がいたら、ボズをかばいきれないかも……。

「見たことを全部署長さんに話しなさいよ」ウィノナがフレディにいった。

アーソがフレディの顔をじっと見ながら、「何か気になることがあれば話してください、ヴァンスさん。そのとき、あなたはどこにいたんですか？」

「おいユーイー、ぼくのことはフレディでいいじゃないか」

「質問に答えてください、ヴァンスさん」

フレディは背筋をのばした。口もとが引きしまる。

「ぼくは外で煙草を吸っていたよ」

だったら、どうしてウィノナとふたりで外に出なかったのだろう？　そういえば、彼女はフレディとはぐれたといっていた。わたしが目撃したフレディとハーカーの言い争いは、おそらくそのあとなのだ。ふたりの会話を思い出してみる――フレディとハーカーはいったいどんな約束をしたのだろう？

「外というのは、具体的には？」と、アーソ。

「ごみ容器《ダンプスター》の先だ」フレディは左手をポケットに入れていた。これは嘘をついているときの彼の癖で、小さいころから変わらない。でも、彼の話のどの部分が嘘なのだろう？

「では、ふたりがいっしょに貯蔵庫に行くのを見ましたか？」アーソが訊いた。

「それはありえないわ」わたしは口をはさんだ。「ボズはうちの祖父母といっしょに劇場に行ったから」

「黙っていてくれ、シャーロット。きみは彼を雇っている立場の人間なんだ」

「雇っていたら、擁護できないってこと？」

アーソはわたしをにらみつけた。「では、きみは彼がここから出ていくのを実際に自分の目で見たのか？」

「それは……見ていないけど」不安のあまり、指先がひくついた。「でも、祖父はボズを呼びにいったから、ボズなしで出発するわけないわ。あの子は絶対に無実よ！」つい大きな声になって、わたしは手で口をふさいだ。だけどボズに人殺しの嫌疑をかけるなんて、インドのガンジーを人殺しよばわりするのと似たようなものだと思う。ボズはわたしが愛猫に禁止しているおやつを陰でこっそりあげたりもするけど、ご近所のお年寄りに進んで手を貸すような、とってもいい子なのだ。

アーソは不機嫌になった。腹立ちは汗となってあらわれ、彼はうなじをこすると、フレディに向かっていった。

「それではヴァンスさん、ふたりの口論を見たのは何時ごろでしたか？」

「三十分まえくらいだと思う」

「ねえ、クイン」わたしは彼女に訊いた。「エドセルがフランケンシュタインをやったあと、ふたりでどこに行ったの？」

「フラ……？」

「銀の燭台よ。エドセルがあなたを笑わせていたでしょ」

「ああ、あれね」クインは黙りこくった。

人に見られていたことにびっくりしたのかしら？　そういえば、凶器はクインのスカーフだった。だけどあれは、クインとデーンがもめたときにダイニングルームの床に落ちて……たぶんそれをだれかが拾ったのだろう。そしてそのだれかは……ボズかもしれないのだ。

息をするのが苦しくなった。

「気にしないで、クイン」メレディスがいった。「シャーロットはべつにあなたを疑っているわけじゃないから」

「わたしはただ、みんながどこにいたかを知りたかっただけなの」

「それは警察がやることですね」レベッカが口をはさんだ。

「シャーロット――」アーソはその先をいわず、唇を嚙んだ。そして副署長を呼ぶと、全員の聴き取りをするように指示。それからメレディスのところへ行き、こういった。

「自分はボズ・ボズートさんの話を聞きに劇場まで行くので、当面、貯蔵庫の管理をあなたに依頼します。きょうのイベントはあなたの主催ですから、ご協力願います」

メレディスは人類の命運が自分の肩にかかっているような顔つきになったものの、いわれたとおりすぐ貯蔵庫へ行った。

わたしは玄関に向かうアーソを追う。

「待って、わたしも行くわ」

「モワ、オシ！」レベッカはいやに元気で、いつものように覚えたばかりのフランス語を使いたがり〝わたしも！〟といった。

「ぼくも行く！」とは、マシュー。

「はいはい、お好きなように」アーソはポケットから車のキーをとりだした。

「わたしたちはどうする？」

ウィノナの言葉に、フレディは彼女の手首を握っていった。

「クインといっしょにここにいよう」

「あなたがたは、うちの副署長の聴き取りに応じてください」アーソはきびきびして明快、かつ威厳をもっていった。「みなさんからは、もっと詳しい話を聞かなくてはいけないので」クインの目を見る。「あなたもふくめてね、ミズ・ヴァンス」

フレディがまた娘の肩を抱き、クインは父の胸にすがった。

各自それぞれの車に向かうなか、レベッカがわたしの腕をたたいていった――「心配いりませんよ。おばあちゃんがボズのアリバイを証明してくれますって。時間に関する記憶力は抜群ですもん。ワイナリーを出た時刻も、劇場に着いた時刻も正確に覚えているはずです」

だけどもし、ボズが祖母たちといっしょにワイナリーを出ていなかったら？

7

プロヴィデンス劇場は、舞台と客席が同一平面で一体となった《ブラックボックス》シアターや最先端の舞台セットを誇っている。ブラックボックス・シアターはコンパクトで、収容人数も百人に満たない。そこにアーソとマシュー、レベッカ、そしてわたしは駆けこむなり、立ちすくんだ。照明がすべて消え、静まりかえっているのだ。ところが洞窟のような空間には、ガーリックとハーブの香りが満ちみちていた。たぶん祖父が、手づくりのピザを劇団員にふるまったのだ。

「おばあちゃん《グランメール》！」わたしは暗闇に呼びかけた。

「ウィ、シェリ。照明！」祖母が手をたたく。

と、一瞬にして、まばゆいばかりの明かりがついた。

さっき祖母の姿が見えなかったのも、当然だった。祖母は黒いTシャツ、黒いレギンス、黒い作業手袋という格好で、舞台中央に立っていたのだ。縞模様のソファをU字形に置いたその真ん中で、祖母はこういった。

「みんな静かにしてくれてありがとう。なんとか見つけたわ！」そしてわたしたちをふりむき――「音響装置にコオロギがいたのよ。暗がりのほうが耳が冴えるっていうから。ね《ノン》？」

舞台裏が騒々しくなった。ハンマーの音、大きな声。姿の見えない、たくさんの人たち。「こちらへどうぞ、みなさん《メザミ》」祖母はわたしたちを手招きした。「よくいらっしゃいました」いわれたとおり、みんなで客席の最前列まで行くと、祖母はわたしの目を見て、「感想は？」と、舞台に手をふった。

『出口なし』とポーを融合させるというのは、けっして冗談ではなかったようだ。舞台の中央にはソファ三つと、いやに大きな紙製のカラスが置かれている。舞台奥、左手の頭上からはアルミ箔で作った銀の振り子がぶらさがり、かぎられた狭い空間には、飾り気のない、ただ真っ黒なだけの衝立が二枚。

「ソファは孤独な主人公たちの世界をあらわしているの」と、祖母。「ほら、鏡がひとつもないでしょ？　登場人物はほかの登場人物の目に映る自分を見るしかないのよ。舞台の端の黒いカーテンはね、その先に広がる空虚、むなしさの象徴」

カーテンの隙間から、奥の小さなテーブルが見えた。そこに置かれたソーダとポテトチップス、そして手づくりピザは、おそらく祖父が持ってきたものだろう。いま、劇団員がふたりそれを食べている。

「ごめん、みんな見学に来たんじゃないのよ」わたしは祖母にいった。

祖母の顔から笑みが消え、作業用の手袋をぬぐ。

「少しうかがいたいのですが、町長、ボズ・ボズートさんはここにいるでしょうか？」アーソがつば広の帽子をぬいでたずねた。

そこへ、祖父がカーテンの奥からあらわれた。金づちを持ち、腰には道具ベルトが巻かれている。縞のシャツの裾はズボンからはみ出ていた。

「何かあったのか？」祖父が訊き、わたしが答えた。

「たいへんな事件が起きたのよ。ハーカー・フォンタンっていう美術学生が殺されたの」

祖母が息をのみ、片手を口に押しあてた。

「いい絵をかく、あの男子か？」と、祖父。「それはそれは《モンデュ》……。ワイナリーにあった彼の絵はすばらしかったよ。大胆で、光の表現が巧みだった」

祖母が夫をちらっと見た。よけいなことはいわなくていいと思っているのだろう。祖父は美術のことになると饒舌だった。ルノワールの弟子を自任しているくらいなのだ。でも祖母は、夫が裸婦をかくのをけっして許さなかった。自由な精神の持ち主とはいえ、祖母なりの最低限のラインというものがあるらしい。

アーソが咳払いをしてから、「町長――」と、祖母に向かっていった。「ボズートさんに話をうかがいたいんです」

「ボズは犯罪にかかわったりしませんよ」祖母はたしなめるように、アーソに人差し指をつきつけた。「だれにでも欠点はある。正直もそのひとつだ、といったのはシェイクスピアね」

アーソは祖母の抵抗には動じない。

「どうしても、ボズートさんと話さなくてはいけないんですよ」

祖母は長いため息のような、ひゅーという音を吐くと、「任務ってこと？」といい、手をおろした。「あの子は梯子《はしご》をとりに行ったわ」

「わしが連れてこよう」と、祖父。

「いえ、そのまえに――」アーソが祖父を引きとめた。「少し質問させてください。彼がみなさんの手伝いをしにここに来たのはまちがいないですか？」

「ええ、わたしたちといっしょにね」祖母が低くなりつつある背を精一杯伸ばしていった。

「うちの車に乗って来たのよ」

「時間は何時ごろでした？」

「九時四十五分ぴったり」

「それはワイナリーを出発した時刻ですか？　それともここに到着した時刻？」

祖母はフランス語で、これじゃ尋問されているようだわ、とつぶやいた。アーソは首をかしげるだけで、辛抱強く祖母の返事を待つ。

「到着した時刻よ」ようやく祖母が答えた。

「やっぱり時間の記憶力はすごいですね」わたしの横でレベッカがささやく。

アーソは祖母にお礼をいうと、「ではすみません、彼を連れてきてください」とたのんだ。

それを聞いて祖父が歩きかけると、祖母が腕をつかんで引きとめ、わたしが行くわといった。そうしてカーテンの向こうに消え、しばらくしてボズを連れてもどってきた。ボズは祖母とおなじ黒いTシャツを着ている。背中には、「スタッフ」の文字。

彼は長い髪をかきあげた。肩までのばすのがお好みで、わたしがいくらいっても切ろうとしない。ただ、うちのお店のカウンターに立つときは、とりあえずヘアネットをつけてはくれた。

「こんばんは、アーソ署長。何かあったんですか?」

ボズの言葉に、アーソはいきなり、「その口はどうしたんだ?」と訊いた。

そう、下唇が切れて、乾いた血の跡があったのだ。ボズは反射的に指を唇にあて、すぐに離した。アーソは返事を待たず、本題に入る。

「きみとハーカー・フォンタンさんが口論しているところを、ふたりの人が目撃しているんだが」

ボズは肩をおとし、「はい、そうです」といった。「ぼくがクインって女の人にちょっかいを出したとかなんとかいわれて……。でもぼくは、すてきな女性だっていっただけです。ぼくにはちゃんとガールフレンドがいるから」

「えっ、そうなの?」わたしは思わず声をあげた。

ボズが顔を真っ赤にして、何やらつぶやく。わたしの耳には、〝おしゃべり女《フリバーティイジビット》〟って聞こえたけれど――。

「フィルビー・ジェブズですよ」レベッカが小声で教えてくれた。「頭のいい子で、何度かお店にも来たことがあります。髪の色はストロベリーブロンド。ブルーチーズが好きみたいでした」

「それからどうしたんだい、ボズ?」アーソはもう〝ボズートさん〟とは呼ばず、父親のような、穏やかな口調でたずねた。たぶん、ボズのことを気に入っているのだろう。

「あの人は酔っていて、ぼくを殴ったんだ。ぼくは階段から落ちて――」

「顎は大丈夫か？」

「レスリングだと、こんなもんじゃないから」ボズは顎をなでた。手の甲に痣の類はないけれど、そもそもハーカーは殴られて息絶えたわけではない。「でも、どうしてぼくに質問するんですか？　あの人がぼくを訴えるはずはないですよね？　だって、殴り返さなかったんだから。ぼくは大原則を守っただけです。ミズ・Bが――」わたしをちらっと見る。彼はわたしのことを〝ミズ・B〟と呼ぶのだ。「いつもいうんですよ、自分自身に正直であれって」

わたしは幼いころからいまに至るまで、じつに大量の金言を祖母から教わり、これもそのひとつだった。

「ぼくは喧嘩好きじゃないから」と、ボズ。「だから――」

「ハーカー・フォンタンさんは」アーソが静かにいった。「亡くなったんだよ、首を絞められて」

ボズの顔から血の気がひいた。

「ぼくは関係ないよ。何もしてないよ」アーソに近づき、懸命に訴える。「どうか信じてください、署長。ぼくはそんなことはしない、ぜったいにしない！」

もちろんわたしは信じるわ。アーソもそうよね？

「ふたりが喧嘩をしたあとに、ハーカーを見た人がいるはずよ」祖母がいった。「情報は集めたの？　署長のことだから、もちろん集めたわよね。十分な捜査をしないで犯人だと決めつけるわけがないもの」祖母は険のある言い方をした。というのも去年、アーソは早い段階で祖母を殺人事件の容疑者にしてしまったからだ。でもそのわりに、祖母はさっきワイナリーで、わたしとアーソの相性がいいようなことをいった。祖母のなかでは、アーソのほうがまだジョーダンよりマシということ？

舞台裏から大きな笑い声がして、わたしは現実に引きもどされた。すると、エイミーとクレアが、笑いながら駆けてきた。しかも、『オリバー・ツイスト』の孤児の衣装を着ている。子どもがこんな時間にいったい何をやっているの？

ふたりは舞台中央で立ち止まると、観客席を見てうろたえた。

そこへ、『オリバー・ツイスト』に登場するスリの親分フェイギンの扮装をした男が走ってきて、ふたごのまわりでジグを踊りはじめた。その姿に、わたしはこの一月、ショップに来た男性の観光客を思い出した。むっつりと黙りこくってカウンターまで来ると、試食用のモルビエを食べただけで帰っていったのだ。

エイミーがフェイギン役に向かって、「やめて、お母さん」といった。そしてわたしたちを指さす。

「シルヴィなの？」わたしはみごとな変装にびっくり。

マシューも顔をこわばらせた。「ここで何をしている？」

シルヴィはメリル・ストリープふうの自信たっぷりな態度で、やわらかいフェルトの帽子と付け髭をとると、顎をつんとあげた。

「ラジオで殺人事件のニュースをやっていたから、かわいい娘たちのことが心配で飛んで来たのよ」

「ラジオ？」アーソがわたしをふりむいた。

わたしは首を横にふる。そんな話はぜんぜん知らない。車でラジオはつけなかったし。つかのまの注目を浴びたくて、マスコミに教えたおしゃべりさんがいるってことだ。

「母親として、かわいい娘を守らなきゃと思ったの」シルヴィはそういった。「次つぎ殺人事件が起きるような町に住んでいるんだもの」子どもたちを手招きする。「お母さんのところにいらっしゃい」

エイミーもクレアも、その場につったったままだ。

「さあ！」シルヴィはせかした。でも、ふたごは動こうとしない。

「無理強いはよしなさい」と、祖母。

シルヴィはむっとして祖母に向きなおると、「どういうことかしら」と、いった。「わたしはあなたの命令に従わなきゃいけないの？　そんな怖い顔をしないでちょうだい、バーナデット。わたしたちはなにも、新しいお芝居の邪魔をする気はないわ」

「エイミーもクレアも――」マシューが前に出てきた。「その衣装をもとあった場所に返しておいで。お父さんとお母さんはちょっと話があるから、おまえたちは観客席で待っていなさい」

ふたごは舞台の裏に走っていった。

「そうね、しっかり話しあわなきゃね」シルヴィはつかつかとマシューに歩みよる。「あなたはあの子たちの前で、わたしを悪者にしたいの？」

我慢の限界にきたのか、アーソは顔を真っ赤にしてシルヴィの前に立ちふさがると、その手をつかんだ。

わたしのとなりにいたレベッカが小さくガッツポーズをして、「がんばれ、署長」とつぶやく。

わたしはボズに目をやった。みんなの目がよそへ向いて、ほっとしているようだ。かわいそうに、一週間くらいはベッドにもぐって隠れていたい気分だろう。少なくとも、ボズには確実なアリバイがあるから、勾留されることはない。

「すみません、署長」マシューがいった。「これは私的な問題ですから」

アーソはためらいつつも握っていた手を放し、シルヴィは彼をにらみつけたものの、それ以上のことはしない。

マシューはため息をついてから、「なあ、シルヴィ、もっと良識をもって行動してくれよ」といった。

これにシルヴィの髪が逆立つ――「良識？　そういうのは、創造性の芽を摘むだけよ。あの子たちには、創造力を高めてほしいの。携帯電話から目を離さずに、はいそうです、いいえちがいますなんてことしかいわない子にはなってほしくないわ。ほら、クレアを見てみなさいよ。真っ白な顔で、年じゅう泣いているみたいじゃないの。エイミーにしたって、かわいそうに、色彩のセンスが最悪だわ」

「そんなことはない」と、マシュー。

「いいえ、最悪です。どうしてあんなになっちゃったのか……。シャーロットの影響かしらね？」

わたしは爆発寸前だったけれど、ぐっとこらえてこうたずねた。

「あなたはどうしてワイナリーにもどってきたの？」

シルヴィは一瞬たじろいでから、恐ろしい目でわたしを見た。

「バッグを忘れたのよ」

「えっ？　あんなに大きなトートバッグを忘れたの？」

シルヴィは片手を胸に当て、「ハーカーが殺された事件とわたしは何の関係もありません。第一、会ったこともないんだから」

「それなのに彼をファーストネームで呼ぶの？」

「噂で聞いただけよ。だいたい、わたしには動機がないわ。むしろマシューのほうにあるんじゃないの？」

アーソはまるで、試合中の両チームの監督に責められている審判さながら、マシューを見てはまたシルヴィを見た。

「動機があるとはどういうことですか？」

マシューの頬が、首が、みるみる赤くなっていく。

「わたしがバッグをとりにもどったら」と、シルヴィ。「マシューとハーカーが喧嘩してたのよ」かわいらしくにこっと笑う。この笑顔がママやパパのお財布の紐をゆるめるのだろう。

「ねえ、マシュー、まさかあなたが殺したんじゃないわよね？」

マシューはアーソに向かって両手をあげた。

「彼は酔っていたんだよ」

「ハーカーはね――」シルヴィは指を一本立てた。「マシューがクインに色目を使ったことを責めていたの」

「それはちがう。嘘をつくな」マシューの両手がこぶしになった。大きく長く息を吐いて、気持ちをおちつける。「ぼくはダイニングルームにいたんだ。そうしたらハーカーがおぼつかない足取りでやってきて、テイスティング用のテーブルに重ねてあったワイングラスを倒した。だからぼくは彼を部屋の隅に連れていって、酔いをさますか、でなければ部屋から出ていってくれと、ていねいにお願いしたんだ」

「あれがていねいなお願いなの？」と、シルヴィ。

アーソが上唇をなめ、小さく舌を鳴らした。たぶん彼は心のなかで「我慢しろよ、がまんガマン」と自分にいいきかせているのだろう。そしてしばらくして、アーソはマシューに質問した。

「それは何時ごろですか？」

「九時……十五分くらいかな」マシューはちゃんと動いているかどうかを確認するように、腕時計に目をやった。「目撃者はどっさりいるよ。信頼できる立派な町民が何人もね」

シルヴィは鼻で笑った。自分が陪審員なら、そんな目撃者は信用しないとでもいいたげだ。

「わたしの話を信じなくても、べつにかまわないわよ。真実は、いずれはっきりするんだから。ところでみなさん、わたしね、こういうものを持ってきたの」彼女は最前列の観客席に置いたシルバーのトートバッグに手をのばした。そして封書をひとつとりだすと、それをマシューの胸にぱしっとたたきつける。

マシューは反射的にその封筒をつかんだ。

「ねえ、マシュー」と、シルヴィ。「裁判所に来てもらうことになると思うの。わたしね、監護権のことで、あなたを訴えたのよ」

8

わたしは大事件で疲れきっていたのに、家に帰って休むことができなかった。ワイナリーにもどってあとかたづけをしなくてはいけないからだ。あまったワインとグラスをショップに運んでほしいとマシューにたのまれ、彼は娘たちを連れて家に帰っていった。シルヴィの告訴宣言で、マシューはすっかり落ちこんでいる。

一時間後、ショップのキッチンにある食器洗い機にフォンデュ鍋その他を入れおえると、わたしはぐったりして、逆に眠れなくなった。心身ともに疲れきっている。さいわい、というべきか、わたしはハーカーのことをよく知らない。でもまだ若く、前途有望だったのだ。息絶えた青白い顔が脳裏によみがえった。

わたしは〈カントリー・キッチン〉でソーダでも飲まないかとレベッカを誘った。宵っぱりのかわいい女性は、気持ちよく首を縦にふってくれた。

レストランの入口には、呼び鈴を重ねて作った、ギターを持つエルヴィス・プレスリーがいる。それがじゃらじゃら派手に鳴っても、気分はひとつも晴れなかった。

「いつものテーブルがあいていますよ」レベッカがいった。

わたしたちは鮮紅色のテーブル席に向かった。ここのテーブル席にはすべて、ジュークボックスが備えられている。わたしがお財布のなかの二十五セント硬貨をさがしていると、店内のあちこちにあるスピーカーから《トゥエルヴ・オクロック・ロック》が聞こえてきた。するとじきに、人気の曲がかかったときの決まりで、スタッフは仕事を中断し、その曲を歌いながらテーブルのあいだを練り歩きはじめた。きょうは、ちょっぴり音程がずれている。スタッフのなかに、わたしの友人でもと歌手のデリラがいないからだ。いまはまだワイナリーで、ほかのお客さんたちと同様、アーソや副署長に質問されているのだろう。

席に腰をおろしたところで、わたしはジョーダンと妹のジャッキーが奥のテーブル席にいるのに気づいた。ジャッキーはまだ泣き顔で、ジョーダンは周囲の歌声をさえぎるように、片手を口に添えてしゃべっている。いったい何を話しているのだろう？　気にはなったけど、近寄らないことにした。でしゃばってはいけないし、殺人事件があったことを伝えるのも気が進まない。

歌が終わると、わたしとレベッカはソーダを注文した。ウェイトレスがそれを運んできたところへ、デリラがアルミ箔でおおったお皿を手に帰ってきた。わたしたちに気づき、まっすぐこちらに向かってくる。ウエーブのかかった黒髪が、右に左に揺れた。男性がふたり、首をまわして彼女を見つめるけれど、彼女のほうはまったく興味なしだ。

デリラはわたしたちのテーブルのわきに立つと、小さく口笛を吹いた。

「びっくりよね」

「アーソの聴取はもう終わったの？」と、わたし。ずいぶん早かったなと思う。

「彼にいわせると、わたしみたいな変わり者は暴力をふるわないんですって」テーブルにお皿を置く。「ほんとにそうだといいんだけどね。うちらみたいに何かをつくるのが好きなタイプは、かんしゃくもちが多いわ」

一時期、デリラはアーソと交際していた。彼女がブロードウェイのスターになる夢をあきらめ、この町に帰ってきてすぐのころだ。だからアーソはたぶん、彼女が激しやすい性格であることを十分知っていると思う。ここのところ、デリラが関心を寄せている男性は町で四つ星レストランを経営しているボズの叔父さんだ。

デリラがお皿のアルミホイルをとると、三角形に切った残り物の焼きチーズ・サンドがあらわれた。

「それにしても、アーソはずいぶんいらいらしていたわ」

「それはまたどうして？」レベッカが訊いた。

「ともかく先にこれを食べない？　ウェンズリーデール・チーズとクランベリーとターキーよ」デリラはサンドイッチを指さした。「チーズ屋さんを経営しているわたしの大の仲良しがね、ウェンズリーデールはケアフィリに似て多少もろい質感で、香りは天然の蜂蜜、夢のようにとろーりと溶けるっていうのよ。でなきゃ、こっちでもいいわ」デリラはとなりを指さした。こちらのチーズはブッターケーゼで、ゼリーとターキー、ハムをのせてある。「まだ、しなっとしてないわよ。焼きたてじゃなくてもおいしいわ」

わたしは食欲ゼロだった。だけどブッターケーゼには抵抗できない……。ハヴァーティよりクリーミーだけど、香りは控えめで――わたしはお皿からひと切れとって、かじった。うつうーん、おいしい！

「レベッカもどう？」と、デリラ。

「いえ、わたしはこれだけで」やせっぽちのお嬢さんはそういうと、ダイエット・ソーダをすすった。彼女はここに来る途中、何も食べる気がしなくなったといっていた。まあ、わたしもそのはずだったんだけど。

「ここにすわってよ」わたしはデリラにいった。「アーソの聞き込みのようすを教えてちょうだい。また殺人事件が起きたっていうこと以外に、彼がいらつく理由があるの？」

デリラは肩ごしに父親を見た。みんなに〝おやじさん〟と呼ばれる彼女のお父さんは、カウンターで注文をとっている。とことん日に焼けた顔は、まるでベテラン船員のようだ。髪はあっちこっちに飛んだりはねたり。そして、すっごくハンサム。

「合唱は終わったばかりよ」と、わたしはいった。「あと十五分か二十分くらいは、仕事を怠けても平気じゃない？」

おやじさんがこちらを向いて、娘と目を合わせた。空いたほうの腕を曲げ、少しなら許すと無言で伝える。このお店の経営者は、いまや父ではなく娘だけれど、娘はつねに父の気持ちを尊重していた。

「オーケイ。あのね、これは噂なんだけどね」デリラはレベッカの横に腰をおろすと、美しい黒髪を肩からはらった。「アーソは容疑者らしき人をふたり、追っているらしいのよ」

「だれとだれ？」

「さあ……」

「ワイナリーにいた人？」

「そう、それでワイナリーから姿を消したみたいね」デリラは身を乗り出し、フレディがハーカーを嫌っていたことや、ハーカーの画才は周囲の嫉妬をかっていたことなど、自分が集めた情報を一気に披露した。「わたしにいわせると、これはユージン・オニールの舞台だわ」

「そういえば、脚本の調子はどう？」

デリラはプロヴィデンス劇場の主演女優ではあきたらず、半年ほどまえから脚本を書くようになった。そしてひと月まえ、書き上げたものを祖母が採用し、上演してくれるといいなあ、と話していたのだ……。いま、わたしはあたらめて友人の顔を見て、はたと気づいた。

「もしかして、《ポーの出口なし》は、デリラの作品なの？」

デリラはにっこり。

「なあんだ、そうだったのか……」わたしとしたことが、もっと早く気づいてもよかったのに。「おばあちゃん《グランメール》はすっごく気に入ってるわよ」

デリラの頬がぽっと赤くなる。

「ねえねえ、事件の話をしましょうよ」レベッカが、こぶしの背側で軽くテーブルをたたいた。「わたし、デーンが怪しいと思うんですよね。エドセルの話だと、ハーカーはデーンにギャンブルの借りがあるんでしょ？　賭けたのは宝石かもしれませんよ」

「宝石？」デリラの眉がぴくっとあがった。「ほんものの宝石ってこと？」

「犯人が落としていったのは、偽物の宝石よ」と、わたし。

デリラは考えこんだ。「宝石――〝ジュエル〟って名前の女性がいるのかも」

「さすが脚本家ね」わたしは彼女の肩をたたいた。「ロマンチックだこと」

「ハーカーは借金を返すのを拒否したのかもしれません」と、レベッカ。「『悪いがイヤだね《ノー・ウェイ・ホセ》』なんていって」

わたしは苦笑いした。レベッカはテレビの深夜番組を見ては、そこから拾った表現を使いたがる。

「それでデーンが暗示的に、偽の宝石を残していったわけ？」と、デリラ。「うん、なかなかいい推理だわ」

「ね？」レベッカは控えめながらも、得意げな顔。

そのとき、ジョーダンが席を立ってこちらへやってきた。わたしの心臓がタップダンスを踊る。

ジョーダンがテーブルの横に来てわたしたち三人に挨拶し、椅子の背もたれに手をかけた。指先がわたしの肩に触れる。

「ワイナリーでは、話が中途半端になって悪かったね、シャーロット。それで――」

「殺人事件の話は聞いた？」わたしは彼の言葉をさえぎった。

ジョーダンには初耳らしく、わたしが概要を伝える。彼は故人をいたむ言葉をつぶやいたあと、つと顔をあげ、妹のほうに目をやった。彼女は窓の外をじっとながめている。

「ジャッキーは元気？」

わたしが訊くと、ジョーダンはうなずいた。

「うん、体調がいまひとつなだけだ」そういう彼の視線がおよいだ。たぶん嘘をついているのだろうけど、わたしは何もいわない。「もしよかったら、あしたコーヒーでも飲まないか？」

「わたしはショップにいるわ」

「わかった」

エルヴィスの鈴がじゃらんじゃらんと派手に鳴った。

全員がそちらに目をやると、疲れきったアメフト選手のようなアーソが入ってきて、まっすぐわたしたちのテーブルまで来ると帽子をぬいだ。

ジョーダンがうしろにさがって場所をあけ、「残念な事件が起きましたね」と話しかけた。

「いちばんつらいのは被害者の両親でしょう」と、アーソ。

「もう知らせたの？」わたしは遺族の気持ちを察し、胸が痛んだ。

アーソはうなずいた。

「世界を旅してまわっているようで、いまはオーストラリアの奥地にいるらしい。ここに来るには数日かかるだろうな」

「では、ぼくは失礼するよ」ジョーダンはわたしの肩をぎゅっとつかんで小さくほほえんだ。そしてまた妹のもとへ。

アーソは太い指でふさふさの髪をかいた。

「すわったら？」と、デリラ。

アーソはわたしの横にどすんと腰をおろした。

「犯人のＤＮＡがわかる証拠は見つかりましたか？」レベッカがたずねる。

アーソはゆっくりとレベッカに視線を向けた。見ている者をすくませる恐ろしい目つき。

「いいや、まだですよ、ズークさん」

プロヴィデンスは小さな町だから、科学捜査班のようなものはない。警察署といっても、実働部隊はアーソと副署長くらいのもので、このまえ殺人事件が起きたときは、ホームズの郡警察が協力してくれた。

「もう容疑者はいるんですか？」と、レベッカ。ほんと、彼女にはときどき驚かされる。事件記者のごとく執拗で、容赦なくズバリと訊くからだ。

「クイン・ヴァンスが怪しいと思う」アーソはあっさりと答えた。

「よしてよ」わたしはつい大声をあげた。横を向き、指でアーソの胸を突く。「クインが犯人であるはずがないわ」

「彼女と父親の姿が消えたんだよ」

「消えた？」

「ほら、わたしが話したやつよ」と、デリラ。

そういえば、さっきワイナリーにもどったとき、フレディやクインの姿は見かけなかった。でも、クインに人が殺せるはずはない。それはぜったいにありえない。わたしたちはいっしょに本を読み、しゃぼん玉を飛ばし、《ちっちゃなクモさん》を歌った。あの子が犯人であるはずがない。

「ぼくらが劇場にいるころ、姿を消したらしい」と、アーソ。「出て行くふたりを副署長が引きとめようとすると、フレディ・ヴァンスが抵抗した。被害者と最後にいっしょにいたのはクインだと証言する者は十人くらいいるしね」

「でも、あの子は気持ちのやさしい子よ」

「やさしい人間でも罪を犯すことはある」

「そうね、あのとき……」

わたしはそこで口を閉じた。よけいなことをいってはいけない。わたしはたしかに、クインとハーカーがもめているのをこの目で見たのだ。でも、たとえクインが彼を貯蔵庫に誘いこんだところで、女の力では人の首を絞めたりできないだろう。

「あのとき――なんだい？」アーソが訊いた。

「ん、なんていうか、その……」わたしは秘密を守れない。といってももちろん、警察への捜査協力という意味でだ。ましてや、殺人事件では。「ハーカーとクインが喧嘩しているのを見たの」

「わたしも見ました。場所はキッチンです」と、レベッカ。

「でもクインはデーンとも、もめていたわ。そのとき、スカーフを落としていったのよ」わたしはデーンが彼女にフォンデュをむりやり食べさせようとしていたことを話した。「あのあと、だれかがスカーフを拾ったんだわ」

「それはクイン本人かもしれない」

「ウィノナ・ウェスタトンはどうなの？」デリラがいった。

「ええ、怪しいですよね」と、レベッカ。「あの人はたぶん何かを隠しています」

「さっきはデーンが怪しいといわなかった？」と、わたし。

「だれだって、意見が変わることはありますよ」レベッカはわざとらしくポニーテールを手ではらった。

まさかレベッカは、本気で探偵になる気じゃないわよね？　そんなことになったら、アーミッシュの家族はどう思うかしら。彼女がコミュニティを出てうちで働くようになってから、ほとんど連絡をとりあっていないようだけど。

「ウィノナはフレディを追っかけてまで寄付したって聞きましたよ」レベッカはつづけた。

「あの人はこのワイナリー見学ツアーに参加したくてたまらなかったみたいです」

「すまない、どういう意味かよくわからないんだが」と、アーソ。「ここに来たいがために、彼女は寄付をしたってことか？」

「寄付をしたら、フレディはノーっていえないですから」

いい指摘だわ、レベッカ。

「ウィノナは力もありそうだしね」わたしはレベッカの推理を後押しした。「それにうちのお店では、意味ありげにウィンクしたりして、ハーカーに媚びていたわ」

アーソは苦笑した。

「ウィンクぐらい、したっていいんじゃないか？　おれも気をつけなきゃだめかな」わざとらしくゆっくりと、わたしに向かってウィンクする。

わたしは顔をそむけた。まったくアーソったら……と思ったところで、考えなおす。あのときの彼女のウィンクは、意味ありげな目配せとはちがい、ただの癖のようなものかもしれない。ふたりは色っぽい話題ではなく、絵画について話していたのだから。

またエルヴィスが騒いで、エドセル・ナッシュが入ってきた。ふらついてだらしなく、シャツはよれよれ、裾はジーンズからはみ出ている。そして彼のうしろには、不安な目つきのデーン。

エドセルはわたしたちのテーブルに来ると、アーソをにらみつけた。

「ボスを帰したんだって？」握りこぶしを手のひらにたたきつける。「どうして？」

「犯人ではないと考えたからだよ。彼には確かなアリバイがある」アーソは鼻をくんくんさせた。「酔っているな？」

デーンがエドセルの肩に腕をまわし、「おい、なんか食おうぜ」といった。そして彼をカウンターに連れていき、赤いレザーのスツールにすわらせる。デーンは友人の扱い方がじつにうまかった。

エドセルはふらつくからだをデーンにささえられ、うつろな目で友人を見た。

「ハーカーは親友だったんだ。この世でいちばんのな」

まさかでしょ、とわたしは思った。うちのショップで、ハーカーは彼にひどい態度をとったじゃないの。

アーソが立ちあがり、エドセルのとなりに行った。そして彼のスツールの下、金属の横棒に片足をのせる。するとデーンが、エドセルの背後にすっと立った。もし剣を持っていたら、アーソの胸につきつけて近寄らせなかっただろう。厚い友情。

「おれは大丈夫だよ」エドセルはデーンを腕で追い払った。

「すまないが、ナッシュさん、ハーカー・フォンタンさんとの関係をもう少し詳しく話してくれないかな」アーソは穏やかな口調でいった。これはたぶん尋問のテクニックだろう。

「入学したときのルームメイトだよ」

わたしはふたりの話を聞きたくて、テーブル席の外に出た。そして焼きチーズがのったお皿をカウンターに持っていく。

「お腹がすいてるんじゃない？」

デリラもすぐに席から出ると、赤いラミネートのカウンターの奥に立った。彼女がソーダをふたつ準備するあいだに、レベッカもカウンターに到着。

エドセルはブッターケーゼのサンドイッチをひったくるようにして取ると、ふた口で食べきり、指先をなめた。

「ハーカーとおれは美術を専攻して、スキーとおれは――」

「スキーというのは？」アーソがたずねる。

エドセルはデーンのほうに親指をつきだした。「ツェギェルスキーの略だよ。いわせてもらえば、ドイツ人の名前はほんとに長ったらしい」

「ドイツじゃなくてポーランドだ」デーンが訂正した。

「じいさんばあさんはドイツだったろ。まあ、なんでもいいや」エドセルのしゃべり方はしっかりしている。そうひどく酔っているわけではないらしい。「スキーとおれが先に美術クラスをとって、ハーカーはあとから入ってきたんたが、あいつの才能は、すぐにわかったね。あいつは油にするか、水彩かアクリルか、なかなか決められなかったが、指導教授のフレディは、なんでもいい、きみが思ったとおりのもので描けばいいといっていた。それくらい、才能があったんだよ。あいつはほんとにいい絵をかいた。それに比べりゃ、おれたちの絵はゴミ箱行きさ」

「もう新作は見られないな」デーンが頬をひくつかせながらいった。

「ああ、そうだな」エドセルがうなずく。

「クインにも才能があるよ」デーンはサンドイッチをつまむと、彫刻でもながめるようにためつすがめつした。

アーソはポケットから手帳をとりだし、「で、あなたとハーカー・フォンタンさんとの関係は？」と訊いた。「……ツェギェルスキーさん？」

「友人でした」

「そしてポーカー仲間だ」と、エドセル。「ハーカーはデーンに負けの借金がどっさりあったな」

　これにアーソの目が光った。

「どっさりというのは、どれくらい？」

「五百ドル」エドセルが答える。

「いいかげんなことをいうな！」デーンはサンドイッチを放った。「おれたちの賭けはそんな――」

「アーソ署長！」

　女性がひとり、あわてたようすでこちらに向かって走ってきた。彼女は朝食つきの宿泊施設《B&B》〈ラベンダー＆レース〉のオーナー、ロイス・スミスだ。紫色のポンチョが揺れて、下に着ているラベンダー色のセーターと、ふくらはぎまである紫のスカートが見えた。

「アーソ署長！　ずいぶんさがしたのよ。あら、ツェギェルスキーさんにナッシュさん！　ほんとにもう、どうしましょう……事件のことをニュースで聞いたんだけど。ああ、もう、どうしましょう！」

　ロイスのB＆Bには、フレディとウィノナ、そして美術学生たちが宿泊していた。

　アーソは彼女のところに行くと、肩にやさしく手をのせた。「さ、おちついて、スミスさん。何があったんですか?」

「なくなったのよ、フォンタンさんの絵が」ロイスは片方の目が弱視で、しょっちゅうまばたきしている。「あの人の絵が消えたの!」

Wensleydale cheese

ウェンズリーデール

イングランドのウェンズリーデール地域（ノースヨークシャー）で、牛乳からつくられるセミハードタイプのチーズ。クレイアニメ『ウォレスとグルミット』の主人公ウォレスの大好物のチーズとして有名に。

Appenzeller

アッペンツェラー

スイスのアッペンツェル地方でつくられる牛乳チーズ。ワインやハーブを加えた塩水（製品ごとにレシピは異なるが、どれも企業秘密）で表面をこすることにより、独特の風味が生まれる。

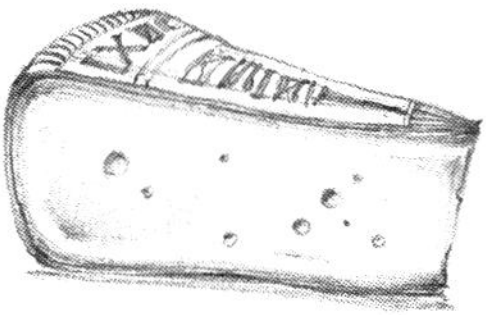

9

ロイスは〈カントリー・キッチン〉を出て自分のB&Bに向かう道中、ノンストップでしゃべりつづけた。しかも、ほとんどおなじ話のくりかえしだ。絵が消えた、盗まれた……。ロイスは犯人がどうやって部屋に入ったのかが不思議でならないらしい。彼女の夫はわたしが〝サイコロさん〟と呼ぶほどがっしりした体格の男性だけど、その彼が一日じゅうずっとB&Bで、あたりのようすに気を配っているのだ。ロイスはアーソやわたしたちに、そんな話をしつづけた。

B&Bに着いてキッチンに入ると、ロイスはマスターキーの束をとり、階段を早足にあがっていった。紫色の〝ウサギの足〟のキーホルダーが、右に左にリズミカルに揺れる。まずロイスが先頭で、ハーカーの部屋に入っていった。すると、どこからともなくシーズーのアガサが駆けてきて、わたしたちの足のあいだをすりぬけ、飼い主のもとへ行った。そして命令されもしないのに、ちょこんと行儀よくおすわり。舌を出して、はあはあと息をする。アガサなりに、場の深刻な雰囲気を感じとったのだろう。

アーソが戸口ぎわで立ち止まったため、うしろにいたわたしたちには室内のようすが見えなかった。レベッカとわたしはつま先立って、なかをのぞく。デーンとエドセルはためらっているようだ。

ロイスは四柱式ベッドの横に立ち、ポンチョの下で両手を組み合わせた。

「絵はここにあったの」

ハーカーの部屋も、このB&Bの特徴であるラベンダー系の色で統一されていた——花柄のベッドカバーに枕カバーはもちろん、ラベンダー色の花瓶にはシルクのラベンダーの造花。厚手のカーテンもラベンダー色で、その向こうに薄手のカーテンが重ねられ、そこから外の街灯がほんのり差し込み、絨緞に明かりの小道ができていた。

しかし、そんなこぎれいな部屋にそぐわないものもあった。安楽椅子に投げ出されたジーンズにソックス、絵の具の飛び散ったワークシャツ。アンティークのシンクの横のカウンターには、石鹸や歯磨きなどが散らばり、部屋の隅のスーツケースからは服の端がのぞいている。

「学生はそれぞれひと部屋ずつ使っているのかな？」アーソがロイスにたずねた。

「そちらのデーンさんとエドセルさんは相部屋ね」と、ロイス。「ほかの方たちはひとりずつだわ。ともかく、きのう、この部屋を掃除して、またきょうも掃除したの。ええ、まるでのぞきまわってるみたいでしょ？　わかってます。でもね、わたしはそういう人間なの」ロイスは習慣的に枕の位置をととのえ、たたいてふくらませた。アガサが腰をあげ、ロイスの足もとに行く。とことこ歩くと、首にぶらさげたＩＤタグが楽しげな音をたてた。「それでね、ともかくきのう掃除をしたときは、ハーカー・フォンタンさんの……あれは何ていうんだったかしら？」ぱちんと指を鳴らし、頭をたたく。「そうそう、ポートフォリオだわ。ハーカーさんのポートフォリオは、これなのよ」ロイスはベッドの下から黒革のケースをひっぱりだした。一メートル×五十センチくらいで取っ手がつき、ここに制作中の作品を入れるのだ。

「きのう、このなかをのぞいてみたの」と、ロイス。「すばらしい絵が入っていたわ。肖像画とか風景画とか。ところがそれがね、なくなっているのよ」

アーソがそちらへ移動し、わたしもレベッカもようやく部屋に入ることができた。戸口の左手に椅子があったので、そこにバッグを置き、ポートフォリオを間近に見ようとベッドのほうへ向かいかけたら——

「きみはそこにいろ、シャーロット」アーソの怖い声がした。彼はそれからケースを開き、セロファンのホルダーをめくっていく。

「ね？　からっぽでしょ？」と、ロイス。「きのうは絵やスケッチが入っていたのよ」とまどったように首をふり、黙ったまま窓ぎわへ行くとカーテンをいじった。

その姿を見ながら、わたしは考えた。だれかが外の格子をよじのぼって、窓から侵入したのかしら？　その場合、窓の下枠に指紋が残っていたりしない？　部屋の戸口にいるデーンとエドセルが小声で話しているのが聞こえ、わたしは肩ごしにそちらを見た。とたん、ふたりはぴたっと口をつぐみ、〝人間チェス〟をやるように、一歩前に踏み出した。

でも、ふたりが何を話していたかはすぐにわかった。たぶん、クインのことだろう。彼女が廊下を小走りでやってきたからだ。これでとりあえず、ひと安心。元気な姿で、またみんなの前に出てきてくれたのだから。クインは若者ふたりのあいだを抜けて、部屋に入ってきた。白い顔はまだらに赤く、赤毛はもつれ、ぼさぼさだ。

「何があったの？」クインがだれにともなく訊いた。

わたしは彼女のそばに行って、肩に手を添える。

「大丈夫？　いままでどこにいたの？」

「わたし……」声が詰まる。「お、お散歩してたの」目からぽろりと涙がこぼれた。「ねえシャーロット、わたし、信じたくない。ハーカーがいないなんて。死んだなんて、信じたくない……」クインはわたしの胸に顔をうずめ、わたしはクインを抱きしめた。そうしてしばらくして、彼女はからだを離すと、「ここで何をしているの？」と訊いた。

「ハーカーの絵がね、消えてなくなったのよ」

「まさか……。彼はどこへ行こうとポートフォリオを手放さなかったわ。いつも手元に置いて、制作途中の絵は絶対にほかの人には見せなかったのに」

「この部屋で、ほかに目立つものはなかったかな？」アーソが訊いた。「気がついたものはない？」

「たとえばドラッグとか？」エドセルがアーソにじりっと寄った。

「ハーカーはドラッグはやらなかったわ」と、クイン。声の調子が高くなる。「お酒もめったに飲まなかったし」

でもワイナリーでは確実に酔っていた。マシューが注意したくらいなのだから。ハーカーは自分の絵が消えたことを知っていたのかしら？　それでやけ酒を飲んだ？

「お父さんはどこ？」わたしはクインに訊いた。

「知らないわ。ウィノナに訊いてみたら？」その言い方から察するに、クインは父親を追いかけるウィノナが気に入らないようだ。でも十九歳の女の子なら、それが自然な感情かもしれない。

アーソがこちらにやってきた。クインの横に並ぶと、ひときわクインが小さく見える。

「ワイナリーにいた人には」と、アーソ。「質問が終わるまで帰らないようにとお願いしたんだが、きみとお父さんはそれでも出ていったね」

「わたしは散歩しただけです」涙が頬を伝い、肩が小さく震える。「大勢の人のなかにいるのがつらくて……ひとりで考えたかったから」嗚咽がもれた。「何がなんだかわからなくて……」口にこぶしを当てる。「ハーカーはほんとに死んじゃったの？　愛してたのに、心から愛してたのに」

アーソの表情は変わらない。ひょっとして、まだクインを疑っているの？

アーソはロイスに向きなおると、「ポートフォリオにはどんな絵が入っていたんだろうか？」とたずねた。

アガサが甲高い声で吠える。

「こらこら」ロイスはシーズーを抱きあげると、頭をなでた。「そうねえ……夕暮れの風景や、高層ビル。鳥が飛んでいる光景とか。かわいらしい女の子の顔も何枚かあったわ。全身じゃなかったけど」

「彼は肖像が苦手だったの」と、クイン。「とくに手がへたで、いつも指が鉤爪みたいになって……」ハーカーの思い出に、悲しい小さな笑みをうかべる。「ワイナリーの絵は見たでしょ？　あれはすばらしい作品だわ」

デーンがくくっと笑い声をもらし、エドセルが肘で彼をつつく。

わたしはワイナリーで見たハーカーの絵に深い寂寥を感じたことを思い出した。彼は自分の運命を予感していたのだろうか？

一階の玄関がばたんと閉まった音がした。階段をあがってくる複数の足音が徐々に大きくなり、男がひとりしゃべっているのが聞こえた。低い声で内容まではわからない。

「あれはお父さんじゃないですか、クイン？」レベッカがいった。ほんと、レベッカの耳は象の耳だと思うことがときどきある。

「お父さん！」クインが戸口に向かって走り、エドセルとデーンが左右に分かれて彼女を通してやった。

レベッカにつつかれて、わたしは彼女といっしょに廊下へ出た。見ればフレディとウィノナが階段をのぼりきったところにいる。ウィノナは顔が赤く、髪も乱れて、腕にかけているのはレインコート。細身のゴールドのワンピースは、裾に皺が寄ってずりあがり、彼女はそれをあわてて下に引っぱった。

クインは泣きながら父親の胸に飛びこむ。

「お父さん、なくなったのよ。ハーカーの絵がないの。盗まれたのよ」

涙に濡れた娘の顔を見て、フレディのからだはなぜかこわばり、目が警戒心でいっぱいになった。娘の背中をたたく手もぎこちない。

いったいどうしたの？　クインは傷ついているのよ。どうかフレディ、彼女をやさしく抱きしめて。

親子は小さな声で言葉をかわし、クインは父親から離れるとウィノナをにらみつけた。

「この人はどうしてここにいるの？」

「そんな言い方はよしなさい」フレディがたしなめる。

「わたしはわたしのいいたいことをいうわ」クインは父親に、それからウィノナに指をつきつけた。「なんでここにいるのよ？」

「あら、帰ってきただけだわ」ウィノナはバッグから鍵をとりだし、ぶらぶら振ってみせた。

「寄付者のつもりなら」と、クイン。「ほかの人たちとおなじように〈ヴァイオレット・ヴィクトリアナ〉に泊まればよかったのよ」また涙があふれ、クインは自分の部屋に駆けこむとドアをばたんと閉めた。

ウィノナは苦笑い。

アガサを抱いて廊下をのぞいていたロイスが、小さく舌を鳴らした。

「若いうちに愛する人を失うのは、たまらなくつらいものよ」ロイスの声には悲しみが満ちていた。わたしはロイスのことをあまりよく知らないけれど、ロイスにはロイスのせつない過去があるのかもしれない。

それにしても、どうしてフレディは娘にもっとやさしくしないの？　それにウィノナはどういう考えから、ほかの寄付者とちがうこのB&Bに泊まっているのだろう？

わたしの考えを見透かしたかのように、ウィノナが顎をつんとあげた。フレディとの関係を質問されたって答えてやらないわよ、とでもいいたげだ。そしてわざとらしくこういった。

「みなさんこそ、どうしてここに集まっていらっしゃるのかしら？」

「ぼくらはここに泊まってるんだよ。もう忘れちゃったかな？」と、デーン。

ウィノナは目を細めてじっと彼を見た。

「あなたに訊いたんじゃないわ。こっちの人たちよ」刺すような視線をわたしに向ける。

「アーソ署長のお手伝いをしているだけです」レベッカがいった。「絵を盗んだ人間を見つけれぱ、殺人事件の手がかりになるかもしれませんから。同一犯の可能性もあります」レベッカは同意を求めるようにわたしの顔を見た。

そうね、あまりにも時間的に一致しているわ。

「盗まれたって、どうして断定できるのよ？」ウィノナがスカートの皺をのばしながらいった。「ハーカーが捨てたかもしれないじゃないの」

「捨てるにはもったいないような、いい絵でしたよ」ロイスがいった。

「あら、スミスさん、どうしてそんなことを知っているの？」

冷たく問い詰めるような口調に、わたしはつい口走った。

「彼のポートフォリオだから、それくらい想像がつくわ」

ウィノナは眉をぴくりとあげた。「ポートフォリオって？」

「ハーカーさんはベッドの下にポートフォリオを置いていたんです」と、レベッカ。「そこに作品が入っていたのに、いつの間にか消えてしまった」

「それのどこが問題なのよ？　ここで殺人が起きたわけでもないでしょ」

「絵を盗んだ犯人は、それを隠しつづけたかったのかもしれません。ね、署長？」レベッカがアーソをふりむいた
アーソはさっきから戸口に立ったままで、レベッカの質問には答えず、フレディにたずねた。

「いままでどちらにいましたか、ヴァンスさん？」

フレディはあわててポケットから手を出し、気をつけの姿勢をとった。

「気持ちが動転していたから、外の空気を吸いたくてね」

「ワイナリーにもどらなかったのは、なぜ？」

「いったでしょ？」ウィノナが横から口を出した。「彼は外に出たかったのよ。そうやって散歩をして、煙草を吸っているときに、わたしは彼を見つけたの。そのまままっすぐB＆Bに帰ったところで警察は文句をいえないわ、っていったのは、わたしよ。だってそうでし

よ？　フレディは犯人じゃないんだもの」

アーソはウィノナの理屈にむっとしているようだった。

「そりゃもちろん、町を出たらいけないことはわかってるわよ」と、ウィノナ。

彼女はずいぶん警察のやり方に詳しいみたいだわと――。

「でもごめんなさい。わたし、いけないことをしちゃったかしら？」ウィノナは長いまつげをぱたぱたやって、何度もまばたきした。

アーソはため息をついた。さすがの警察署長も、かわいい女性に対しては強気になれない？

「きょうはこれくらいにしておきましょうか」アーソはフレディにいった。「あすの朝いちばんに話を聞かせてください」アーソはひとりでつかつかと部屋を出て階段へ向かった。

「それではみなさん、おやすみなさい」

デーンとエドセルは廊下の先にある自分たちの部屋に行く。

「署長、ちょっと待ってください」レベッカはアーソを追った。「まだ帰れませんよ。ここは犯行現場でしょ？」

アーソは肩ごしにこちらを見て、「ロイス・スミスさん、ハーカー・フォンタンさんの部屋には鍵をかけてください。あすの朝、現場検証しますから」

「でも――」レベッカは納得がいかないようす。

「いいから、ズークさん、もう家に帰って。寝不足は美容に悪いよ」アーソは帽子の縁をたたいてさよならの代わりにすると、そのまま階段をおりていった。

レベッカは両手のこぶしを腰にあて、何やらぶつぶつ。いうことをきかない息子に対する母親のようだ。

「さ、お嬢さん」わたしはレベッカに声をかけた。「帰りましょ」

「まったく！」

「ええ、気持ちはわかるわよ」

「せめてこの部屋に警備をつけないと」

「心配しないで」ロイスがいった。「ドアの外に簡易ベッドを置くから」

「おやすみ、シャーロット」フレディがウィノナの背中を軽く押しながらいった。ウィノナは廊下を進んで、自分の部屋の鍵をあけると、おとなしくフレディの頬にキスをして、なかに入っていった。ドアが閉まり、カチッという音がする。

フレディはふりかえり、クインのとなりの部屋に向かった。ノブに手をかけ、娘の部屋のドアをじっと見る。でもそのまま何もせず、自室に入って静かにドアを閉めた。

重くるしい静寂のなか、わたしは急に疲れを感じ、ロイスにお礼をいってから、レベッカといっしょに階段をおりた。外に出て彼女と別れ、B&Bのとなりにある自宅の玄関へ。そしてそこで、バッグをハーカーの部屋に置き忘れてきたことを思い出した。

急いでB&Bに引き返し、なかに入ったところで、ふと立ち止まる。そうだ、ロイスはいつも、玄関の鍵をかけないのだ。だれだってここに入って、ハーカーの部屋のものを盗むことができるだろう。そう、だれにだってできるのだ。〝サイコロさん〟が侵入者に気づかなかった可能性はいくらだってある。あすの朝、アーソにこのことを話さなきゃ。

そう思いながら、わたしは二階へあがった。ロイスはもう、部屋の前に簡易ベッドを置いているかしら……。ところがロイスは、アーソにいわれたにもかかわらず鍵もかけていなかった！　わたしはバッグをとって階段にもどりかけ、フレディの部屋の前で少し逡巡。クインの件で、彼と話したほうがいいかもしれない——。わたしはノックしようと手をあげたところで、ドアがほんの少し開いているのに気づいた。

フレディの独り言が聞こえる。内容はわからないけど、気分がおちこんでいるのはまちがいないだろう。

わたしはもう少しだけドアをあけ、なかをのぞいてみた。フレディはベッドの上の、開いたスーツケースに大きな封筒をしまうところだった。絵画が入るくらいの大きな封筒を。

10

まんじりともせずに、夜を明かした。ふたごを起こして、窓ぎわの鉢からハーブを摘み、子どもたちが好きな朝食――ハーブのオムレツを用意する。それぞれお好みのチーズを加えるのも忘れないように。エイミーのほうはメイプルリーフ社のスモークゴーダで、クレアはツー・プラグ・ニッケルズ牧場のラベンダー・ゴートチーズだ。ただ残念ながら、これくらいでふたりの機嫌はなおりそうになかった。靴を隠した、ソックスを隠したと、喧嘩ばかりしているのだ。オレンジ・ジュースに何か悪いものでも入っていたかしら？　ううん、そうではなく母親の登場がきっかけだ。シルヴィが負の作用を引き起こし、わたしとしてはなんとかしたいと思いつつ、現実にはお手上げだった。

「どうしてお父さんとお母さんは喧嘩してるの？」クレアが食卓の椅子にすわりながら訊いた。

「弁護士に会ってるからよ」エイミーは食卓の横に立ったまま、母親からもらった中国製のフィンガートラップで遊んでいる。これは藁の筒で、左右の人差し指を両端から差し込むと抜けなくなってしまうおもちゃだ。「ああん……引っぱっても抜けない！」エイミーは金切り声をあげた。「嫌いよ、こんなおもちゃ！　大っ嫌い！」

「引っぱっちゃだめよ」と、わたしはいった。「ひねればいいの。それは、あせっちゃだめですよ、っていうおもちゃなんだわ」

エイミーはいわれたとおりにして指を抜くと、藁の筒をテーブルに放り投げていった。

「クレアが質問してるのに、なんでシャーロットおばちゃんは答えないのよ？」

「そういう言い方はよしなさい」わたしは冷静にたしなめた。

「ごめんなさい」エイミーは唇を噛み、涙がひと粒ぽろりとこぼれた。クレアがナプキンをさしだす。

「お父さんとお母さんはね」わたしはふたりにいった。「いっしょにいても、しあわせだと思えないのよ」

「でも、まえはそうじゃなかったんでしょ？」と、クレア。

わたしはにっこりして、「ずいぶんまえはね」とだけいった。

重い気分で、子どもたちを学校に送りだし、少し休むことにした。うちの家はヴィクトリア様式で、ポーチが全体をぐるっと囲んでいる。わたしはそこの椅子のひとつに腰をおろした。予報では雨にならないらしいけど、気温は身が縮むような二℃。春はまだまだ遠い。スエットパンツにダウンのパーカー、ＵＧＧ《アグ》のブーツという格好で、わたしはミントティーをすすり、となりのＢ＆Ｂに目をやった。

殺人事件のニュースが広まり、この小さな町も騒がしくなってきた。通りにはマスコミの車が十台以上並んでいるし、暖かい服装でテイクアウトのコーヒーを手にした観光客が好奇心一杯の顔つきで、B&Bの前を通り過ぎていく。立ち止まって写真を撮る人もいれば、記念品のつもりだろうか、庭から紫のチューリップを摘んでいく人までいた。このぶんなら、ジーグラー・ワイナリーにも大勢の野次馬がいるだろう。わたしはオスカー・ワイルドの言葉を思い出した――「大衆は、あらゆることを知ろうとする飽くなき好奇心をもっている。ただし、あらゆることといっても、知る価値があることを除く」

七時十五分ごろ、フレディがB&Bから出てきた。ジョギングウェアで、派手なオレンジのスキー帽をかぶっている。マスコミの人たちが、花の蜜に群がる蜂のように彼をとりかこんだ。

「フォンタンさんは賭け事が好きだったんですか?」

「宝石は本物だった?」

「レンガの衝立は何のために?」

ずいぶん細かいことまで知っているものだと感心した。アーソはゆうべワイナリーにいた人たちに、捜査については口外しないでくれと話していたのに。でもやっぱり、人の口に戸は立てられないのだ。

フレディは口を引き結んだまま。手をふって追い払うことも、立ち止まることもない。歩道をゆっくりと走り、うちの前を通り過ぎていく。足どりは軽やかで一見おちついていた。わたしはきのう見た、あの大きな封筒のことを思い出したけれど、いま彼にたずねる時間はない。

〈フロマジュリー・ベセット〉を開店すると早速、待っていた記者や観光客が入ってきた。そのこと自体、わたしはとくに気にならない。お客さんとしてチーズやパン、温かい《マルド》サイダーを買ってくれる人もたくさんいるのだから。寒い日に温サイダーを出すのはレベッカのアイデアだった。ところが、きょうの来店者たちは、どうもボズが目当てらしい。わたしやレベッカが、ボズは事件に関係ありません、いまは学校に行っていますといくらいっても、記者たちはあきらめない。そのうち大声でわめく人もいて、レベッカが金属のスパチュラでオーヴンの焼き型をたたき、静かにしてください、といった。また、ラグズがときどき事務室から顔をのぞかせることもあった。オス猫なりに、ボズが到着したら精神的なサポートをしようと考えているのだろう。わたしが首を横にふり、ボズはまだよ、と教えると、ラグズはいつもの椅子に飛び乗ってからだを丸め、ふたたび待機姿勢に入った。

お昼ごろ、チーズ・カウンターの向こうで祖父がわたしを手招きした。

「シャーロット、おまえはどう思う？」

祖父はきょう、マシューがナカムラさんに会いに〈ナッツ・フォー・ネイル〉に出かけているあいだ、ショップを手伝ってくれているのだ。ナカムラさんはこの工具店を開業するまえ、クリーヴランドで法律関係の仕事をしていたから、今回の監護権の問題で相談にのってもらおうということになった。

祖父はカットしたアッペンツェラーとヴェッラのドライ・モントレージャックをそれぞれ

ひと切れ掲げ、「試食用にはどっちがいいかな？」と訊いた。

「アッペンツェラーですかね」おなじくカウンターの向こうにいたレベッカが、チーズ・バスケットを仕上げながらいった。バスケットには職人《アルチザン》チーズ三種、柄がオリーヴ材のチーズ・ナイフと黒い給仕トレイ、わたしのお気に入りレシピがいくつか入っている。このバスケットは、うちのショップの第一回インターネット・コンテストの賞品だ。月刊のオンライン・ニューズレターの購読者ならだれでも参加できる。

「うん、同感よ」と、わたし。アッペンツェラーは一般的チーズとはいいがたいけれど、個人的にはとてもおすすめ。牛乳を原料とするスイスのセミハード・タイプのチーズで、一見グリュイエールふうながら、もっと独特の、草地の香りがする。レシピはいまのところ企業秘密だ。でもハーブやワイン、塩などで表面をこすることだけはわかっている。

祖父はアッペンツェラーを試食用に小さくカットし、お似合いのお皿に並べた。と、そこへ、玄関の葡萄の葉のチャイムがちりりりんと鳴った。

見ればジョーダン！　黄色の蠟紙に包まれているのは、ペイス・ヒル農場製の九ポンドのダブルクリーム・ゴーダだろう。彼は悪魔のようにチャーミングな笑みをうかべ、わたしの心臓はちょっぴり苦しくなった。

「うちの製品をお届けにまいりましたよ、チーズ姫。どこに置けばいいかな？」

わたしは彼から円板《ホイール》をうけとり、冷蔵庫に持っていった。彼がうしろについてくる。

冷蔵庫の扉を閉めていると、ジョーダンがわたしのうなじあたりでささやいた――「数分でいいから、菜園にでも行かないか？」

「ええ、いいわよ」わたしはそう答えると、「ねえ、おじいちゃん《ペペール》、レベッカ！」と呼びかけた。「悪いけど、お昼の休憩にさせてもらうわね」

祖父は元気いっぱいの若いアシスタントにわけ知りのウィンクをし、彼女のほうはにやっと笑う。

「どう？　お腹はすいていない？」わたしは彼に訊いた。

「きみはほんとに勘がいい」

わたしは小ぶりのお皿にスライスしたチーズとクラッカー、ピクルス用の若いキュウリを盛った。そしてエプロンをとって裏口のフックに引っかけ、パーカーをはおる。ホープ通りに行くと、南端の商店街の裏路地に、生協の菜園と温室がある。わが〈フロマジュリー・ベセット〉はここを利用させてもらい、ハーブやトマトその他の野菜を育てていた。いまは野外の菜園が青々する季節ではないし、地面も雨の名残で湿っているけど、あと一、二カ月すれば、あたりはすばらしい香りに満ちるだろう。

わたしたちは菜園の奥まで行って、瞑想ベンチに腰をおろした。右手に錬鉄製のテーブルがあるので、わたしはそこにアペタイザーを置き、ジョーダンの手に自分の手をからめた。彼の温もりが、わたしの全身をあたためてくれる。

「きょうは一段ときれいだ」ジョーダンはつないだ手を離すと、その手でわたしの髪をすき、顔を自分のほうに引きよせた。そしてちょこっと触れるだけのやさしいキス。

それから少しして、わたしは立ちあがった。

「まったく、あなたって人は……」わたしは、ただにやにやしているだけのジョーダンの胸をぱちっとたたいた。「このあとは何をするの？　わたしとしては、ぜひうかがいたいわ」

「うちのスタッフの慰労会だよ」

彼のペイス・ヒル農場は、小規模農家がつくるプレミアム・チーズの熟成も請け負っている。そこで一年に二回、彼は従業員にワインとおいしい料理をふるまって、日ごろの苦労をねぎらうことにしているのだ。

「あら残念。うちで夕飯を食べてほしかったのに。フェットチーネ・アルフレッドと、梨とブルーチーズのサラダよ」

「じゃあ、それは近いうちに」ジョーダンはわたしの顎をつついた。

「ジャッキーも慰労会に出るの？」

「おや、今夜は女だけの夜のお楽しみがあるんじゃないか？」

「そうだ」わたしは指を鳴らした。「忘れてたわ」一週間に一度、女友だちだけでティモシーがやっているアイリッシュ・パブに行き、お酒を飲んで噂話に花を咲かせるのだ。「だけどジャッキーは元気なの？　ゆうべ、泣いていたみたいだから……。あなたは体調がすぐれないっていったけど、もしかしたら、あの件に関係しているんじゃないかと思って」ジャッキーは去年、暴力をふるう夫から逃げ出してきたのだ。そして兄ジョーダンの力を借りて、プロヴィデンスで身元を隠し、新しい生活を始めた。だからわたしは彼女の本名を知らないし、夫がどんな人間だったのかも知らない。ただ法律的に、彼女はまだ既婚者らしい。

「おせっかいとは思うけど、やっぱり彼女のことが心配だから」

わたしの言葉にジョーダンはにっこり笑い、「きみはとびきり心配性だからな」と、指先でわたしの鼻をつまんだ。そしてクラッカーにチーズをのせて食べると、「やけにうまいな、このチーズは。羊乳かい？」と訊いた。

「キンドレッド・ブレビスっていうの」地元の農家がつくっているヨーグルトっぽいチーズで、キャラメルとクローバーの香りがする。

それからしばらく沈黙がつづいたあとで、ジョーダンがいった。

「骨休めの計画をたてよう。往復のチケットを二枚買ったんだよ」

「もう買ったの？」

「きみが了解してくれたから」

「日にちはいつ？」

「月曜から一週間のつもりなんだが」

「月曜から……一週間？」

「きみのパスポートは有効かい？」

わたしは正直、とまどっていた。ジョーダンとデートするようになったとき、あせらずゆっくりつきあっていこうという了解があった。ピクニックに行ったり、映画を観たり、ジェーン・オースティンが喜びそうな、とても奥ゆかしいおつきあいだ。そうして〝骨休め旅行〟をすれば、たぶんつぎの段階に進むのだろう。わたしはそれが待ちきれなかった。そして同時に、怖くもあった。〝食えないシェフ〟のあと、わたしは誰ともつきあっていないのだ。まったく、だれとも。

「おいおい、まるで腐ったチーズを食べたような顔つきだな」ジョーダンが笑った。

わたしも声を出して笑う。でも、中身のない空笑い。

「行きたくないのか？」

わたしは彼の両手を握り、「もちろん、行きたいわ」といった。「パスポートも有効よ」

彼は満面の笑みをうかべた。

「じゃあ、グリュイエールに行こう！　フォンデュをたらふく食べよう！」ジョーダンはわたしを抱きしめると、とても激しいキスをした。わたしは彼の腕のなかで、彼の心臓の鼓動を聞く。この人は、わたしにはかけがえのない最高の人。心の奥深くで、わたしは確信した。でも、だったらなぜ、もっとすなおに喜べないの？　祖母の態度のせい？　祖母はジョーダンに関して、わたしの知らない何かを知っているの？

わたしは彼の腕のなかから出ると、その目をじっと見つめていった。

「ねえ、聞いてちょうだい。骨休め旅行のまえに、もっとあなたのことを知っておきたいわ。この町に来るまえは何をしていたのか、どうしてこの町に来たのか。あなたのことは何でも知りたいの。ね？　いろんなことを教えてちょうだい」

「だったらまずラッフルズかな」

「それはどういう人？」

ジョーダンは心から楽しそうに笑った。

「ラッフルズは、ぼくがはじめて飼ったペットだよ。どんなペットだったか、もっと知りたい？」

わたしはうなずいた。

「ラッフルズはワイアヘアード・フォックステリアのオスでね、ぼくが四つのときに川で見つけたんだ。泥だらけで、首輪をつけていなかった。ぼくのそばから離れようとしなくてね。十四年間、ずっといっしょだった」

ジョーダンの目がうるみ、それはわたしもおなじだった。わたしが愛している人は、捨て犬をかわいがる人。でもラッフルズの話だけで、彼の過去がわかるわけでもない。

「もっと話して」

ジョーダンは片方の眉をあげ、「いま何もかも話したら、きみはぼくに失望して、旅行をキャンセルするかもしれない」といった。

「失望って？」

「あまりに平凡な人生だからだよ」

「ほんとに？」どこから見ても、平凡な人生を送った人じゃなさそうだけど。

「寒くて震えてるじゃないか」彼はわたしの両腕をさすった。「さあ、凍りつかないうちに帰ろう」

わたしはお皿をかたづけ、ジョーダンと手をつないでショップへ。

彼はパーカーをぬいだわたしの頬に小さくキスすると、「旅行が待ちきれないよ」とささやいて帰っていった。残されたわたしは、心にぽっかり大きな穴があいたような気分になる。だってもう、どうしようもないほど彼を愛しているから。実りがあろうと、なかろうと。

こうしていつまでも、彼のことだけ考えていたい。と思っても、わたしには〈フロマジュリー・ベセット〉がある。

わたしはチーズ・カウンターのなかに入って、祖父に少し休んで、といった。

そのうち記者や観光客がひとりまたひとりと帰っていくなか、プルーデンス・ハートがティアン・テイラーを連れてやってきた。春もののワンピース姿で、裾のレースが細い足首のまわりで揺れる。肩にはショールを巻いていたけど、腕には鳥肌がたち、すてきな靴は濡れていた。いっぽうティアンは季節に合わせて、長袖のセーターにヨガ・パンツ、カラフルなテニスシューズというでたちだ。数カ月まえに比べると、ずいぶんダイエットしたらしい。

プルーデンスはいま、高級ブティックを経営している。いちばんの親友が町を離れるにあたり、彼女のお店を買いとったのだ。店名は〈ル・シック・ブティック〉という。

「いらっしゃいませ」わたしはふたりに声をかけた。

「きょうのおすすめは何かしら？」プルーデンスが訊いてきた。とくにチーズ好きではないから、噂話を仕入れに来たのだろう、たぶん。

「スイートグラス社のグリーンヒルという、牛乳のチーズです」レベッカが陳列ケースから丸いチーズをとりだした。「この白い皮はとてもやわらかいんですよ。試食なさいますか?」

「ぜひ、いただくわ」ティアンがちょっと甘ったれたような南部なまりでいった。プルーデンスのそばから離れて、レベッカが差し出すチーズをうけとる。「なんだか、あまり香りがないわね」

「それは厚みがないからなんです、ブリーみたいに」と、レベッカ。「チーズをおおっているカビが、脂肪分とたんぱく質をすぐに分解して、香味まで抑えてしまうから」

ティアンはひと口で食べきり、満足げな声をもらした。

「それはジョージア産のチーズなのよ」と、わたし。

「へえ、ジョージアでもチーズをつくってるなんて知らなかったわ」ティアンはにっこりした。

「あなたはジョージアに行ったことがあるの?」プルーデンスはわたしに訊いた。視線がずいぶん挑戦的だ。「あら、ごめんなさい。あんまり旅行したことがないのよね?」

「アトランタなら行ったことがあるわ」と、わたしは答えた。「この一年は、アメリカ製のチーズに力を入れたかったから」そう、マシューや祖父といっしょに、北西部の農場をまわったのだ。もうひとり、アーソ署長のお母さん——ツー・プラグ・ニッケルズ牧場の経営者だ——も同行した。わたしはジョーダンも誘ったのだけど、すでに予定が入っていてだめだった。

「アメリカ製のチーズって大量生産じゃないの?」ばかにしたようにプルーデンスがいった。

「アメリカにも質の高い職人チーズはあるわよ。ウィスコンシンにヴァーモント、オレゴンにカリフォルニア。挙げだしたらきりがないくらい。なんといっても、アメリカはチーズの生産量で世界一なんだもの」

「あら、だったらフランスは――」

「世界第二位。三位はドイツよ」

「最近ではオハイオの手づくりチーズも評判がいいですよ」と、レベッカ。「アーミッシュのミルクは、よそとひと味ちがいますから」

「ここのチーズはどれも値段が高いわねえ」プルーデンスは試食用をひとつつまんだ。

「それはね……」冷静に、冷静に。「職人チーズといわれるものは、とても手間をかけてつくられるからなの。原料乳はもちろんだけど――」

「うぐっ！」プルーデンスはいきなり喉に手を当て、かっと目を見開いた。顔から血の気が引いていく。服をつかみ、息苦しそうにしゃがみこんで、バッグが床に落ちた。

わたしは急いでカウンターをまわり、プルーデンスの横にひざまずいた。子どものころのパニックがよみがえる――わたしを車から引きずりだす母、母の額から流れる血、母の向こうで燃えあがる炎、ガソリンの臭い。母にきつくつかまれて、わたしは息ができなかった。

「プルーデンス！」

「薬が……」彼女は声をひきつらせた。「バッグに」

「ティアン、ホロウェイ先生を呼んで！」わたしは大声をあげた。「レベッカ、タオルを持ってきて！」プルーデンスの高級な革のトートバッグをひっかきまわし、薬瓶を見つける。ロラゼパムという精神安定剤だった。

わたしはそれを一錠、プルーデンスの口に入れた。わたしの知るかぎり、これに即効性はなく、じわじわと効いてくるのを待つしかない。

レベッカがキッチンから飛びだしてきて、わたしは濡れた冷たいタオルをうけとると何度か折りたたみ、プルーデンスのうなじに当てた。ティアンが不安な顔で携帯電話をぱちんと閉じる。

「ホロウェイ先生は分娩中ですぐには来られないって」

でもいずれにせよ、プルーデンスがこの町にいるふたりのドクターのどちらも信頼していないのは、よく知られるところだった。健康診断でさえ、クリーヴランドまで行って受けるのだ。

「もう大丈夫だから」プルーデンスは立ちあがろうともがいた。そしてふらふらしながらもなんとか立ちあがり、懸命に胸を張ってティアンの手を握る。

ティアンはわたしの目を見て何かいいかけたものの、結局黙ったまま、ふたりはゆっくりとショップを出ていった。

大事にならずにほっとして、わたしは少しのんびりしようとアネックスに行った。届いたばかりのワインの箱をあけてみる。マシューが二日後に、テイスティング会を開く予定なのだ。当日はオハイオとカリフォルニアのピノ・ノワールを中心にするらしい。

モザイクのカフェ・テーブルにボトルを一本置く。と、そこでわたしは手を止めた。窓から外の歩道が見えるのだけど、そこにウィノナがいたからだ。小物とギフトの店〈ホワッツ・イン・ストア〉の近くで、ウィノナが熱心に話しかけている相手は、デーンだった。彼女がデーンに人差し指をつきつけると、彼はそれを手ではじき、きびすをかえして走り去る。そのようすは、初対面とは思えなかった。今回の催しに参加するまえからの知り合いなのだろうか？　すると直後、〈ホワッツ・イン・ストア〉からフレディが出てきた。このお店の鮮紅色の袋を手にしている。ウィノナに何か話しかけ、彼女は片手をくるっとまわした。「わかりっこないでしょ？」といっているようにも見える。それから顔を近づけ、フレディにキス。かたちばかりの、挨拶程度の。フレディはウィノナとデーンの会話を知っているのだろうか？

それからふたりは歩きはじめた。

つぎにわたしの目をひいたのは、なんとシルヴィだった。何を考えているのやら、路肩に停まっている車を一台ずつこそこそのぞいている。

そこへ、メレディスが歩道を走ってやってきた。それも、泣きながら。うちのショップの玄関に駆けこみ、わたしもアネックスから飛び出した。わたしたちはショップとアネックスをつなぐアーチ道で出会った。

「あの子が連れていかれたの」メレディスは涙をこらえていった。「クインが連れていかれたのよ」

「どういうこと？　まさか誘拐？」

「ちがう、ちがうの」メレディスは首を横にふった。「アーソ署長が――」肩を震わせ、すすり泣く。「署長があの子を取り調べるって連れていったの」

「ねえ、メレディス、おちついて。それなら心配しなくていいわよ。逮捕されたわけじゃないんだもの」わたしはとりあえず胸をなでおろした。

「そんなことないわ。だってあのイベントの日、ハーカーがクインに別れ話をしたらしいのよ」

「だからどうなの？　学生どうしの交際で、別れ話なんてめずらしくないわ」

「でも、クインは空手を習っていたから」

「わたしたちだって護身術を習ってるじゃない？　だからって殺人は犯さないわ」

メレディスはゆっくりとかぶりをふった。

「そういう話じゃないのよ。クインはね、競技会でも勝つくらいなの。あの子は強いのよ」

メレディスは大きく息を吸いこんだ。「ハーカーの首を絞められるくらいの力があるの」

11

それから何分か後、メレディスに請われるまま、わたしは石畳の道を歩いていた。この道の先には、プロヴィデンス警察署が入っている古風なヴィクトリア様式の建物がある。位置的には、ヴィレッジ・グリーンの北端だ。

「アーソはあなたの話ならちゃんと聞くもの」メレディスは入口の扉をあけながらいった。

かならずしもそうとはかぎらないけど、まあね、とりあえず話してみるわね。

玄関ホールを歩きはじめたところで、いつになく人が多くて騒々しいことに驚いた。理由のひとつはたぶん、この建物に観光案内所が入ったからだろう。

フロアの奥では何人もの観光客が、古いオークのデスクの前に立つグレーテルに、矢継ぎ早に質問をあびせている。グレーテルは牧師の奥さんだけれど、この町に観光案内所ができたのは、彼女の尽力に負うところが大きい――「年々増えている観光客に、このステキな町の財産を教えるにはほかに方法がないでしょ？」そして町議会は知恵を絞り、この建物に観光案内所を設け、グレーテルを責任者にした。

彼女はいま、観光客につぎからつぎと質問されてもやさしい笑みをうかべ、忍耐強くかつていねいに対応している。

ここが騒々しいもうひとつの理由は、「ヴィレッジ・グリーン地域からペットを締め出せ」と主張するグループと、それに反対する動物レスキュー隊と飼い主グループが、かんかんがくがくやりあっているからだ。わたし個人としては飼い主たちの言い分に賛成で、動物の歩く自由を制限しろといいたてるなんて、とんでもないと思う。

ビルの受付の女性は回転椅子をまわし、ヘッドホンをつけて飼い主一行に背を向けていた。でもよく見れば、あれはフレックルズだ。彼女は〈ソー・インスパイアード・キルト〉のオーナーで、いつもはスポーツ選手のようにスリムなのだけど、いまは妊娠六カ月だからふっくらしている。

フレックルズはヘッドホンをはずすとにっこりして、「こんにちは」といった。

「アーソ署長に会いたいんだけど」と、メレディス。

「それよりあなた、どうしてここの受付をしているの？」わたしはフレックルズに訊いた。

「お嬢ちゃんはどこ？」

フレックルズと夫は、十二歳になる娘を自宅で教育していた。

「主人とあの子は午前中、店番してるのよ。ここの受付係はわたしの友だちなんだけど、彼女が病気になってね、わたしが代役を引き受けたの」眉間に皺をよせ、それから笑う。フレックルズという人は、最後はいつも笑いでしめくくった。

「それでアーソには会える？」メレディスが話をもどした。

「あ、そうね。署長はいま取調室にいるわ」

「うちの姪が――」

「ええ、知ってるわよ。数分まえにお父さまがみえて、裏手でお待ちだから。メレディスもそっちに行く？」フレックルズが古いデスクの下に手をやってボタンを押すと、ブザーが鳴った。「アーソ署長はたぶん気にしないわよ」

ほんとに？　個人的にはいささか疑問だったけど、口にはしなかった。フレックルズのからだのことを考えて、わたしは自分で廊下に通じるドアをあけると、メレディスを先に通した。

廊下は三メートルほどで突き当たり、左右に分かれる。ひとつは留置場へ、もうひとつはアーソの部屋と取調室へ。

突き当たりを曲がって先に進むと、女性化粧室のそばにある噴水式の水飲み器で、ウィノナが水を飲んでいるのが見えた。

「すごいわねえ」メレディスがささやく。「あの人は、まるで兄の影だわ」

「メレディスは彼女のことをどう思ってるの？」

「信用できないわ。たとえばね、ほら、あのヘアスタイルはいかにも風に吹かれたって感じでしょ？　それとおなじで、何もかも念入りにつくりあげているような気がするの。ただ、兄にまとわりつくのは、お金が目当てじゃないわね。兄は一文なしだから」

取調室から大きな声が聞こえ、わたしたちは目の前のことに気持ちをもどした。

「権利について、ちゃんとクインに読んでやれ！」まぎれもなくフレディの声だ。

「必要ありません」こちらはアーソの声。

ウィノナは顔もあげず、まだ水を飲んでいる。

わたしはドアノブに手をかけると、メレディスをふりむいていった。

「アーソに対して、むきになっちゃだめよ。彼は対立を嫌うから。ミツバチをつかまえるなら甘い蜜を使いなさい、っていうのが祖母から教わった格言」

メレディスはブラウスの襟をととのえ、ジャケットの裾を引っぱって唇をなめた。そして準備オーケイと、ひとつうなずく。わたしはそれを確認してからドアを開いた。

と、部屋に入るなり、メレディスはアーソのもとに駆けよって、「すぐにクインを家に帰してちょうだい！」とわめいた。

アーソは思いきり不愉快な顔になる。

「どういうことかな？」アーソはわたしをにらみつけた。「どうしてここへ――」

「フレックルズに責任はないわよ」ほっぺたが熱くなる。ルールを破るのはよくないけど、誤解や不当な扱いも食い止めなくてはと思う。

「出ていってくれ。ふたりとも。すぐにだ！」

メレディスの顔がこわばった。「出ていきません」

クインは硬い椅子にすわり、古びた机の前で縮こまっていた。白いセーターを着て、顔色もセーターとおなじ。髪は乱れ、見るからに弱々しく、膝の上でおちつかなげに両手の指をいじっていた。

そのうしろにフレディが立って、クインの椅子の硬い背もたれを右手で握りしめている。関節が真っ白になるくらい力をこめて。

メレディスは小走りでクインのもとへ行くと、頬にキスをし、髪をなでた。そして兄の背中に腕をまわしてこういった。

「アーソ署長、クインに人殺しなんかできないわ。ええ、たしかに黒帯よ。でもわたしだって空手を習ったわ」

「彼女には動機があるんだよ」アーソは何やら意を決したような怖い顔でいった。

「彼がクインをふったから？　それがどうしたの？」と、メレディス。「ふった、ふられたなんて話は、世のなかにごろごろしてるわ。そのたびに殺しあったりしないわよ」

アーソはフレディに目をやった。「ヴァンスさん──」デスクをはさんでクインの向かいにすわる。「外野は気にせずに進めましょう。質問は一度にひとつずつです。いいですか？」

「答える必要はないぞ、クイン」フレディがいった。

「平気よ、お父さん」やっと聞こえるくらいの小さな声でクインはいった。「わたしは無実なんだから」

「きみとハーカーさんが口論するのを見た人がいるんだよ」アーソは手帳に目をやった。「時刻は、午後八時四十五分ごろ」

クインは何かぶつぶついったけれど、聞きとれない。

「イエスかノーで答えるように」アーソは重々しく、それでもどこかなだめるような口調でいった。

クインは顔をあげ、濡れたまつ毛ごしにアーソを見つめた。

「はい、喧嘩をしました」

「どんな理由で？」

「弁護士を呼ぶからな」フレディが大声でいった。

「あなた自身のために？　それとも娘さんのため？」と、アーソ。

「クインのためだよ」

「逮捕されたわけじゃありませんよ」アーソはクインに目をやった。「弁護士を呼んだほうがいいかな？　どう？」

クインは背筋をのばし、「いいえ、必要ありません」といった。

アーソは小さくほほえむ。「では、つづけようか。喧嘩の理由は？」

クインはため息をひとつ。「彼はわたしがほかの人とふざけると、いつもひどく怒ったの」

ふたりがワイナリーのキッチンに駆けこんできたときもそうだった。

「で、きみは男性とふざけていた？」

「そういわれたらそうかもしれないけど、彼にやきもちをやかせるためじゃなくて……ただ……父とおなじようなことをしただけです。父はあの西部の女の人に興味なんかないのに、あの人とふざけあっている。そうでしょ、お父さん？」クインはからだをひねり、同意を求めるように父親を見上げた。「お父さんはあの人と知り合って間がないわ。深刻な、まじめなつきあいじゃないわよね？」

外でウィノナが聞き耳をたてていないかしら？　わたしは少し気になった。

「ねえ、答えてちょうだい」

フレディは無言のまま、椅子を握っていた手を離した。

「お父さん！」クインはデスクにつっぷして泣きはじめる。

アーソは、まいったなあという顔をした。殺人事件の取り調べが、メロドラマの一場面と化したのだ。

それにしてもフレディは、どうして何もいわないのだろう？

「さあ、さあ！」アーソは机をたたいた。「どうか事件のことだけ考えて」

わたしは横から口を出した。「口論するのを見た人って、だれなの？」

「ティアン・テイラーだよ」

あら……。ティアンは去年、いいかげんな証言で捜査を混乱させたことを反省し、もう二度と嘘はつかないと誓っていたはずだ。彼女がうちのショップで何かいいたげな顔をしていたのは、この件だったのかもしれない。あのとき、思いきって話してくれたらよかったのに。そうすれば、多少は心の準備ができていた。

「ティアンは口論の原因について何かいっていた？」わたしはアーソに訊いた。

「そこまで細かくは聞いていないらしい」

よかった。それなら弁護のしようもあるだろうから。もちろん、クインに弁護士がつかなくてもすむなら、それがいちばんだけど……。

アーソは手帳を見ながら、「目撃者によれば」とつづけた。「きみはハーカーさんに、しつこくつけまわすな、でなきゃ殺してやる、といったそうだが」

「そんなこと……」クインは絶句した。

メレディスとフレディが息をのむ。

「本気でそんなことをいったわけじゃないわ」クインは両手を握りしめた。「だれだって、ついいいすぎてしまうことがあるでしょ？」

「ええ、あるわよ」きっぱりと、わたしはいった。

アーソが恐ろしい目でわたしを見た。彼はわたしの〝秘密〟を知っているのだ。高校生のとき、わたしたちは一度だけデートをして、そのときわたしは重く、苦しい秘密を彼にうちあけた。両親が車の事故で亡くなる前日のこと。母はわたしから人形をとりあげ、三歳だったわたしはただ単純に、テレビで聞いた台詞をそのまま母にぶつけた——「殺してやる！」母がかわいいドリーちゃんをわたしから奪ったのは、人形の顔についたジャムを拭く、ただそれだけのためだったなんて、三歳のわたしにはわからなかった。あくる日、母は額から血を流しながらも、めらめらと炎をあげる車からわたしを引きずりだし、「テレビばかり見ちゃだめよ。約束ね」といった。それからずっと、わたしは母の死を招いたのは自分だと思いつづけてきた。車はなぜスリップしたのか？　わたしのいった言葉が運命を変えたのではないか？

「その目撃情報だけで取り調べるの？」と、わたしはアーソに訊いた。「それとも、ほかに何かあるのかしら？」

「いくらでもある」

「たとえば？」わたしは時と場合によっては、かなり頑固でしつこい。祖母にいわせると、これは母のアイルランドの血をひいているためらしい。

「肉体的な強さがある」アーソも負けず劣らず意地っ張りだ。

「もっと具体的な証拠は？」

「指輪」

「どんな指輪？」

「サファイアがついたシルバーの指輪だ。内側に〝ぼくのもの、すべてぼくのもの〟と彫られている。彼女がそれを被害者に投げつけたのをティアンさんが目撃した。被害者はこの指輪を握りしめていたよ」

そういえば——デーンがチーズでクインにからんでいたとき、彼女の指輪がニットのスカーフにひっかかったわ。あれが、いまアーソが話している指輪かしら？

クインは顔をゆがませ、唇を噛みしめた。でも、黙っていることはできなかったのだろう、彼女はこううちあけた。

「それはわたしの指輪……彼の指輪よ。ひと月まえに、彼がわたしにくれたの。わたしたち、結婚するつもりだったから」

「えっ？」フレディが目をまるくした。

「わたしたち、ほんとに愛し合っていたのよ。だけどハーカーが逆上して、わたしも怒って、それで……それで彼はわめきちらして、わたしは指輪を投げつけたの。彼は取ろうともしなくて、指輪は床に落ちたわ」クインは大きく息を吸いこんだ。「あれは、べつにたいしたものじゃないの。ただのお古よ」あわてて口に手を当て、すすり泣きはじめる。「わたしには不利なことばかりってこと？」

うなずくアーソ。

メレディスがわたしのそばに来て、両手を握った。「お願い、何とかして……」

アーソは険しい目でわたしを見ると、警告するようにかぶりをふった。だけどわたしとしては、何もしないわけにはいかない。だってメレディスは、家族同然の人なのだ。つまりクインも、家族とおなじということ。

12

アーソはクインを留置場に連れていき、わたしはメレディスとフレディにリンカーン弁護士の電話番号を教えた。去年、祖母が嫌疑をかけられたときに助けてもらった弁護士さんだ。わたしは何をどうすればよいかわからないまま、とりあえずショップに帰った。そしていつもとおなじように閉店の準備をする――チーズをラッピングし、カウンターを拭き、キッシュを容器に入れてキッチンの冷蔵庫にしまう。そしてお腹はすいていなくても、前日の売れ残りのキッシュを食べる。

六時近くになって、レベッカがきょうはパブに行く日だといった。わたしは気が進まなかったけれど、マシューがふたごの夕飯は自分が用意するからといい、レベッカはこの期におよんでのキャンセルはだめだといいはる。そしてボズは、三時半にショップに来てからつきまとわれた記者たちをうまくさばいて機嫌がよく、ショップは自分が閉店しましょう、といってくれた。

そうして六時半。わたしたちはティモシーのアイリッシュ・パブの外でデリラとおちあった。レベッカは彼女にきょうの〝事件〟を手短に伝え、だからメレディスはここには来られなくなりました、と報告する。リンカーン弁護士がさっそく今夜、フレディとメレディスに会ってくれることになったのだ。

「シャーロットが首をつっこむと、アーソがまたかりかりするわよ」デリラはパブの木の扉を押しながらいった。この古いオークの扉は、ティモシーがアイルランドの廃家となった古城から買いとったものだ。

「かりかり程度ですめばいいけど」と、わたし。

なかに入ったところで足を止め、照明の緑のゲルライトに目を慣らす。ティモシーにとっては毎日が、緑色でお祝いする「聖パトリックの祝日」なのだ。彼の自慢は、祖父母のそのまた祖父母の兄弟が、一七五六年、ニューヨークシティ初の「聖パトリックの祝日」に参加したことだった。場所はクラウン・アンド・シスル・タヴァーンだ。

そしてティモシーのアイリッシュ・パブは、三月十七日の祝日にはとても美しく飾られる。たとえば、カウンターの真上にある六台のテレビにはちりめん紙がかけられ、すべてのテーブルに小さな緑の帽子が置かれる。そして天井の木の梁から、グリーンとシルバーの金属糸がぶらさがるのだ。この飾りつけは、それから最低二カ月はつづき、地元の人や観光客がこれに釣られてやってくる。そしてわいわいがやがや、陽気なパーティはもりあがるのだ。

パブの隅では、電気バイオリンとフルートで、アイルランドのロックが生演奏されている。入口の右手にいるグループが、ゲール語で「アイルランドよ、永遠なれ！」と叫べば、今度はその向こうにいるグループが英語でおなじ言葉を叫ぶ。つづいて《ダニー・ボーイ》の合唱。

「すわれる席はある？」と、デリラ。「町にいる人が全員ここに集まったみたいだわ」

「どこもだめだったら、アーソ署長のご一家と合い席させてもらえばいいですよ」レベッカが肘でわたしをつつき、くすくす笑った。

見ればたしかに、アーソとご両親が小さなテーブルを囲んでいる。お父さんもお母さんも、毎日をひたむきに生きる、とても実直な人だ。いま三人はデザートを食べているところ。

カウンターの向こうから、ティモシーが「いらっしゃーい！」と声をかけてきた。彼のしゃがれ声は、大きなからだによく似合う。「あっちにジャッキーが来てるよ！」親指で店の奥を指す。

「席をとってくれてたみたいね」デリラがいった。

ジャッキーはいちばん奥の半円形のテーブル席にいた。こちらに気づいて手をふり、にっこりする。といっても、かたちばかりの笑顔で目は笑っていなかった。

わたしたちがテーブルに着くなり、ジャッキーは「ちょっと化粧室に行ってくるわね」と席を立ち、わたしたち三人はやわらかいベンチシートに腰をおろした。

「彼女、大丈夫でしょうかね？　顔が赤かったですよ」と、レベッカ。

「大音響の音楽が苦手なんじゃないの？」と、デリラ。

わたしは首をふった。「ジョーダンの話だと、体調がいまひとつみたいよ」

「それはよくないわね」デリラは食前酒のメニューをとった。「このまえ、ジャッキーの家の外をうろついている男の人を見たわ」

えっ？　「うろつくって？」

「車だけどね。青いセダンよ。とろとろ走ってるの。彼女をこっそりながめてる感じ」

「こっそり？」

「あら、やだ」デリラは笑った。「レベッカの影響で、ドラマっぽい言い方になったわね」

メニューをゆっくりめくっていく。ただし、彼女はわたしとおなじく、メニューは全部頭に入っているはずだった。ここに来ると、世界各地のビールやいろんなカクテルを楽しむことができる。それに前菜も、とてもおいしい。ポテトスキンにマカロニ・チーズに、きのこのゴートチーズ＆ハーブ詰めなどなど。

しゃれた緑の帽子をかぶったウェイトレスが、聖パトリックの祝日のスペシャルメニューを見せてくれた。なんとそこに、アイルランド産ケリーゴールドの熟成たっぷりチェダーとコンビーフのサンドイッチがある！　さっき、残りもののキッシュを食べなきゃよかった……。

ウェイトレスがオーダーをとっていなくなるとすぐ、わたしはデリラをせっついた。

「ねえ、もっと話してよ。車でうろついていたのは、どんな男の人？」

「そうねえ……うさんくさいといえばそうなんだけど、からだはがっしりして立派なの。車からおりるのを、ためらってる感じかな」

「ジャッキーにひそかに思いを寄せている人ですかね」と、レベッカ。

「あるいは……この小さな町で新規開業があったのを記事にしたい記者とか」と、わたし。

デリラは首を横にふった。「だったら、自宅じゃなくて陶芸スタジオのほうに行くわよ」

わたしはそわそわした。ジャッキーが暴力夫から逃げてきたことをデリラたちは知らない。車の男がその夫の可能性はあるだろうか？

「たいしたことはないわよ、きっと」口先だけで、わたしはそういった。ほんとはいますぐにでも、ジョーダンにこの話を伝えたい。

「しーっ。彼女がもどってきましたよ」レベッカがいった。

ジャッキーはとても疲れて見えた。美しい顔。でも額には深い皺。

彼女はうしろから来たウェイトレスに道をあけ、そのウェイトレスはわたしたちのテーブルに来てグラスを置いた。

「陶芸スタジオの調子はどう？」わたしはありきたりの質問をした。これで会話がはずむといいのだけど。

「とても楽しいわ」ジャッキーはウェイトレスが自分の前に置いた水のグラスをわきにどけた。「ごめんなさい、お先に失礼してもいい？」

デリラとレベッカが顔を見合わせる。

ジャッキーは立ちあがると、「これからも誘ってもらえるかしら？」といった。

「もちろんよ」と、わたし。「フレックルズもね、おなかが大きいうえにいろんな仕事が重なって、きょうは来られなかったのよ」

そこから妊娠と子育ての話題になったけれど、わたしのなかでは、もやもやしたものが大きくなるばかり。大丈夫よ、ジョーダンがちゃんと妹を守るわよ、とは思いつつ、きのうワイナリーで見たジャッキーの驚愕の表情、そしていまここにいる彼女の苦悩の表情が気になってしかたない。

「ねえ、ジャッキー、わたしたちに何かできることがあったらいってちょうだいね」

「ええ……」ジャッキーはむりにほほえんだ。「ありがとう。でも、陶芸スタジオがすごく忙しかっただけだから。それじゃあ、またね」ジャッキーはテーブルをこぶしの背でこつんとたたくと、帰っていった。

彼女がいなくなったところでまた《ダニー・ボーイ》の合唱が始まり、わたしはアーソのテーブルのほうを見た。

レベッカがそれに気づいて、わたしの腕をたたく。

「署長はご満悦って感じですね。クインの勾留で事件は解決したと思ってるんでしょうか」レベッカはお気に入りのカクテル、コスモをひと口。「でも、まだ解決していませんよね？真犯人がクインの指輪をハーカーさんにわざと持たせたのかもしれません」

「クインのスカーフもそうなんじゃない？」と、デリラ。

わたしは首を横にふり、「それはちがうと思うな」といった。

「スカーフは床に落ちていたわけでしょ」デリラはカクテルの紙ナプキンを丸めて、床に落とした。そして手品に成功したマジシャンさながら両手を広げる。「これとおなじよ。指輪もだれが拾ったっておかしくないわ」

レベッカはうなずく。「ええ、クインは指輪を投げつけたんですからね」

「そしてハーカーは、落ちた指輪を拾わなかった」と、デリラ。

「そのとおり！」レベッカは手のひらでテーブルをたたいた。

「でもわたしなら、拾ってポケットにしまうけどなあ」と、またデリラ。

「ええ、ええ」レベッカが大きくうなずく。「その場合、犯人はハーカーさんのポケットから指輪をとりだし、わざわざ彼の手に握らせた、ということです」

「そこまでするのはクインぐらいのもの……」

これじゃまるでふたりとも、はじめて事件現場に行った新米刑事だ。

「あるいは……」デリラは人差し指を立てた。「ハーカーが犯人と争ったとしたら？　そのときは、指輪を握ってはいられないわね」

たしかに！

「格闘した場合、被害者の爪に犯人の皮膚が残っている可能性がありますね」レベッカはテーブルをこつんとたたいた。「それをＤＮＡ鑑定すればいいんです」

そうだ、それならすぐに犯人がわかる。わたしは家族で楽しそうに食事をしているアーソに目をやった。いまごろクインは留置場で何を考えているだろう？

わたしは思いきって立ちあがると、彼のテーブルに向かった。

「やあ、シャーロット！」アーソがわざとらしい、元気な挨拶をした。

わたしは彼の両親に、「お邪魔してすみません」と、あやまった。「あの、少しアーソをお借りして、外で話したいのですが」

「ここで話せばいいじゃないか」アーソはナプキンをたたみ、テーブルに置いた。

「おまえ……」彼のお母さんがいった。「そんなことをいわないで。シャーロットは気をつかっているのよ」

「そうは思えないね。また、事件に首をつっこもうとしているだけだ」

「お願い、ユーイー……あ、ごめんなさい、アーソ署長」彼の立場に、きちんと敬意を払わねば。「二分でいいから」

彼は立ちあがらず、テーブルの空いた椅子を引いて、わたしにすわるよう手をふった。その目はとても、とても険しい。

「さあ、なんでも訊いてくれ」

わたしは椅子の端に浅く、ちょこんと腰をおろした。

「まえにあなたから、ホームズ郡じゃテレビドラマみたいに何でもすぐにはわからないっていわれたけど……ハーカーは抵抗したの？　爪に犯人の皮膚が残ってるなんてことがある？」

アーソはうなずいた。

「だったら、クインの指輪を握ったまま争えないと思わない？」

アーソは首をかしげた。でも、多少興味をひかれたようす。

「ハーカーは指輪をポケットに入れていた、それを犯人が見つけて彼の手に握らせたってことはないかしら？　クインに罪をきせたくて」

「そんなことをしたい人間に心当たりがあるのか？」

「とくにないけど……」クインに敵がいるとは思えなかった。ただ、クインは父親がウィノナとつきあうのをいやがってはいた。

ウェイトレスがやってきて、支払い伝票をテーブルに置いた。ウェイトレスの制服は、ジーンズにワークシャツ、ネッカチーフだ。

「ちょっと待って」アーソは帰ろうとするウェイトレスを呼びとめ、伝票を見てからクレジットカードを差し出した。

テーブルを離れるウェイトレスを――聖パトリックを記念する緑色のネッカチーフを見て、わたしはひらめいた。

「クインのスカーフは？」

「それがどうした？」

アーソのお母さんが咳払いをした。息子の手を軽くたたく。祖母がわたしにするように。

アーソは手を引っこめるとぶ厚い胸の前で腕を組んだ。

「スカーフがどうかしたのでしょうか、シャーロット？」

「指輪はスカーフと似たような状況だと思うの」わたしはレベッカとデリラの話をした。

「もうわかったよ」アーソは立ちあがると、母親の椅子を引いた。「母さん、父さん、そろそろ帰ろう」

何かいわねば、とわたしはあせった。

「宝石は模造品だったんでしょ？」

「だから？」アーソはお母さんにコートを着せてあげる。

「どうしてそんなものがあったの？　どうしてクインがあそこに置くの？」

アーソは無言だ。

「ねえ、ユーイー、なぜクインがそんなことをするのよ？」

アーソは両親といっしょに歩きはじめると、顔だけこちらへ向けてこういった――「いまはわからない。だが、いずれつきとめる」

わたしがテーブルにもどると、レベッカとデリラはゴートチーズのポテトスキンをほとんど平らげていた。そしてわたしが腰をおろすなり、矢継ぎ早の質問。そこへフレディとウィノナがパブに入ってきた。

「ありがとう、シャーロット。とてもいい弁護士さんだったよ」フレディはまずそういった。

「なんとかクインが帰宅できるようにしてくれるらしい」

「最善をつくすっていっただけよ」ウィノナはいらついて訂正した。時計に目をやり、見るからにおちつかない。フレディは彼女のどこに惹かれたのだろう？　たしかに外見は、ルーベンスの絵のようにすてきだけれど。

「こんばんは、フレディ」どこからか声がした。

エドセルとデーンがこちらにやってくる。

「おや……町にいる人がほんとに全員集まったみたいですね」レベッカが小声でいった。

「ううん、イポ・ホーがいないわ」

デリラの言葉に、レベッカのほっぺたがピンクに染まった。イポはハワイ出身の養蜂業者で、レベッカと彼はなんとなくいい感じなのだ。といっても、初デートはまだらしい。

「こんなに繁盛するんなら、うちの店でも聖パトリックの祝日イベントをやろうかなあ」デリラがつぶやいた。

わたしはエドセルから目が離せなかった。いつもほど暗い雰囲気じゃないのは、ハーカーの死をうけとめることができたから？　かたやデーンは不機嫌そうだ。ウィノナをじっと見ているけれど、彼女のほうはデーンと目を合わせようとしない。それにしても、いったい何が原因で、ふたりは道端で口論していたのだろう？　ふたりのあいだに何があるのか？

「クインはどんなようすですか？」エドセルが深刻な面持ちでフレディに訊いた。

「あまりよくないね」と、フレディ。「メレディスが本を何冊か差し入れたんだが」

「そうだ、本といえば――」エドセルは指を鳴らした。「夜中に思い出したんですけど、このまえの学期の講義で、詩の修辞について議論したことがあって。で、ハーカーはレンガの衝立で隠されていたんですよね？　じつはその詩では、主人公のそばにレンガの壁ができ、それが主人公の心を閉ざす壁を象徴していた。だれかがこれとおなじ思いで、ハーカーのそばにレンガを置いた可能性はないだろうか？」

「あの衝立はつくりたての、新しいものですよ」と、レベッカ。

「うん、そうだね」デーンがうなずく。

レベッカの目は正しいだろうとわたしは思う。なんといっても、アーミッシュの農場で生まれ育ったのだ。だけど、デーンはどうしてわかるの？

「ワイナリーで絵をかいたとき、あのレンガはなかったの？」わたしは彼に訊いた。

「それはどうだろうなあ。だれもあそこまで行かなかったから」

「でもワイナリーの図書室に飾ってあったハーカーの絵は、貯蔵庫を描いたものだったわ」

デーンは首をすくめた。「うーん、彼だけのぞいたのかも、あるいは写真で見たのか」

「彼の絵に、レンガの衝立はなかったわね」

「それは描き手の特権で、省略した可能性もある」

「ぼくの両親はレンガの仕切りがあるなんて、一度もいわなかったな」と、デーン。

「それは……どういうことだ？」エドセルの眉がぴくりとあがる。

「うちの両親はオハイオの歴史や建築が好きでね。あのワイナリーについても詳しいよ。この話はまえにもしただろ？」

「いいや、聞いたことはないね」

「したはずだけどな」

わたしは資金集めのイベントで、デーンがその話をしたのを覚えている。でも、いまここでわたしからそれをいうのはよくないだろう。

「きみたち、もうよそう」フレディが、シャツの襟をととのえでもするかのように首をひねっていった。

「そんなことはありません」レベッカは胸を張り、いいかえした。「どんな犯人も、かならず手がかりを残すものです」

「ばかばかしいわ、ズークさん」ウィノナがプリマドンナさながら、響きわたる声でいった。

「レンガの衝立は何かの暗示かもしれませんね」と、レベッカ。「そして宝石も」

「あーら、そう？」完全にばかにした口調。

わたしはふたりの会話は無視して、事件現場を思い起こした。もし宝石が何かの暗示なら、レンガの衝立もそうかもしれない。あくまで仮定としてクインが犯人だった場合、彼女はハーカーの命の幕引きをしめすものとして、レンガの壁をつくったと分析することもできるだろう。だけど現実問題として、クインにあれがつくれるかしら？　あの子が町に来たのは、ほんの二日まえだ。

「ハーカーの作品は見つかったんだろうか？」と、デーン。

「ポートフォリオを盗んだ犯人と、ハーカーさんを殺した犯人はおなじじゃないでしょうかね」と、レベッカ。

「ふん、あいつが自分で捨てたんだよ」エドセルが鼻で笑い、

「どうしてそんなことを？」と、レベッカが訊いた。

エドセルは、靴のつま先で床をつつくだけだ。

「話してください」レベッカはきつい口調でいった。「もったいぶらずに」

わたしは思わずにっこりした。ときにレベッカは、うちの祖母そっくりになる。

「あいつ、絵をやめる気だったんだよ」エドセルがいった。

「えーっ！」驚きの声をあげたのはウィノナだ。

わたしは彼女を見つめた。この人は、画家としてのハーカーに興味があったの？

「ああ、ハーカーは美術を捨てて、漫画家になると決めていた」エドセルは不愉快そうに鼻に皺をよせた。

「才能のある人だと聞きましたけど」と、レベッカ。

「ああ、信じられないよ」と、フレディ。

「いいや、ほんとにやめる気だったんだ」エドセルはちっと舌を鳴らした。「あいつはすべてを捨てるつもりだった。技術を磨くことも、その他一切合財をね。絵画で完璧を求めつづけるのは、魂をけずりとることに等しいといっていたよ。だからのんびり漫画を描きながら、現実世界を楽しむんだと」

全員が黙りこくった。するとちょうどそこで、パブの扉が勢いよく開いた。

「シャーロット！」祖母が頭の上で手をふりながら、お客さんのあいだを縫ってこちらへやってくる。「デペシュ・トワ！　急いで！　エティエンが……おじいちゃんが、劇場で倒れたのよ！」

13

祖母とレベッカ、デリラ、そしてわたしはパブを飛び出し、ヴィレッジ・グリーンを横切って劇場に急いだ。走りながら、祖母が事情を説明する。ただし、半分英語で半分フランス語だ。それによると、万が一ゲルライトが天井から落ちて劇団員に当たると危ないと心配になり、設置の安全を確認しに劇場に行こうとした、でも祖父が自分がやろうといってくれ、ひとりで出かけていった。ところがなかなか帰ってこない。そこで祖母も劇場に行ったところ、舞台の梯子の下で倒れている祖父を発見——。

「ああ、モン・デュ！　どうしましょう！」老いた祖母の顔に涙がこぼれる。「気を失っているのよ」

「お医者さまは呼んだのよね？」わたしは精一杯冷静に訊いた。

「劇場の電話は故障してるの」

「携帯電話があるでしょ」

「持ってきていないの」

わたしはあきれた。祖父母は新しいものをなかなか受けいれようとしない。携帯電話も使い方を忘れてしまったり、自宅で充電しっぱなしだったり。

「だから急いでおまえを呼びにいったの。あの人を残してきたのよ。わたしは役立たずだわ」すすり泣く声がわたしの胃を締めつける。

「そんなことないって」わたしは祖母をなぐさめた。祖母は何があろうと動じず、気丈にふるまえる人なのだ。わたしが八つのとき、自転車で転倒し血だらけで帰ったときも、祖母はけっしてあわてなかった。でもいま、意識のない祖父に対しては冷静でいられないらしく、その点ではわたしもおなじだ。祖父には一年でも一日でも長生きしてもらわなくてはいけない。祖父エティエン・ベセットは、わが岩、わが錨。祖父も祖母も、百歳まで、百二十歳まで長生きしてほしい。

プロヴィデンス劇場に着き、わたしは入口の扉を開けてなかに駆けこんだ。絨緞の敷かれた通路を右に行き、ブラックボックス・シアターに向かう。ドアストッパーがはさまれた出入り口は少し開いて、そこから明かりがもれていた。

「おじいちゃん《ペペール》！」わたしは飛びこんだ。

「エティエン！」祖母があとにつづく。

《ポーの出口なし》で使われる三つのソファの中央に古い木の梯子がセットされ、その足もとに祖父が倒れていた。

「おじいちゃん！」わたしは客席のあいだを走り、祖父の横にひざまずいた。祖母とレベッカ、デリラが祖父を囲む。

祖父のからだがぴくっと動き、うめき声がもれた。

「大丈夫？　気分は？」

わたしの問いかけに、祖父はひきつった笑みをうかべた。「大ばか者だよ」

「そうじゃなくて、痛いところはない？　気分は悪くない？」

「わしも焼きがまわったもんだ」苦しげに笑う。「アルミの梯子を使えと、しょっちゅう注意されていたのにな」祖父は木の梯子に目をやった。上からふたつめの横木が、真ん中で割れている。「あれでストンと落っこちた」

祖母が床に膝をつき、祖父の乱れた白髪をなでた。

「意識がなかったから、あわてたわ……」

祖父は妻の頬を軽くたたいた。「そんなにすぐ、わしを抹殺せんでくれよ。それに、意識はあった」

「だったら、声を出してくれたらよかったのに。目もつむっていたわ」

「気が遠くなっていたんだ。頭がはっきりしたときはもう、おまえはいなくなっていた」小さく笑う。「梯子から落ちたくらいで死にはせんよ。さあ、起きるから手を貸してくれ」

全員が手を出した。祖母とわたしはそれぞれ祖父の腕をつかみ、デリラとレベッカは背中を押しあげる。二度ほど膝ががくっとしたものの、祖父はわたしたちの手を借りて、最前列の客席に腰をおろした。

「何かあったんですか？」ボズがわたしたちとおなじ扉から入ってきた。

「梯子が壊れたのよ」祖母が答える。「悪いけど、かたづけてくれる？」

「はい」ボズは舞台へ走っていった。

おなじ年頃の子がふたり、ボズについて入ってきた。もっさりした感じの男子と、赤みがかったブロンドの、スタイルのいい女の子だ。

「あの子がフィルビーね？」わたしが訊くと、レベッカがうなずいた。

「はい。なかなかの美人でしょ？」

「母親は――」デリラがわたしのほうに来ていった。「PTAの会長よ」

「あの子は、ストリップバーでポールダンスをしてつかまったグループには入っていません」と、レベッカ。

「読書クラブの創設メンバーよ。わたしがシャーロットたちに入るようにすすめたやつ」と、デリラ。「たしか、あの子はプルーデンスの親戚だったんじゃないかな」

「あっ、そうか」わたしはここで思い出した。フィルビーにはうちのふたごとおなじくらいの妹がふたり、そして兄がひとりいて、兄はいま仕事か何かでアフリカの……そう、ティンブクトゥという町にいると聞いた。フィルビーの母親とプルーデンスは、道で会っても挨拶のひとつもしない。いまこうして見ていると、よほど鈍感な男子はべつにして、彼女に恋心を抱くのはしごく当然に思える。

ボズと、もっさりした友人が舞台にもどってきた。

「つぎは何をしたらいいですか？」

「舞台袖にある幕をなおしてくれる？　クリップがすぐはずれるみたいなの」

祖母がいうと、ボズは「了解しました、将軍！」と敬礼し、にやっとした。

祖母は〝こらっ〟という顔をしたものの、目は笑っている。劇団員たちは祖母のことを「小さな将軍」と呼ぶのだ。

若者たちが舞台裏手に消えると、祖父が「何があっても初日の幕は開けんとな」といった。

「ばかな年寄りは手に負えないわ」

祖父は両手で妻の顎をはさんだ。

「ばかな年寄りとはだれのことだ？」

「あなたは自分が不死身だとでも思ってるんですか」

「心配するな。年輪を刻んだ骨の強さは、レンガにも負けん」

「そうだ、レンガといえば、事件現場にあった衝立に関してなんですけどね」レベッカが手招きし、みんなそちらに集まった。

わたしは苦笑した。この場の緊張した空気をほぐすのは、ちゃめっ気たっぷりの素人探偵に任せるとしよう。

「今度の出し物にからんで、ポーの作品を考えていたら――」レベッカはつづけた。『アモンティラードの樽』という短編があって、主人公は自分を侮辱した友人に復讐しようと、地下蔵に貴重なものがあると信じこませるんです。それは希少価値の高いワインなんですけどね」

「シェリーでしょ？」と、デリラ。

「はい、そうです」レベッカはわたしの目を見た。この作品については、まえにもふたりで話しあったことがある。「で、主人公は友人に利き酒をしてくれといいますが、友人は酔っている」

「まるでハーカーみたいね」デリラがいった。

「はい。そして主人公は友人を地下へ連れていき、穴倉に縛りつけたあと、その入口に石を積み重ねてふさいだ」

「でも、ハーカーは縛りつけられていない」と、わたし。

レベッカはわたしに黙っていてくれと手をふった。

「今回の事件の犯人が、この短編をまねてレンガの衝立を置いたとしたら？　動機は、友人への復讐です」

「つまりデーンかエドセルが犯人ということ？」わたしはレベッカに訊いた。

祖父がふんと鼻を鳴らし、「あの子らに人は殺せんよ」といった。

「アガサ・クリスティは――」と、わたし。「あらゆる殺人犯は、おそらくだれかの古い友人だ、っていってるわ」

「そうすると、クインの可能性もあるんですか？」レベッカがいった。

「ないわよ」もちろんわたしはきっぱり否定。

「ともかく犯人はポーの短編の内容を知っている人ですよね」と、レベッカ。

「それは断定できないわ」わたしは舞台の前を行ったり来たりした。「こちらの勝手な憶測だもの」

デリラが、「じっくり考えなきゃだめよ」といった。「犯人は宝石を散らし、かつレンガの衝立をつくったんだから」

結局、レンガの話にもどるのね……。レベッカが推測するように最近つくられたものなら、時間的にそれができるのはだれだろう？　それにどうやって、材料を人に気づかれずにあそこまで運んだ？

「わたしの推理ではね」と、デリラ。「犯人は殺害現場を舞台に見立てたんじゃないかしら」

「ええ、そうね、舞台にしたのよ」祖母が椅子から立ちあがり、デリラとレベッカの横を通って舞台に行った。わたしたちは祖母が何をするのかを見守る。

「場面づくりはとても重要なのよ」祖母は舞台装置のソファをひとつずらした。「ほらね。少しずれるだけで、役者どうしの距離がずいぶんあくでしょ。逆に近づけすぎると、役柄のあいだに横たわる距離間がなくなってしまう。そしてもし、ソファをまったく置かなかったら、《ポーの出口なし》は上演できなくなるわ。ね？」

「ソファのない公演だってあるわよ」と、わたしは反論。

「プロヴィデンス劇場の場合は、必要なの」

「そう、そこがポイントです！」レベッカが興奮したように手をたたいた。「犯人もそれをしたかったんですよ。彼は自分の舞台をつくりたかった」

「彼女かもしれないわ」と、わたし。

「はい、そうですね。でも、ともかく犯人は、ハーカー・フォンタンをおびきだしわたしは片手をあげた。「それは断定できないでしょ。自分から進んで宝さがしに行った――」のかもしれない。そして犯人は彼のあとをつけて、不意をついた――」

「かもしれませんね」レベッカは、ふんと鼻を鳴らした。「そしてハーカーさんを縛りつけ

「彼は縛られてなんかいなかったわ」できるかぎり正確を期さねば、とわたしは思った。

「あくまでイメージ、比喩的なものよ」と、デリラ。

「はい、そうです、そうです」レベッカは何度もうなずいた。「犯人はスカーフで首を絞めることで彼をいわば縛りつけ、レンガの衝立の裏に宝石とともに放置した」

「どうして宝石なのかな？　だれか意見は？」デリラは答えをうながすように指をふった。

「それも――」レベッカが自信満々に人差し指を立てる。「犯人による舞台設定のひとつなんですよ」

「でも、もしそうだとしたら」と、わたし。「宝石にはどんな意味がこめられているの？　ギャンブル上のトラブルをほのめかすため？　あるいは、まったくべつの何かの象徴？　そして、あのレンガの意味は？　心の壁のようなものを暗示しているのかしら？」

祖父が咳払いをして立ちあがった。つきだしたお腹の前で、両手を握る。

「なあ、みなさんがた、ワイナリーの財宝にまつわる話をインターネットで調べてみるとい

いのではないかな?」

「はい、調べました」と、レベッカ。「《ニューヨーク・タイムズ》の記事ですけど」

「いろんな新聞にいろんな話がのってるでしょう」と、わたしはいった。「噂はもう何十年もまえからあるもの。ジーグラーは臨終のとき——」

「ひょっとすると、犯人は」と、祖母。「うちの出し物にヒントを得たのかもしれないわね」

「どうしてそう思うの?」

「《クリーヴランド・プレイン・ディーラー》や《コロンバス・ディスパッチ》が記事にしてくれたのよ。インターネットでも地元の評論家が書いたしね」祖母はデリラのほうを見た。「その評論家は何週間かまえにリハーサルを見たらしくて、とても誉めてくれていたわ。なんといっても、脚本が大胆だって」

デリラの頬が染まった。

「それで、どうして出し物が犯罪のヒントになったと思うのよ?」わたしとしてはこれでも、いらいらが声に出ないようにしたつもりだった。じつをいうと、お腹がすいてたまらなかったのだ。せめて、焼きたてのトーストに蜂蜜をたらし、そこにマンチェゴ・チーズを一枚のせて……。

祖母はあやすような目でわたしを見ていった。

「財宝について知っている人が、プロヴィデンス劇場の演目の高い評価を読んで考えたのよ」指で頭をたたく。「うん! これはいいぞ! このやり方で復讐しよう。舞台をつくって警察の目をくらましてやる！」

「思いついたのは、ひとりだけじゃないかも」と、デリラ。

わたしはげんなりして両手をさしだした。

「それじゃ財宝のことを知っていて、インターネットを見られる人なら、だれだって犯人になりえるわね？」

ここにいる全員が、首振り人形みたいにいっせいに、うんうんとうなずいた。

「少なくとも」と、レベッカ。「プロヴィデンスの町民全員が、そこにふくまれるわけですよね？」

それはつまり——ハーカーは顔見知りに殺されたとはかぎらないってことよね？　たしかに地元の人間なら、レンガの衝立をつくるくらいの時間はあるだろう。プロヴィデンスの町民が、小さな町のささやかな平和を守ろうとして殺人を犯した？　ワイナリーを大学にするというメレディスの計画をつぶすために、無慈悲にもまったく見ず知らずの人間の首を絞めたりするだろうか？

14

自宅に向かいながら、わたしは祖母や友人たちが劇場で話していたことをくりかえし考えた。アーソは犯人が殺害現場を舞台にしたなんて話には耳を貸さないだろう。でもとりあえず彼には、連絡してほしいと伝言を残した。舞台説を伝えれば、クインの嫌疑が少しは薄れるかもしれない。わたしはまた、ハーカーの盗まれた絵についても考えた。認めたくはないけれど、やはり第一容疑者はフレディだろう。彼はハーカーを嫌い、Ｂ＆Ｂの自分の部屋には何かを隠している。

考えながら、交差点を曲がる。いったいフレディは、スーツケースに何を隠しているのだろう？　わたしはロイスのＢ＆Ｂの前で立ち止まり、二階の窓を見あげた。道路に面した二部屋には明かりがついている。そのひとつが、フレディの部屋だった。厚手と薄手のカーテンのうち、ラベンダー色の薄いほうだけが引かれている。人の影は見えないけれど、それでフレディが不在ということにはならない。寝ているとか、トイレに入っているとか。あるいは談話室で、ほかのお客さんたちと遅いお茶を飲んでいるとか。Ｂ＆Ｂの一階からは、やわらかな明かりがもれてくる。もし、いまフレディが談話室にいれば、彼の部屋にこっそり入ることができるかも……。そしてちょこっとスーツケースをのぞいて……。

一分間。部屋にいるのは、たった一分。

わたしはB&Bの玄関に向かいかけ、足が止まった。二階のフレディの部屋で動く影がある。あれはきっとフレディだろう。すると、べつの影が彼に近寄った。おなじくらいの身長で、なめらかなシルエット。あれはウィノナかしら？　最初の影にからだを押しつける。顔と顔が近づき、重なった。

探偵まがいのことができなくなって、わたしはとぼとぼと家に帰った。キッチンでは、ラグズが籐のベッドですやすや眠っている。そこでとりあえず、愛猫のボウルに新しいミルクをついでおく。あら、マンチェゴが切れている。仕方がないからリンバーガーとイチジク・ジャムで、ちゃちゃちゃっとパニーニを。それとペレグリノを一本持って、階段を静かにあがる。

見ればこんな時間でもまだ、ふたごの部屋には明かりがついていた。こっそりのぞいてみると、ふたつのベッドのあいだで、マシューがアンティークの安楽椅子にすわり、本を読んでやっていた。子どもたちのお気に入り、ナンシー・ドルーのシリーズだ。

クレアは紫色のキルトに首までもぐり、五つ六つの幼稚園の子にしか見えない。口もとには天使のような笑み。いっぽうエイミーはからだを起こし、いつものように両手で軽くベッドをたたいている。エイミーは歌うのが大好きだった。《アメリカン・アイドル》に出たらどうなるかしらね？　この番組が、エイミーが十五歳になるまでつづいていたら、きっと最終審査まで残るわよ。おばあちゃん似で、女優の素質ありだもの。

わたしは親子の邪魔をしないようにして、自分の部屋に入った。

そうしてドアを閉めたとき、ふっといたずら心が湧いた。ベッドわきのテーブルにパニーニを置いて、電気はつけず真っ暗なまま、ペルシャ絨緞を踏んで窓際まで行く。ブロケードのカーテンを少しだけつまんで、となりのB&Bをのぞいてみる——と、フレディの部屋は薄暗いものの、ふたつの影があるのはわかった。タンゴでも踊るように動きまわっている。何かのお祝い？　あの事件はふたりの共犯とか？

「よしなさい、シャーロット」わたしは声に出してつぶやいた。「ふたりは恋人どうし、ただそれだけよ」

それに、リンバーガー・チーズのなんともいえない香りがわたしを誘っている。のぞき見はやめにして、わたしはベッドに腰かけた。小さなテーブルのライトをつけて、二分とたたないうちにパニーニを完食。それから顔を洗い、いつもよりていねいに歯間のお掃除をしてからネグリジェに着替えた。このネグリジェは去年のメレディスのクリスマス・プレゼントだ。ブランドは、ヴィクトリアズ・シークレット。

デスクに行って、Tバックチェアに腰をおろす。警官でも探偵でもないわたしにできる調査といえば、インターネットを利用することくらいだろう。祖父やレベッカが見たという情報はもちろん、ウィノナ・ウェスタトンについてももっと知りたい。

ここ一年ほど、ボズの指導のおかげで、インターネットを楽に使えるようになった。そしてジョーダン・ペイスやジャッキー・ピーターソンという名前をもつ人がどっさりいることを知った。新たな人生を始めるにあたって、ジョーダンはきわめて慎重にごく一般的な名前を選んだらしい。

でも、ウィノナ・ウェスタトンはそう多くないだろう。わたしはコンピュータを起動し、ブラウザのアイコンをクリックして、検索窓にウィノナの名前を入力した。ヒットはわずかに一件。ホームページやブログはなし。SNSでも見当たらず。ただ新聞記事で、クリーヴランドの劇場の寄付者一覧に名前があり、二〇〇五年のノースウェスタン大学懇親会参加となっている。記事によれば、ウィノナと妹のジュリアンは十代で社交ダンスの競技会で優勝したらしい。またウィノナは、高校の美術コンクールでも五位に入賞。十四歳のときには、パイ焼きコンテストで優勝していた。記事にはそれぞれの競技会ページへリンクが張られている。

ウィノナが過去に何らかの事件に関与したという情報はなかったけれど、美術コンクールの入賞にはかなり興味をそそられた。彼女とハーカーをつなぐ糸は美術かもしれない。彼女のほうが年上だけど、美術を介してハーカーと、そしてデーンと知り合ったと考えることはできる。

美術コンクールのページに飛んでみる。アイコンがぐるぐる回り、なかなかサイトにつながらない。うーん。二分経過。三分。四分。

部屋の扉が、きしんだ音をたてた。

ぎょっとしてふりかえると——

タッタッタ。ラグズが軽快な足どりで入ってきて、わたしの足首にまとわりついた。でも、ミャウーンと鳴く声は、どうやらわたしを責めている。

「ごめんごめん。無視したわけじゃないのよ。寝てるのを起こしちゃ悪いと思っただけなの」わたしは自分の太ももをたたいた。ラグズが飛びのり、前足をたたんでどっしり丸まる。耳のあいだをかいてやると、モーターボートのエンジン顔負けのごろごろ音が聞こえてきた。わたしにとっては、何よりリラックスできるひとときだ。

コンピュータ画面では、まだ「ロード中」の文字が消えない。

そんな状態が、さらに五分もつづいた。わが愛する町は携帯電話がつながりにくいので評判が悪く、インターネットでも同様のことがいえる。わたしはあきらめて、ベッドに入った。ジョーダンとジャッキーとふたごとマシューのために祈りをささげ、しめくくりは祖父母とクイン、メレディスだ。このままクインが殺人犯にされたらどうしよう……。なんとしてでも、あの子が無実であることを証明しなくては。

＊

びっくりして目が覚めた。午前六時四十三分。だれかが玄関を激しくノックしているのだ。わたしはベッドから出ると、カーテンをあけて下を見た。

シルヴィだった。モダンでスリムな服を着て、恐ろしい目でわたしを見あげ、こぶしをふりあげる。

まいるなあ……朝っぱらから……。わたしは両手で頭をマッサージして、脳みそを目覚めさせた。コンピュータを見ると、時間ぎれで勝手にシャットダウンしている。こちらもため息。どうかきょうは、きのうより少しはよい一日になりますように。

自分を励まして手早く着替える。黒いパンツにスカーレットのセーター、そしてローファー。こういう派手な組み合わせは肌色を明るく見せるし、気分も大胆になる。シルヴィに会うには、少し勢いをつけたほうがいいように感じた。

マシューの部屋の前を通りがてら、その扉をたたく。

「マシュー、起きて！」背後に向かってさけぶ。「お客さまが来たわよ！」

マホガニーの階段を早足でおりる。うしろにはラグズ。玄関広間で足を止め、金のフレームの楕円の鏡でわが身をチェック。背筋はのびて、堂々として。よし！

わたしは玄関をあけた。

「こんなに早い時間に何か？」

「命令書があるの」シルヴィは胸を張った。

どういう意味だろう？　わたしが返事をしないでいると、シルヴィは折りたたんだ紙をわざとらしくふった。

「それは何？」わたしはあえてたずねてみた。

「命令書よ」

「どんな命令？」

「わたしの要望に従えって命令よ。わたしが子どもと過ごしたくなったら、あなたたちはすなおにそれに従わなきゃいけないの。で、いま、わたしはそれをしたいわけ。いますぐにね。娘たちとアーミッシュのツアーに参加するの」

「きょうは学校があるわ」

「休めばいいじゃない。命令書があるのよ、裁判所の」また書類をひらひらさせる。

わたしのなかで悪魔が首をもたげた。シルヴィの手から書類を奪ってびりりっと引き裂き、冷たい笑みをうかべる。

「悪いけど、もう一回、裁判所でもらってきてちょうだい」わたしは玄関を閉めようとした。

そこへシルヴィが肩をつっこんで、閉められなくなった。

まったく！

家の二階から小さな足音がして、止まった。ふりかえると、階段にふたごが立っていた。エイミーは眠そうに目をこすっているけど、クレアのほうはしっかりした目だ。たぶんいつものように、とっくに起きて本を読んでいたのだろう。

「シャーロット、なかに入れてちょうだい！」シルヴィが扉の隙間にむりやり顔をつっこんできた。「おはよう、おちびちゃん」ふたごに声をかける。「きょうも遠足に行きましょうね！」

マシューが部屋から飛び出してきた。チョコレート色の部屋着をウェストできつく結び、その下で茶色いペイズリーのパジャマのズボンが揺れている。足は、はだしだった。

「おまえたち、学校に行く準備をしなさい！」階段を二段飛びで駆けおり、玄関へやってくる。「ここはもういいよ、シャーロット」わたしの手を扉からはがし、玄関を勢いよく開いた。

シルヴィがつんのめるようにして入ってきて、いったん姿勢を正すと、「要求があるの」といった。

「破れたものは無効よ」わたしは書類の残骸をマシューに渡した。

「そこには、わたしのいうとおりにしろ、って書いてあるわ」と、シルヴィ。

「この人はエイミーたちをアーミッシュのコミュニティに連れていきたいらしいけど」わたしはマシューにいった。「学校があるからダメだっていったの」

「ツアー料金はもう払ったのよ。アーミッシュの家で食事をするツアーなの」

「それはできないよ」マシューは破れた書類をポケットにつっこんだ。

シルヴィは唇を噛みしめた。地団駄をふんで罵声をあびせるかと思いきや、黙りこくったままだ。そして長い沈黙の後、シルヴィはこぶしを握りしめ、きっぱりといった。

「警官を連れてくるわ」

「どうぞご自由に」と、マシュー。「アーソ署長はそれどころじゃないと思うけどね」

「わたしのいうことを聞いたほうがいいわよ」

「ああ、いつだって聞くよ」

「それにあのメレディス——」

「彼女は関係ない！」

シルヴィは背を向け、いったん帰りかけてからまたふりむいた。

「そういえば、あなたのクレジットカードを使わせてもらったわ。たいした買い物じゃないんだけど、あなたには大変かも」そこでふたたび、シルバーのピンヒールできゅっと回転。わたしたちに背を向けて、レンタカーのレクサスのほうへ歩いていった。

わたしはぽかんとした――「ねえ、マシュー、彼女にまだクレジットカードを使わせてるの？」

「いいや、返してもらったよ」

「じゃあ、番号とセキュリティコードを覚えてるってこと？　口座凍結したほうがいいわよ」

シルヴィは車を発進させるまえに、助手席の窓をさげてこういった。

「チーズ屋さんの近くにある〈ル・シック・ブティック〉はとっても高級なんですってね。オーナーのプルーデンス・ハートとは、わたし、いい友だちになれそうだわ」

好きにすればいいわよ、とわたしは思った。シルヴィとプルーデンスが面と向かって話しているのを、壁に止まるハエになってながめてみたいものだと思う。小さな町の女王さまはシルヴィに似合う服をアドバイスし、シルヴィはシルヴィで、さかしらに口を出す。そして火花が散って、山火事へ。どちらもやけどをしなきゃいいけど。

マシューは深刻な顔つきで玄関を閉め、ラグズが緊張したムードを感じとったのか、マシユーの素足にやさしく頭をこすりつけた。マシューはしゃがんでラグズの顎をなで、階段に目をやる。ふたごは父親にいわれたとおりのことをしていなかった。抱き合って階段にすわりこみ、目には涙が光る。

「ほら、おまえたち」マシューの声はほんの少し、震えていた。「急いで支度しなさい。十分後には朝ごはんだよ」

「マスカルポーネのパンケーキで、グルテン・フリーよ」わたしは元気よくいった。

ふたりは走って、廊下のつきあたりのバスルームに行く。

ドアがカチッと閉まるのを確認してから、マシューは両手で髪をかいた。

「きょうは地元のワイナリーの挨拶まわりをするから、早く出かけるよ。何かほしいものはあるかい？」

わたしは胸をなでおろした。マシューはいつもとおなじ一日のスタートをきろうとしている。少なくとも表面的には。

「仕入れたばかりのアイルランドのブルーチーズには、メリタージュが合うような気がするんだけど」

「了解！」

「ニューズレターには、あしたのテイスティング会は七時に開始だって書いたんだけど、それでいいかしら？」

「うん、いいよ」マシューは階段をあがりかけ、二段目で足を止める。「なあシャーロット、ぼくは悪い父親だろうか？」

わたしのなかに、こみあげるものがあった。

「何いってるの。マシューは最高のお父さんだって、子どもたちはちゃんとわかってるわ」

「そうかな……」

「あたりまえでしょ」

シルヴィが夫と子どもを残して家を出たあと、マシューは懸命に、前向きに苦境をのりきった。小さな町と、自分を愛してくれる家族の大切さを心に刻み、子どもたちの思いに精一杯こたえてきたし、何かにつけて、全力をつくせと娘たちを励ました。

「あの子たちはお父さんを心から、たっぷり愛しているわ。お父さんには想像もつかないくらいたっぷりね」

＊

ショップに到着してからは、シルヴィのことなど忘れ、いつもの仕事にとりかかった。キッシュをつくり、切れ味のよいナイフでチーズを切ってラップする。それが終わると、つぎは本日の逸品づくりだ。これは日替わりのおすすめ料理で、ためしにやってみるとたちまちお客さんたちの好評を得て定着した。そしてきょうのおすすめは、ブリーのフォンデュだ。白い磁器の器にとろっとした香りのよいチーズを満たし、それをワイヤスタンドに置く。スタンドの下には缶入り燃料。そしてお皿に木串を並べ、その横にカントリーブレッドを盛ったバスケットを置く。お客さんたちはこれに舌つづみをうち、一時間もたたないうちに、わたしはお代わりをつくることになった。

レベッカがキッチンに来て、カウンターにもたれた。

「ようやくひと段落ですね」

「ええ、ようやくね」わたしはウォークインの冷蔵庫からブリーの円板《ホイール》をとってくると、大理石のボードに置いた。そしてラップをはずす――「レベッカさんは、何を考えているのかな？」

「あのですね……」レベッカがこういう言い方をするのは、よからぬことを企てているときだ。「ジーグラー・ワイナリーに行って、あのレンガの衝立を調べるべきだと思うんですよ」

「それはわたしたちの仕事じゃないわ」引き出しから、ヴォストフのナイフをとりだす。

「あれが最近つくられたものなら――」

「だめよ」

「わたしたちが証明を――」

「だめ」

「でも犯人は――」

わたしはレベッカをにらんだ。

「だけどシャーロット……。噂を聞きませんでしたか？　町議会はあそこを大学にするっていうメレディスの企画を見送る気らしいですよ」

やっぱり。いやな予感は当たるものだ。大学の誘致計画に反対する地元民がハーカー殺人事件の犯人だったらどうなるだろう？

「おばあちゃんはわたしに何もいわなかったけど」

「まだご存じないんでしょう」

町長が知らないなんておかしくない？

「わたしはただ、ワイン業者が噂しているのを漏れ聞いただけですから。ともかく、誘致計画が流れたら、ハート家がジーグラー・ワイナリーを町から買い上げたいといっているらしいですよ」

「ハート家って、プルーデンスのこと？」

「いえ、あの人の兄弟みたいです」

プルーデンスの兄弟って……たしか二、三人いたはずで、オレゴンに住み、ワインをつくっていると聞いた。それなのにどうしてこの町で、ワイナリーをもちたいのだろう？　でもそういえば、このまえのがらくた集め競争の最中、あそこで十九世紀の古い地図を見たとき、ジーグラーの地所には、ボズート家とアーソ家、ハート家が隣接していたように思う。ハート家はむかし、ジーグラーのせいで資産を失ったりしたのだろうか？　それをいまになって、とりかえしたいとか？　そのためには大学設立を阻止しなくてはならず、悪評のたつ殺人事件を発生させた――。プルーデンスは知っているのだろうか？　彼女も一枚かんでいる？

「思うんですけど」と、レベッカ。「売却されるまえにもう一度ワイナリーに行くべきですよ。あそこは町の、公共の施設ですよね？」

「いいえ、行きません」わたしはむいたブリーのラップをまるめて、ゴミ箱に投げた。

「舞台設定は大切だって、おばあちゃんもいってましたよね？　ほんとに犯人が舞台としてつくっていたらどうします？」

　犯人たちかもしれないわ。

「犯人は舞台のことばかり考えて、ほかの点でミスをおかしたかもしれません。現場に何か手がかりを残すとかね。犯人は——」

「男かもしれないし、女かもしれない」と、わたしはいった。「そして犯人たちかも」プルーデンスと兄弟のことが頭から離れなくなった。

「男か女か、複数犯か……それはともかく、どんな脚本を考えていたのか知りたくありませんか？　宝石にレンガの衝立。あそこには、何かがある。ぐずぐずしていられませんよ」

　玄関の呼び鈴がちりんちりんと鳴った。

　レベッカはそちらに目をやり、それからまたわたしを見ると、「考えといてください。ね？」といってキッチンから出ていった。

　わたしはアシスタント（素人探偵？）のいうことにも、一理あるような気がした。事件現場に行けば、犯人について何かがわかるかもしれない。うまくいけば、クインの潔白を裏づける証拠を見つけられるかも……。

15

その日の午後はもう、わたしの頭のなかからワイナリーの件は消えていた。するとレベッカまでが、どこかへ消えてしまった。

「レベッカ?」わたしはショップの裏口から、路地の菜園を見わたした。風にそよぐチューリップ、湿った地面で虫をさがす小鳥たち。動くものといえばそれくらいだ。レベッカはどこに行ったのだろう? 休憩はいつも三十分くらいで、一時間半なんてことはない。わたしは自分の仕事にかかりきりで、彼女がいないことに気づいたのは、ついさっきだった。牧師さんが来店し、教会の集会用の盛り合わせチーズを二十皿注文され、三十人近くのお客さんにブリーのフォンデュのレシピを教えたり、てんてこまいだったのだ。

わたしはカウンターに行くと、祖父にレベッカはどこかしらと訊いた。

祖父は首を横にふる。でも、チリとターキーの長めのペパロニを薄くスライスしながら、祖父はちらっ、ちらっとわたしのほうを見た。

「ほんとは知ってるんでしょ」

「いや、知らん」

「ねえ、教えてちょうだい。レベッカはどこ？」

祖父は、わたしが名づけた〝かわいい坊やのふくれっ面〟をした。この顔をするときは、きまって何かを隠しているのだ。

「そんなにわしを信じられんか？」

「レベッカはいつも三十分くらいでもどってくるからよ」

「あの子は立派な大人なんだ。よけいな心配はせんでいい」

「でも電話くらいあってもいいわ」

「おそらく知らん場所を探検して、時間がたつのを忘れたんだろ。あの子は太陽の下が好きだ」

「こんなに風が強い日でも？」

「ひんやりするのが好きなんだよ」祖父は何かを右手から左手に持ちかえて、小さく笑った。でもわたしは笑わない。レベッカの行き先の見当がつき、全身がざわっとしたからだ。わたしは祖父の肩を両手でつかんだ。

「あのいたずら娘は、ジーグラー・ワイナリーに行ったんでしょ？」

「何をしに？」

「探検よ！」

「おいおい《シェリ》、そんなことをする子じゃないよ」祖父はナイフをカウンターに置くと、両手をエプロンで拭き、ゆっくりと冷蔵庫のほうに行った。その途中、ロアリング・フォーティーズのブルーチーズを口にほうりこむ。そうか……祖父はレベッカをかばっていたわけではないらしい。試食用のお皿から、盗み食いをしていたのだ。

「ねえ、おじいちゃん《ベベール》、どうしたらいい？」

祖父は喉をごくっとさせてから、「電話してみろ」といった。

わたしはそうした。だけど応答なしだ。強風だとつながりにくいときがある。わたしはだんだん不安になってきた。まさかワイナリーに忍びこんで、貯蔵庫から出てこられなくなったとか？　でなきゃ階段から落ちて気を失った？　〝ぐずぐずしていられませんよ〟と、レベッカはいった――。

どうしてあのとき、ぴんとこなかったんだろう？　わたしはエプロンをはぎとってフックにかけると、車のキーをつかんだ。

「おじいちゃん《ベベール》、お店をたのむわね。すぐにもどってくるから」

「おい《シェリ》、それよりアーソ署長に連絡しろ」

そうしてレベッカをワイナリーへの不法侵入で罰してもらうの？　とんでもないわ。レベッカのためにも。わたしのためにも。アーソはきっとわたしを怒鳴りまくり、責任をとれというだろう。

わたしはひとりでワイナリーに行く勇気がなく、車のほうへ走りながらメレディスに電話をしてつきあってくれとたのんだ。

「むりよ、できないわ」きょうは保護者面談があるとのこと。電話を切るまえ、わたしはふと思いついたことをたずねてみた。

「あなたが《ヴィンテージ・トゥデイ》とワイナリーの改装を始めたとき、貯蔵庫にレンガの衝立はあった？」

「話したでしょ。わたしは貯蔵庫に入ったことがないの」

「《ヴィンテージ》のスタッフには電話で依頼したってこと？」

「いったい何が問題なのよ？」

わたしは推理を話した。

メレディスは長いあいだ黙りこくり、ようやく「こちらで調べてあなたに報告するわ」といった。

午後遅く、どんよりした空のもと、わたしは車でワイナリーに向かった。風はますます強くなり、わたしはえもいわれぬ不安に襲われた。風に飛ばされた草々《タンブルウィード》が、くるくる回って道路を横切る。わたしはあわててハンドルをきった。

レベッカの身に何かあったらどうしよう……。犯人は犯行現場にもどるっていうけど、もしいまワイナリーに犯人がいたら……。

道がS字カーブになって、わたしは運転に集中した。ハンドルを右へ、左へ。そしてふと、ある考えが浮かんだ。もしかすると、ハーカー殺人事件の犯人は、例の噂の財宝を追いかけている完全なよそ者、盗賊の類かもしれない。

その盗賊がワイナリーでレベッカに出くわしたら……。

わたしは目いっぱいアクセルを踏んだ。胸騒ぎどころの話ではなかった。

ワイナリーに着くとすぐ、レベッカの赤いミニ・クーパーをさがしてあたりを見まわす。でも、どこにも見当たらない。推理ドラマ好きの彼女のことだから、車は目につかない場所、ワイナリーの敷地の外に停めたのかも。と、思ったわたしはすぐさま自分の車も隠すことにした。ここにいることは、だれにも知られないほうがいい。とくに、アーソには。彼ならわたしが何をしに来たかの見当がつくだろう。

グローブボックスから懐中電灯をとって、車から降りる。懐中電灯は、ワイナリーの内部に入る場合の備えだった。もし、なかに入った場合の……。

砂利道を進んで、玄関ポーチの階段をあがる。このまえ、アーソはロイスのB&Bで、ハーカーの部屋に鍵もかけなかった。彼があんなにおおざっぱなら、このワイナリーにも鍵をかけていないかも、と思ったけれど、あてがはずれた。玄関は、がっちりロックされている。

つまり、レベッカはなかに入らなかった。もしくは、入ったあとで彼女が鍵をかけたのか——。

「レベッカ?」小さな声で呼びながら、建物のまわりをゆっくり歩いていく。扉や窓はどこも鍵がかかっていた。何かが動く気配もない。キッチンの窓からなかをのぞいてみる。レベッカの姿はない。あけっぱなしの引き出しも、ひとつもなし。建物全体が真っ暗で、どこにも明かりはついていなかった。

ひょっとして、レベッカはころんで意識を失ったのかもしれない。わたしは歩を早め、建物をめぐった。すると、何かが頭上で動いた。見あげると、閉じた窓でレースのカーテンが揺れている。古い屋敷にはエアコンなどないから、換気はシンプルな方法でやるしかないだろう。カチカチッという音が聞こえ、わたしは物陰に身を隠した。二階のバルコニーに面して並んだ扉が、風に吹かれてばたばたしたようだ。強風でかんぬきがはずれたのか……うん、ちがう。たぶんレベッカが、あそこから侵入したのだ。

バルコニーを支えるのは大理石のコリント式の柱で、美しいアカンサスの葉やつる草で飾られていたものの、凹みやら何やら、年季が入っていたんでいる。わたしは高校時代、体育はあまり得意じゃなかった。とんぼ返りも後屈もできないし、横幅わずか十センチの平均台なんてとんでもない。ただしお猿さんのごとく、ロープをよじ登ることならできる。わたしは柱をながめながらレインコートをぬぎ、ローファーをぬぎ、パンツのウェストの背中側に懐中電灯をさしこんだ。そして両手で、大理石のつる草をつかむ。

大きく息を吸い、勇気を奮いおこした。つま先を柱の凹みにのせ、ぐっとからだをもちあげる。おしゃれなパンツを着てこなくてよかったわ。

そのまま力をふりしぼって柱をのぼり、バルコニーの手すりにお腹をかけると、内側にどさっと落ちた。立ちあがって、セーターの汚れを払う。

ドアを開いてなかをのぞき、またドアを閉める、というのを端の部屋から順にやっていった。そして大理石の床の舞踏室まで来たところで、町民のだれであれ、いまのわたしのように忍びこめるのだと思い、殺人事件の容疑者は増えるばかりだとため息がでた。

「レベッカ？」わたしは廊下を急いだ。階段をおりて、ジーグラー家の写真が並ぶ部屋を通りすぎながら、この家族の負の歴史を思い出す。気のふれた母、変わり者の娘、埋もれた財宝。このワイナリーの空間が、家族の心をゆがませたのだろうか？　そして何十年か後、悪霊がだれかに人殺しをそそのかした？

――いいかげんにしなさい、シャーロット。早くレベッカをさがすの！

一階の展望室と図書室にもレベッカはいなかった。ちがう角度からもう一度と思い、再度キッチンをのぞく。収穫なし。

レベッカはレンガの衝立を調べたいはずだから、それなら貯蔵庫へ行くしかないだろう。わたしは足早に玄関ホールを横切り、貯蔵庫に通じるドアのノブをつかんで手前に引いた。あの晩は、錆びた鉄の燭台でろうそくが燃えていたけれど、きょうはもちろん、そういうことはない。カビのにおいと腐敗臭がただよってきて、わたしは何歩かあとずさった。壁に背中をはりつけ、背中の懐中電灯を引きぬく。仕事がら、あちこちの貯蔵庫を訪れ、熟成中のチーズの香りを味わってきたけれど、いま、ここのにおいは香味ではなく、じめっとした墓所のそれだった。わたしの記憶に張りついて、これからもぬぐいされないようなにおい。

異臭をこらえながら、わたしは壁にある照明のスイッチを押した。古い電球がひとつだけついて、あたりをうすぼんやりと照らす。

「レベッカ？」階下に向かって呼びかけ、耳をそばだてる。でも、返事はない。「そこにいるの？　無事なの？」わたしはもっと明るくしようと懐中電灯をつけ、自分を励ましてから階段をおりた。空気は冷えきって、レインコートを持ってくればよかったと後悔する。苔で湿った石床ですべらないよう用心しながらゆっくりと、前方を懐中電灯で照らして進む。

「レベッカ？」壁のくぼみに目をやる。あの日、クインはあそこに隠れていた。でも、いまはからっぽだ。まっすぐワインが並ぶ貯蔵庫まで行き、鉄柵ごしに奥をのぞいて声をかけてみる。「レベ――」

ポケットのなかで携帯電話が鳴った。急いでとりだし、大きく胸をなでおろす。レベッカの顔がこちらを見ていたからだ。わたしはボタンを押し、「どこにいるの？」と訊いた。

「そういうシャーロットはどこに？」と、レベッカ。

「あなたがレンガの衝立を調べにワイナリーに来たと思ったのよ」

「わたしが？　法を犯して？　まさか、それどころか《オ・コントレール》」声が途切れる。「もしもし、シャーロット？　聞こえますか？　いまもワイナリーにいるんですか？」

「そうよ」

「あ、よかった。接続が切れたかと」小さく笑う。「シャーロットにダメっていわれたことを、このわたしがするわけがない……ともかぎりませんけど、今回はしませんでした。でも、そうすると」言葉がとぎれる。「逆にシャーロットが……ワイナリーに？　地下の貯蔵庫にいるんですね？　警察の規制テープはありますか？　もしなかったら、レンガの衝立を調べられますよね？　ほら、おばあちゃんのいうように、舞台設定が――」

接続が切れた。

「謎を解く鍵かもね」わたしはレベッカの代わりにささやいた。

ともかくレベッカは無事だとわかってほっとして、わたしは彼女の考えに従うことにした。どっちみち、ここまで来てしまったのだから。そこで貯蔵庫をながめ、あの晩のことを頭のなかでリプレイする――わたしとレベッカは一階からおりてきた、わたしはレンガの衝立を見た、壁の向こうにクインが倒れていると思った、なぜなら、クインのスカーフの端が石床の上にあったから。

わたしは当日とおなじように、レンガの衝立の裏側へ行った。青白いハーカーの顔を思い出し、口のなかに苦いものがこみあげる。と同時に、頭のなかではいくつもの疑問がかけめぐった。あなたはどうしてここに来たの、ハーカー？　だれがあなたに指輪を握らせたのかしら？　レンガを積み上げるだけの時間があった人は？　その人は、だれにも見られずにここにおりてこられたのかしら？

衝立は、高さ一メートル強、横幅は二メートルくらい。これなら人間ひとりは隠せるし、かといって少しのぞけばすぐに見つけられる。ポーの短編にあるものとはぜんぜんちがうのだ。また、ここは墓所でもない。殺人という行為は、単に復讐のひとつのかたちだろうか？

レンガの衝立をなでてみる。モルタルはなめらかで、年数を感じさせなかった。一週間まえ、古くても数カ月まえにつくられたものだろう。ともかく、このワイナリーとはぜんぜん年季がちがった。

そういえば、がらくた集め競争の最中、レベッカはこういう建物には隠し部屋があるかも、といっていたっけ。わたしは灰色の石壁に、懐中電灯の光を当ててみた。とくに何かがある感じはしない。でも、奥の壁の下、石床の上にざらざらしたものが落ちている。ハーカーが殺されるまえに何かをしたのだろうか？　そして壁の奥に隠されたものを発見した？　もしそうなら、手でじかに壁をいじったはずだ。わたしが彼の遺体を見たとき、近くに道具の類はなかったから。

わたしは壁まで行くと、隙間はないかと手探りした。心臓がどきどきする。一度に一メートル四方くらいで、ていねいにさぐっていく。最初の区画に隙間や裂け目はなし。つぎの区画もおなじ。そのつぎも。

そうやって八つめで、床の近くまで来た。と、灰色の石がひとつ、はずれた。つづいて、となりの石も。わたしは懐中電灯で壁を照らし、じっくり観察した。一見、建物のファサードに使う石のようで、切った平らな面を合わせているらしい。しゃがみこみ、できた穴の奥をのぞく。垂直の木の板が見えた。これはドア？　このドアの向こうに、海賊の財宝が隠されているとか？

そのとき、頭上で何か音がした。

心臓が破裂しそうになり、わたしははじかれたように立ちあがると、階段を駆けあがった。じめじめした貯蔵庫にとじこめられてはたまらない。あがりきったところで、ドアの隙間から玄関ホールをのぞいた。でも人影はない。大急ぎで玄関まで行き、ドアの横の彫刻ガラスの窓から外を見る。私道に車は一台もなかった。あの音は、ここに侵入した罪悪感が聞かせた空耳だろうか？

右の方向で動く気配があった。やっぱり侵入者？　わたしは玄関にへばりついて身を隠し、大きく息を吸って懸命に気持ちを鎮めた。

いま外に飛び出せば、侵入者に気づかれないうちに本道まで行けるかもしれない。わたしは車を停めた場所までの距離と時間を見積もり、意を決した。できるだけ低くしゃがみ、玄関扉をそっと押して、外に飛び出す。そしてポーチの階段をおりかけて、足が止まった。頭上で何かの音がしたのだ。

わたしは顔をあげた。どうやら、さっき貯蔵庫で聞いた音は、よろい戸が風にあおられ、外壁に当たった音だったらしい。何かが動く気配は、よろい戸の影だ。

ふっと力が抜けて、わたしはこのまま帰ろうかと思った。でも、せっかくここまでやったのだから――。ということで、わたしは気持ちをおちつけ、地下の貯蔵庫にもどった。

懐中電灯で照らし、壁の石をはがしていく。すると、奥に板造りの扉がはっきり見えた。板の一部に小さな穴があり、そこに指を入れて、手前に引いてみる。扉がきしんだ音をたてて開いていき、埃が舞い散った。つづいて冷たい空気が流れこんでくる。開いた扉の先には、何かのシャフトが見えた。そのシャフトの足元を、懐中電灯で照らしてみる。

何もなかった。札束もなければ、宝石もない。

でもシャフトの裏側に紐が二本ぶらさがり、滑車がついていた。わたしはそこに懐中電灯の光を当てるとしゃがみこみ、もっとよく見ようと、首をひねってのぞきこんだ。

そこでまた、音がした。

今度は足音。それも忍び足。ここの真上の部屋だ。けっして空耳ではない。ほんものの音。床板がきしむ。

ただでさえ縮んでいた胃が、さらに縮んだ。壁の穴から這い出て、立ちあがる。わたしは犯罪捜査の専門家じゃないけれど、かといって被害者にもなりたくない。そこで祖父の言葉を思い出した。高校生のわたしがデートに行くたび、祖父はこういったのだ——攻撃は最大の防御なり。

手元の懐中電灯は細いから、武器にはならない。壁からはがした石も薄いので使いものにならないだろう。でも……レンガなら使える。

わたしはレンガの衝立に懐中電灯をたたきつけた。ゆるいモルタルの端の部分がくずれ——これで最近つくられたことがはっきりした——わたしは力いっぱい前後にねじった。レンガの石が、ふたつはがれる。当面は、ひとつあれば十分だろう。

わたしはそれを手に、階段を駆けあがった。

ドアを押しあけ、レンガを頭上高くふりあげる。と、たちまちだれかに手首をつかまれた。

16

侵入者はわたしをドアの外に引きずりだした。恐怖が喉もとまでこみあげ、悲鳴をあげそうになるや、男はわたしの口を手でふさいだ。そしてわたしのからだをまわし、顔を自分のほうへ向けた。わたしの全身がめろめろに溶けていく。

男はジョーダンだった。彼はわたしの口をふさいだまま、目くばせした——静かにしていろ。

コツコツコツ。ハイヒールをはいた人が、建物の奥に向かっている。

不満げな声。ドアのノブがいじられる音。女の声で悪態。

ガラスが割れる音。ドアには鍵がかかっていたのだろう。

ほどなくして、車のエンジン音とタイヤのきしむ音がした。どうやら女は立ち去ったらしい。

わたしが女の正体をたずねる間もなく、ジョーダンが両手でわたしの顔をはさみ、激しいキスをしてきた。こんなにうっとりするキスは、生まれてはじめて——。わたしは彼にすがるようにからだを押しつけ、熱い思いを返した。でも、こんなことをしててもいいの？

わたしはからだを離し、「いったいどうしたの？」と訊いた。

「ぼくらの魂の深い結びつき以外にってことかな？」

「まじめに訊いているの。さっきの人はだれ？　ウィノナ？　それともプルーデンス？」

「きみのいとこの、もと奥さんだよ」

「えっ。シルヴィ？」

「うん。ぼくが工具店の前にいたら、彼女がプルーデンスに話しているのが聞こえたんだよ。これから小さな冒険をするつもりだってね。その言い方が、何か画策しているようだったから、あとをつけてみたんだ」

画策というのは、ぴったりの表現だと思った。停車している車をのぞきこんでいるときのシルヴィも、そんな感じだったからだ。彼女は何をもくろんでいるのだろう？

ジョーダンはわたしの肩をなでながら話した。

「彼女はここに来ると、レクサスを車寄せじゃなく、左手の雑木林のなかに停めて隠したよ。そうしたら、右手の茂みにきみの車があった」

うまく隠したつもりだったんだけど。

「きみの場合は」と、ジョーダン。「またよけいなことに首をつっこんでいるんだと思ったが、彼女のほうはよくわからなくてね」

「シルヴィはどうして帰っていったの？」

「おそらくきみが階段をあがってくる足音を聞いて、怖くなったんだろう」指の関節で、わたしの鼻の頭をたたく。「ところできみは、何をしていたのかな？」

「レベッカをさがしに来たの」

「地下の貯蔵庫に？」

「話せば長くなるから。それでシルヴィは、どうやってなかに入ってきたの？」

「玄関からだよ」

そうか……。さっきわたしは、音のもとはよろしい戸だと安心し、玄関を閉めても鍵はかけなかった。不注意というより、まぬけなだけ？　レベッカが知ったら大きなため息をつくだろう。

ジョーダンはわたしの肩に腕をまわし、玄関に向かおうとした。

わたしはその手をはずし、「シルヴィは何をしに来たのだと思う？」と訊いた。

「噂の埋蔵金さがしじゃないか？」

「それはないわよ。彼女の実家は裕福だもの」

「金持ちだって宝さがしをするよ。金目当てとはかぎらないさ」

ずいぶん事情がわかっているような言い方だった。ひょっとして、かつての自分がそうだとか？　妹が問題をかかえたせいで、そんな気ままな暮らしにピリオドをうった？

ジョーダンは玄関の前で足を止めると、人差し指でわたしの肩から腕をなで、最後に手を握った。

「夕飯でもどう？　ぼくの家でふたりきりで」

「残念だけど、無理だわ。祖母が主催するパーティがあるのよ。劇団の初日の数日まえに、出演者やスタッフが集まるの。長年の恒例行事だから。そっちのパーティに来ない？」

「華やかな役者さんたちといっしょに夕飯？」ジョーダンは苦笑いした。「それはすばらしい」玄関をあけてわたしの手に、レンガに目をやる。「まさか、それでぼくを殴る気だったんじゃないよな？」

「レンガのほうが、これより使えると思ったの」わたしは細い懐中電灯を掲げた。

「自分の手があるだろ。人間の手も大きな武器になりうる」

「ほんとにね」わたしはそう答えたものの、心のなかでは首をかしげた。だれかに襲われそうになったとき、武器も持たずに冷静に、自分の肉体だけで対抗できるかしら？　たとえば、ハーカー。彼は自分の命を守ることができなかった。彼はわたしより背も高く、力もあるのに。

「どうしてそんなに指が汚れているんだ？」

「あ、そうだ、忘れてた！」わたしは走りだし、肩ごしにさけんだ。「貯蔵庫にシャフトを見つけたのよ！」

「いったいきみは何をしていた？」ジョーダンはわたしを追ってきた。

懐中電灯のスイッチを入れ、階段を駆けおりる。そのあいだにジョーダンに、ハーカーを殺した犯人は現場を舞台に見立てたのではないかという考えを説明した。

「犯人は何かのメッセージとしてレンガの衝立をつくった、というのか？」

「あるいは、気をそらすためか」

「気をそらす？」

「あんな衝立があったら、みんなそっちに気が向いて、推理しようとするでしょ。あのシャフトは、キッチンの給仕用の昇降機のものじゃないかと思うの」わたしはジョーダンを連れて貯蔵庫に行くと、壁の穴を見せた。「犯人はこのシャフトでおりてきて、ハーカーを殺したのよ。そして逃げるときもこれを使ったから、姿を見られなかった」

ジョーダンは眉をぴくっとあげ、「犯人はシャフトで逃げるまえに、この穴を石でふさいだってことか？」といった。

うーん、たしかにありえないかも——。

「じゃあ、犯人はこのシャフトでレンガをここまで運んだのよ」

「階段を使わない理由は？」

「キッチンのほうが階段の傾斜がゆるいし、ここまでレンガを手で運ばなくていいわ。エレベータなら二、三往復ですむでしょう」

ジョーダンはしゃがみこみ、わたしがつくった穴を調べた。

「うん、きみのいいたいことはわかったよ。でもどうして、わざわざふさいだんだ？」

「そこにいたことをだれにも知られたくなかったのよ」

「そのくせ、レンガの衝立を残したのか？」

わたしは即答できず、レンガを見つめた。真実を知りたくてたまらない。犯人はなぜこんなものをつくったのだろう？

「アーソに電話しなさい」と、ジョーダン。「パズルは彼に解いてもらうのがいい」

「わたしがここに来たのを知られたくないの」罪の意識に、ほっぺたが熱くなる。「不法侵入したとわかったら、アーソは逆上しかねないわ」

「ずいぶん弱気だなあ」ジョーダンはほほえんで、わたしの肩をぱしっとたたいた。「彼は確実に、きみの推理に興味をもつよ」

「伝言を残しておいたから、アーソから電話がきたら正直に話すわ。でもお願い、それまでは黙っていてもらえる？」

ジョーダンは気が進まないようだったけれど、じゃあ二十四時間だけ待とう、といってくれた。それを過ぎたら、ぼくは公民としての義務を果たすよ、と。


祖母が玄関ポーチまで迎えに出てきて、ジョーダンの左右の頬にブチュブチュッと派手なキスをした――「よく来てくれたわねえ、ジョーダン」

心から喜んでいるようで、このまえの祖母の言葉はわたしの聞きまちがいだったかなと思った。祖母は彼の背中をたたき、早くなかへ入れとせかす。

家のなかは劇団関係者でいっぱいだった。今回の出し物に関してはスタッフ十六人と役者四人だけだけど、過去の演目の出演者や裏方さんたちも来ている。

「いらっしゃーい！」エイミーがお客さんたちをかきわけて走ってきた。ロイヤルブルーのケープが背後になびき、おなじ青色の海賊ハットが粋にかしいで片目を隠す。「クレア、クレア！　シャーロットおばちゃんとペイスさんが来たよ！」

　エイミーより多少おとなしい衣装を着たクレアが、書斎の戸口にあらわれた。小脇にかかえているのは、祖母が大切にしている革装の『ふしぎの国のアリス』だ。刊行年は、百年ほどまえ。クレアのかわいい口が、ためらいがちにほほえんだ。でも目のほうは、うるんでいる。また何かあって泣いちゃったの？　わたしは心配になった。

「おじいちゃん《ペペール》がね、すっごくおいしい料理をつくってくれたの」エイミーがジョーダンの手をにぎり、引っぱっていく。「ドクターペッパーを使ったシチューとチーズ・ビスケットよ。クレアでも食べられるやつ」

　クレアにはアレルギーがあるので、グルテン・フリーの、小麦粉不使用のものしか食べられなかった。でもチーズの大半はグルテン・フリーだから、その点はラッキーだ。そしてほんの一分ほど早く生まれたエイミーは、いつもかわいい妹の食事に気を配った。

「それからね、削ったチョコレートをのっけたクレームブリュレもあるんだよ」

　エイミーの話に、ジョーダンは、うまそうだなあと答える。

「ほらほら、コートをぬいですわって」祖母が手をふった。「キッチンに飲みものを用意してあるから。もちろん、わたしのおすすめ品ね」ほんとにおいしいのよ、というように指先にキスをする。最近になって、祖母のお好みはジン・フィズから、〝国境の南〟でつくられた飲みものに替わった。パンチのきいた祖母推薦のマルガリータは、ひとり一杯という制限つきだ。「マシューがシラー種のおいしい赤ワインを持ってきてくれたわよ。さ、楽しんでね。乾杯《ア・ヴォートル・サンテ》！」

「ア・ヴォートル・サンテ！」エイミーがくりかえした。「こっちに来て！」ジョーダンの手を放し、わたしたちの前を駆けていく。

すると、祖母がわたしの腕をつかんで、「メレディスを元気づけてちょうだい。ずいぶんおちこんでいるから」といった。

それは当然だろうと思う。なんといっても、姪っ子が留置場にいるんだもの。

「ところで、シルヴィはまた姿を見せた？」わたしはクレアの涙目の原因は彼女ではないかと思い、祖母に訊いた。

祖母は首を横にふり、「いいえ《ノン》、神さまに感謝《デュ・メルシ》ね」

ワイナリーから逃げたあと、シルヴィはどこへ行ったのだろう？　わたしがあそこにいたことに気づいたかしら？　だから今夜、〝かわいいお嬢ちゃん〟の前にあらわれないの？

わたしはワイナリーに忍びこんだことを祖母に話す気はなかった。話せばきっとお目玉をくらう。とはいってもね、祖母がもっと若かったら、きっとおなじことをしていたと思うけど。

「映画だよ、二音節の！」リビングルームで大きな声がした。

キッチンに向かっていたわたしたちは、足を止めてリビングをのぞいてみた。壁には《ポーの出口なし》の新しいポスターが、ほかのポスターといっしょに飾られている。役者たちはクイーン・アン様式の椅子やワインレッドのソファにすわり、ジェスチャー・ゲームをしているようだ。

「みなさん華やかだな」ジョーダンがいった。

「おばあちゃん《グランメール》みたいにね」わたしは彼の腰をつついた。「さ、行きましょ」

キッチンはまぶしいほど明るかった。カウンターの近くに、デリラとボズ、《ポーの出口なし》の役者ふたりが集まっている。そしてカウンターの上には、祖父が用意したチーズの盛り合わせや焼き野菜、クラッカー、爪楊枝に刺したアペタイザー（回転花火のかたちをしていた）があった。

デリラがエダム・チーズのスライスをふりながら話している。

「ちがう、ちがう。ポーはほんの小さいころに両親をなくしているわ」

「養子になったんですよね」これはボズだ。

ジョーダンがぶらぶらと彼らのところへ行き、「正式な養子じゃないよ」と、いった。「アラン家は彼をひきとっただけで、彼はあくまでエドガー・ポーだ」

「ほんとに四十歳で死んだのかい？」役者さんが訊いた。彼はこの町にひとりしかいない配管の職人だ。

「ほんとですよ」と、ボズ。「堕落して、ドラッグ漬けだったんだ」

「それはちがうな」ジョーダンは祖父がつくったスリーシードのクラッカー二枚に、ブリーのスライスをはさみながらいった。「それはグリズウォルドが広めた噂だよ。編集者で評論家でもあったグリズウォルドは、ポーを恨んでいたんだ」

「ええ、そのとおりよ」デリラは感心したような目でジョーダンを見た。「グリズウォルドが証拠として使ったポーの手紙は偽造したものだったの」

「しかもポーは、シェイクスピアやゾラを読み――」と、ジョーダン。「三つの言語で文章を書くことができた」

わたしは首をかしげた。いやに詳しいジョーダン……。もしかして、以前は英文学の先生だったとか？　ジョーダンのいろんなことを知りたくてたまらないけど、あえてたずねるほどの勇気はなかった。

「なんであれ、ポーの言葉は輝いているよ」もうひとりの役者がいった。ちょっと出っ歯の彼は、町はずれで農場をやっている。「〝見るもの、見えるものはどれも〟」ポーズをとって、詩の暗誦。「〝しょせんは夢のなかの夢なのだ〟――どうだい、すばらしいだろ？」

ジョーダンがわたしの腕をとってささやいた。「少し外を歩かないか？」

彼はキッチンのドアをあけ、わたしを先に通してくれた。祖父母の家の庭はL字形で、建物の側面から裏手にかけて車回しと草地がある。もうじき一面に、ピンクのアザレアが咲き誇るだろう。ジョーダンとわたしはそこを歩き、彼はわたしの肩に腕をまわした。

「寒いだろ？」

「うん」ワイナリーの茂みにぬぎすてたレインコートを忘れずに持って帰ってよかったと思う。あと数週間もすれば、祖父がここで毎年恒例の日曜バーベキューを始める時期になる。でもとりあえず、いまのところは寒い、寒い。

「すばらしい夜だな」ジョーダンが空をあおいだ。

わたしも彼にならって空を見る。黒いビロードにダイヤモンドを散らしたような空だった。暖炉の煙に似た香りがただよってくる。気がつけば、わたしはジョーダンにキスされていた。

彼は唇を離し、願いごとをして、といった。

「数えきれないくらいしてきたわ」

「じゃあ、もう一回。願いごとはいつしてもいいものだ。目をつむって」わたしのまつ毛をなでる。その指からジャコウの香りがただよって、わたしはうっとりした。「想像して」ジョーダンはやさしくいった。「願いごとがかなったところを思い描いて」

わたしはヨーロッパ旅行を想像した。カフェのテーブルを前に、ジョーダンがわたしに自分の過去を話してくれているところ。でも彼は、あるところでためらいを見せた。わたしはまばたきして目をあける。

「どうしてしかめっ面をしている?」彼が訊いた。

「あなたは結婚したことがあるの?」この数カ月、彼にはいろんなことを訊いたけど、これだけはべつ。一度もたずねたことがなかった。ジャッキーをはじめて見たときは彼の奥さんかもしれないと気がもめて、その後、妹だと判明したのだ。

彼の視線が揺らめいた――「あとちょっとでね」

「何があったの?」

「宿題をしなかったおしおき、ってところかな」自嘲ぎみの笑い。「ぼくは二十歳で、無頓着だった。海岸で出会ったんだよ。どっちも少し飲みすぎでね。ぼくは恋におちたと信じた」

「映画の《テン》みたいね」

「まあ、似たようなものかな。でも、じつは彼女には、夫がいたんだよ。海に来たのは、ささやかなアヴァンチュールを楽しむためだった――」心底おかしそうに笑う。「子どもをつくっておちつくまえの短い休暇ってわけさ」

あら、ひどい……。「それはほんとの話？」

彼は胸の前で十字をきり、わたしを引きよせた。「きみにはけっして嘘をつかない」

人の声が近づいてきて、わたしたちはからだを離した。マシューとメレディスが裏庭から姿を見せる。月明かりの下で、マシューは青白く元気がないように見えた。メレディスも同様で、かわいい顔がひどくやつれている。わたしは祖母の言葉を思い出し、友を元気づけることにした。

「ジョーダンにマシュー、わたしたちにワインでも持ってきてくれない？」

男たちは目を合わせ、首をすくめた。ふたりとも鈍感でなくてよかったわ。

ジョーダンとマシューは、今シーズンのクリーヴランド・インディアンスの勝率について話しながら家のなかに入っていった。わたしはメレディスを連れてポーチに行き、並んでぶらんこにすわる。ストライプの麻のクッションがひんやりした。

「何を悩んでいるの？」ばかな質問だとは思ったけど、とりあえず。「クインのこと？」

「そう……ううん、ちがうの。クレアのことよ」

「クレア？」

メレディスはふっと息をついた。「とても不安定なの。教室でも泣いているのよ」

わたしは思いがけない話にうろたえた。

「きょうも運動場で、自分をなじった生徒に大声でわめきかえしたの。あんなことをする子じゃないのに」メレディスの唇が小さく震えた。「クレアもエイミーも、母親といっしょにいたいのよ。でも実際にシルヴィと過ごしたあとは不機嫌で怒りっぽくなって。シルヴィって人には魔性が潜んでいるのかもね。もうあの子たちの前にあらわれないでほしいんだけど、それにはどうしたらいいのかわからなくて」胸に手を当て、こぼれそうな涙をこらえる。

「ねえ、シャーロット、わたしたちにできることはないかしら？」

「きょう、あの人を見かけたわ」

「シルヴィに？」

「彼女、ワイナリーに来たのよ」

「どうしてあんなとこに？」

「財宝さがしじゃないの？　マシューが噂を話したのかもね。シルヴィの本音として、監護権なんかどうでもいいってことはないかしら？　目的はあくまでワイナリーの財宝で、監護権は町に来る口実だったとか？」

キッチンから爆笑が聞こえた。窓の向こうにジョーダンとマシュー、役者たちが見える。

ジョーダンがとてもやさしい笑顔でマシューの肩をなで、わたしは全身が温まるのを感じた。〝食えないシェフ〟は、うちの家族のだれとも親しくなろうとしなかった。でもジョーダンはみんなと、ふたごやラグズもふくめ、明るく接してくれる。

「どういうこと？」メレディスがいった。「だったらシルヴィがハーカーの事件に関係している可能性もあるってこと？」

「あくまで可能性としてはね。わたしがアーソに、ワイナリーでシルヴィの車を見たといったとき、シルヴィはわたしを殺しかねない恐ろしい目をしていたもの」

「噂をすればよ！」メレディスが立ちあがった。「車回しにいるのはシルヴィじゃない？」

レンタカーのシルバーのレクサスからおりてきたのはシルヴィだった。車のドアを閉めると同時に、やはり親子の勘が働くのだろうか、エイミーとクレアがキッチンから飛び出してきた。ひよこが母鳥を求めるように彼女のもとへ走り、シルヴィは白い柵門を入って娘たちを抱く。

「いい子ね！」シルヴィの鋭い目つきとひるがえるコートは、翼を広げた鷹のようにも見えた。「アイスクリームを食べに行こうか」刺すような視線でこちらを見る。「止めてもむだよ」

そんな気はなかった。いまのところは。でもこれからずっと、わたしは目を光らせている。幼い娘たちが彼女に壊されてしまわないように。

17

あくる日の午後、教会から注文のあったチーズの盛り合わせをつくりおえると、わたしはアネックスでマシューを手伝った。彼のムードはきょうの空とおなじくどんよりしている。彼がワインの箱を乱暴にあけていくそばで、わたしはモザイク・テーブルを拭いていった。きょうは夕方にワインのテイスティング会があるのだ。招待状への反応は上々で、三十人以上が集まる予定になっていた。そのうち五人は、早くもランチタイムには来場ずみだ。

「シルヴィを止めないと……」

マシューがピノ・ノワールのあれこれをカウンターに並べながらいった。ただし、あくまで独り言だ。ゆうべ、シルヴィが祖父母の家に来て以来、マシューがこの台詞をいうのはこれで三度め。

彼女がアイスクリームを餌にして子どもたちを連れだしたあと、わたしはマシューにワイナリーでの出来事を話した。マシューはシルヴィを嫌っているけど、殺人犯ではありえない、彼女は力に訴えるタイプではない、という。以前のわたしなら、その意見にうなずいていただろう。あの人は、子どもたちに対してもつねにクールだったから。だけど今回は子どもたちを抱きしめキスをする。まるで別人のようだった。

「彼女の目的は何だと思う？」

「そんなの知らないよ。だけどあいつは一攫千金狙いだからね。結婚したてのころ、フランチャイズの不用品回収に投資して、わが家はあやうく破産しかけた」

「ええ、そうだったわね」

当時、祖母は仰天してマシューをしかりとばし、それが何日もくりかえされた――「わたしの孫が、立派なソムリエが、ただお金欲しさにゴミを集めてまわるのですか」

わたしは何度も祖母に、ゴミ収集業は安定した職業であり、不用品回収はさらに収益性にもすぐれていると説明したものだ。

「その翌年はヘッジファンドだよ」と、マシュー。「そのまたつぎは、顔の皺を消す奇跡のクリームだ」

四年まえを思い出し、わたしはげんなりした。三十歳だったわたしはシルヴィから、このクリームをひと箱買えと迫られたのだ。わたしは鏡の前に飛んでいき、そんなに皺だらけだろうか、と自分の顔をしみじみながめた。

「投資ごっこはよせっていったんだけどな。でも、あいつは自分のやりたいようにしかやらないから。衝動的で、抑制がきかなくなる。だからといって、人の首を絞めたりはしないよ。まあね、ぼくは一、二度、絞め殺すぞって脅されたが」力なくほほえむ。「実際は手もあげなかった。平手打ちだって一度もないよ。ただ……」

「ただ？」

「いや、たいしたことじゃない。事件当日、彼女がハーカーと話していたのを思い出しただけだ。歩道でね、雨はやんでいた。娘たちもいっしょだったし、とくに気にもとめなかったが。ハーカーはあの子たちに絵の具のパレットを見せていたな……」ほおづえをつく。「だけどなんで、彼と話していたんだろ？　近くにクインもいたんだよ。ふたごは女の子なんだから、どうせ絵の話を聞くなら、お兄ちゃんよりお姉ちゃんのほうがいいよな？」

「うん、そうよね。シルヴィはハーカーと知り合いだったんじゃないの？」

「さあ……」

「わたしのほうで、ちょっと調べてみるわ。ところでマシュー、ナカムラさんに監護権の相談をしたんでしょ？」

けさ、マシューは工具店の店主で、もと弁護士のナカムラさんに電話したはずだった。

「早く対処したほうがいいといわれたよ」マシューはわたしにピノ・ノワールを二本差し出した。カリフォルニアのサンタ・リタ・ヒルズのものだ。それから地元産を二本。映画《サイドウェイ》のおかげで、サンタ・リタはピノ・ノワールで知られるようになった。わたしがワインをカフェ・テーブルまで運んでからもどると、マシューは話を再開した。「ナカムラさんの意見だと、彼女は理性的じゃないし、交渉相手としてよろしくないから、ぼくは強硬手段に出たほうがいいらしい」

「強硬手段？」

「反訴するんだよ」握りこぶしを手のひらにたたきつける。「でもその場合、彼女が監護に不適当だと証明するために、子どもたちを裁判所に連れていくことになるかもしれない。やっぱりそれは避けたいからね。だから反訴はできない」

「でも、ほかに攻撃材料はあるでしょ？」

シルヴィの浪費癖の証拠書類や、子どもたちが母親に去られてから綴った日記などがあるはずだった。だけどマシューにしてみれば、そういった心の傷はおおやけにするものではない。だからこそ彼は、ひとりでセラピーに通ったのだ。

「わたしたちはみんな喜んで証言するわ」祖父、祖母、そしてわたしはシルヴィについて、裁判所できちんと語ることができる。わたしは励ましの笑みをうかべ、話題を変えることにした。「シンシナティの講師さんは何時に来るの？」

「六時までには」

今夜のテイスティング会では、中西部のワイン販売業者を特別講師として招待したのだ。一般に、寒い季節には赤ワインのほうが好まれ、五月になると白ワインの売り上げが一気に伸びる。きょう、わたしが用意したチーズは三種——地元・エメラルド牧場の風味豊かな羊乳のハードチーズに、ル・ムーリという、ピレネー山脈のこくのある牛乳のチーズ、そしてバミューダトライアングルと呼ばれる風味が強いゴートチーズだ。

マシューがわたしに印刷した二つ折りのカードをくれて、わたしはいちばん上のものを声に出して読んだ。

「〝晴れ晴れとした、チェリーとクローブの香りが絶妙〟ね。うーん……シェルトン・ネルソンのピノかしら?」シェルトン・ネルソンはこの郡の北西部にワイナリーをもち、カリフォルニアからさまざまな葡萄を仕入れて、地元のピノ・ノワールとブレンドしている。

「シャーロットもずいぶん進歩したなあ」

「いい先生に教わってるからじゃない?」わたしはカードをたたんで、カフェ・テーブルのワインの前に置いた。そこにコメント用カードの束と削った鉛筆も置く。お客さんが来ると、かたちばかりのテイスティング料をいただいてからオーダーシートを渡し、うちのショップの刻印があるワイングラスを贈呈するのだ。「先生といえば、メレディスのようすはどう?」

「きょうは学校を休んで、留置場のクインに面会に行ったよ」

玄関の呼び鈴が鳴った。

「すぐもどるわね」わたしはそういってアーチ道を渡り、ショップへ。

お客さんは町はずれで養蜂をやっているイポ・ホーだった。彼は歩道に向かって「おすわり、キンポウゲ」といってから、玄関の扉を閉めた。キンポウゲというのは、かわいらしくておりこうさんのゴールデン・リトリバーだ。外の歩道で、口の片側に舌をたらし、うちのショーウィンドウに向かってお行儀よくおすわりする。こうすればいいことがあるのを、彼女はちゃんとわかっているのだ。イポはときどきおやつに、脂肪分の少ないチーズを彼女に試食させていた。

カウンターの奥から、レベッカがイポに「いらっしゃい」と軽く挨拶し、すぐまたチーズ・バスケットのリボンがけに集中した。彼女はこのハワイ出身の養蜂家に好意を抱いているはずなのに、きょうはずいぶんそっけない。

イポもいささかがっかりしたようで、さもジャムを選んでいるふりをしながら、ふさふさした黒いまつげの下から、ちらっちらっとレベッカを見ている。それから太い腿を手でたたきながらさりげなく、ゆっくりとカウンターのほうへ行った。そのようすはまるで、ちゃんと自分の口でデートに誘いなさいとママにいわれた少年のようだ。

わたしは咳ばらいをしてレベッカの注意をひくと、あなたがリードしなきゃ進展しないわよ、と身振りで語った。でもレベッカはハサミをふるだけでとりあわない。

イポがごくっと喉を鳴らし、「こんちは、レベッカ……」といった。

するといきなり、彼は床に片膝をついた。オーバーオールのポケットから小さな箱をとりだして、蓋をあける。そこにはきらきらまぶしい、より線細工の指輪。

「レベッカ・ズーク、どうか結婚してください」

わたしはぽかんとした。

レベッカもおなじく――。でも彼女のほうは、ぽかんとした口をすぐに閉じた。

「立ってよ、イポ」と、レベッカ。

「返事をもらってからだ」

「まだデートもしたことないのに？」

「だって、おれはレベッカ・ズークを愛してる」

レベッカの顔が桃色から鮮紅色に染まっていく。

「イポ・ホー、お願い、立ってちょうだい。これはやりすぎよ」

彼は力なく立ちあがると、指輪のケースをふりながらいった。

「どう？」

「え？」

「おれと結婚してほしい」

「あのね、デートの申し込みならともかく、結婚なんて、せめて一年ぐらいたってからゆっくり話し合いましょ」

「一年？」

「だって、離婚したばかりでしょ？」

「別れたのは三年以上まえだよ」

「話はこれでおしまい！」

イポは眉間に皺を寄せ、指輪のケースをぱちっと閉じた。イポ・ホーと美しいゴールデン・リトリバーがハワイからこの町に来たのは、彼の愛した女性がオハイオ出身で、オーガニックの蜂蜜をつくるのが夢だったからだ。かわいそうにイポは、彼女がだれとでも、相手かまわず愛し合うので有名だったことを知らなかった。でもさいわい、彼女はキンポウゲを連れずに自分ひとりで家を出ていってくれた。

「それで、チーズはどれにする？」レベッカはポニーテールの先っぽを指に巻きつけながらイポに訊いた。「おすすめは、カウガール・クリーマリーのＳＴ ＰＡＴかな。春から夏に出るチーズよ」展示ケースから、外皮が緑と白のまだらの、丸いこぶりのチーズをとりだす。「おいしそうでしょ？　オーガニックのジャージー牛のミルクでつくって、イラクサの葉っぱでくるむの」

「イラクサ？」イポは顔をしかめた。「イラクサには棘があるよ」

「心配しないで。イラクサは凍らせて、棘をとってから使ってるの」手のなかのチーズをひねる。「いい色だと思わない？」

　イポが返事をするまえに、玄関の呼び鈴が鳴った。アーソが大股で入ってくる。扉が閉まるまえ、外にデーンがいるのが見えた。キンポウゲの横にしゃがんで、頭をなでている。

「やあ、シャーロット」アーソは帽子をぬいだ。「ちょっといいかな？」こっちへ来てくれと首をふる。

　いやな予感がした。きのう、彼はおりかえし電話をくれなかったし、わたしがワイナリーに忍びこんだのを知って、直接問いただしに来たのかもしれない。ただ、怒っている顔つきではなかった。というか、何かいいにくいことを伝えにきたかのような……。和解工作の手立てのひとつとして、わたしは彼の好きなタレッジョをスライスし、亜麻の実《フラックスシード》のクラッカーにはさんでから、彼のもとに急いだ。

　わたしがおやつを差し出すと、彼はいきなり床に片膝をついた。

あら。

心臓が高鳴った。まさか、わたしにプロポーズする気？　わたしはレベッカほど強くないから……プロポーズを鼻であしらうことはできないわ……きちんと話さなくちゃ……わたしはいま、本気でジョーダンとおつきあいをしているの。

「お願い、そういうのはよして」わたしは彼にいった。

「よすって、何を？」アーソは床から光るものを拾い、手の上でひっくりかえした。

「何よそれ？」と、わたし。

「一セント硬貨だよ、ぴかぴかの新しいやつ」彼は立ちあがり、わたしに硬貨の表面、リンカーン大統領の肖像を見せた。

わたしは自分がとんでもなくまぬけに思えた。

「〝そういうのはよして〟って、どういう意味だ？」アーソが訊いた。「店に落ちているものは拾うな、所有権は自分にあるってことか？」意地の悪い笑み。

「いいえ、拾ったあなたのものです」わたしは手のひらをさしだし、「ご自由にどうぞ」といった。心臓の鼓動がほぼふつうの速さにもどる。「ところで、電話にメッセージを残したんだけど」わたしは一気にまくしたてた。肩にずっしりのしかかるうしろめたさの重みは、パルメザンの円板《ホイール》七十五ポンド相当だ。

アーソはコインをポケットにしまい、「ちょっと待てよ。いったい――」

「シャーロット！」オクタヴィア・ティブルが紙の束をふりまわしながらショップに入ってきた。彼女はオハイオでもとびきりベテランの図書館司書だ。そしてパートタイムで不動産業もやっている。

オクタヴィアのうしろから、牧師夫人のグレーテルが入ってきて、やはりおなじような紙をふりまわしていた。

「プルーデンスが何をしているか知ってる？」と、オクタヴィア。「〈フロマジュリー・ベセット〉のチーズは高いからボイコットしようっていうチラシを配ってるのよ！」

「は？　まさかでしょ？」

「ほんとよ」オクタヴィアはドレッド編みの黒髪を手ではらい、ライムグリーンのスーツの襟を手早くととのえた。「ひどい話じゃない？」

「だからあの人のあとをついて歩いて、チラシを回収したの」と、グレーテル。「うちの夫には内緒にしといてね。気に入らないと思うから。あの人はよく言論の自由についてお説教するのよ」

アーソがチラシを一枚とって、ざっと目をとおした。「おれから彼女に注意しておくよ」

「どんなかたちでも評判になるのは大歓迎だって、おじいちゃん《ペペール》はいうけど」わたしは皮肉まじりにいった。

「いつもそうとはかぎらないさ。それにこの町で、警察を無視して我がもの顔にふるまわれても困る」アーソはわたしの手をじっと見た。「そのチーズは、おれ用か？」

わたしはクラッカーにはさんだタレッジョを差し出した。

「すぐもどってくる」彼はお店から出ていった。その姿はどこから見ても古き良き西部劇の保安官だ。あとは二挺の拳銃と民警団があればもう完璧。

呼び鈴のちりんちりんが静かになって、情報収集には絶好のチャンスかも、とわたしは思った。オクタヴィアの調査能力はAクラスで、グレーテルはプロヴィデンスのゴシップ通だ。

「プルーデンスといえば」わたしはふたりにたずねた。「彼女の兄弟のことは知ってる?」

「わたしはよく知らないわ」と、グレーテル。

「そりゃそうよ」と、オクタヴィア。「兄弟はオレゴンに住んでるんだもの。ナイス・ガイで、健康マニア。でも、なんでそんなことを訊くの?」

「最近、彼らを町で見かけた?」

「ううん、ここには帰ってこないわよ」

「どうして?」

「プルーデンスと仲が悪いから。最低千キロは離れて暮らしたいみたいよ」鼻を鳴らす。

「その気持ちもわかるけど」

「でも、ジーグラーのワイナリーを町から買いとりたがってるって聞いたわ」

「えっ、ありえないわよ」

キンポウゲが大きな声で吠えたてて、みんながそちらを向いた。外の歩道にエドセルがいる。彼がげんこつでデーンの背中を殴り、デーンもこぶしを握って立ちあがった。

エドセルは彼のパンチをかわし、にらみつける。そしてもっと近づけと手招きし、自分の顎を指さした。いかにも、さあ殴れ、というように。エドセルは酔っているのだろうか?

人差し指でデーンの胸をつく。デーンはその指をつかみ、ぎゅっと握りしめた。エドセルは痛がることもなく、むしろばかにしたようににやりと笑う。そして反対の手で自分の口をふさぐジェスチャーをした。秘密にしておくよ、という仕草？

そこへナカムラさんがデーンたちを避け、ショップに駆けこんできた。

「マシューはいるかな？」肩で息をして、顔も赤い。いつものようにネクタイをしめていて、小柄な奥さんともども、つねにきちんとしている。

マシューがカラメル色のタオルで手を拭きながらアーチ道に姿を見せた。

「はい、何か？」

「あのな、マシュー――」そこでナカムラさんはわたしとマシューの顔を見くらべ、「少し待ってくれ」といって、わたしに話しかけた。「デリラから、レンガの衝立の話を聞いたよ」

「レンガの衝立？」と、オクタヴィア。

「ワイナリーの貯蔵庫にあった衝立だよ」ナカムラさんはつづけた。「つくられたのは、つい最近かもしれないという話だ」

わたしはそう考えた理由を手短に伝えた。「それがどうかしたんですか？」

「いや、数カ月まえのことなんだけどね、フレディ・ヴァンスがうちの店でレンガを買ったんだよ。妹の家の井戸を修理するんだといっていた」

わたしの体内でアドレナリンが暴れた。たしかに、このまえわたしがレンガの話をしたとき、メレディスは急に黙りこくった。たぶん彼女は、兄がレンガを買ったのを知っていたのだ。フレディは休日に妹をたずね、レンガで何をしたのだろう？
修理？　それとも殺人？

Bermuda Triangle

バミューダトライアングル

名前が象徴するように三角形が特徴のゴートチーズ。ハンボルト・フォグで名高いサイプレス・グローヴ・シェヴレの製品で、こちらは表面が野菜の灰でおおわれている。

Cowgirl Creamery's ST PAT

カウガール・クリーマリーのST PAT

ジャージー牛のミルクでつくり、表面をイラクサの葉っぱでくるむ。名称どおり、聖パトリック（ST PAT）の祝日から夏にかけて市場にでまわる。

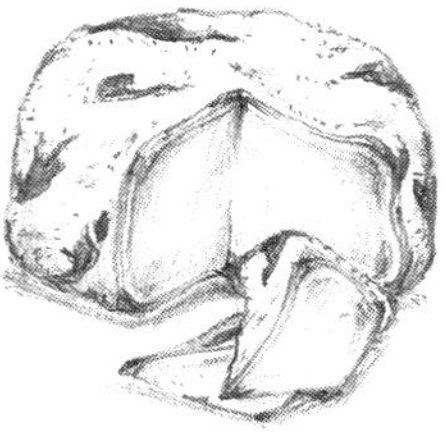

18

わたしは絶句し、ナカムラさんをただただ見つめるだけだった。レベッカやオクタヴィア、グレーテル、マシューもおなじだ。

「これは大ニュースだわ」グレーテルが両手を合わせた。「アーソ署長に伝えなきゃ」

オクタヴィアがうなずく。

そして、わたしも――。報告するのは義務だと思う。でも、そのまえに確認はしておきたい。メレディスの家の井戸が修理されていれば、何の問題もないのだから。

「悪いけど、アーソのところにはふたりで行ってくれる?」と、わたしはいった。「仕事がいっぱい残っていて、わたしは無理だわ」

グレーテルとオクタヴィアは興奮ぎみにしゃべりながらお店を出ていった。ナカムラさんはマシューといっしょにアネックスへ。店内が静かになって、わたしはレベッカに、少し出かけてくる、お店をお願い、とたのんだ。レベッカは察しがよく、自分もいっしょに行きたいと不満げな顔をした。

メレディスの家は、〈フロマジュリー・ベセット〉から数ブロックのところにある。ヴィクトリア様式の水色の建物で、最近、改装したばかりだった。といっても、ジーグラーのワイナリーみたいな大改装ではなく、ペンキを塗りなおして、よろい戸を修理、そしてフェンスをとりかえた程度でしかない。前庭の芝生はぼろぼろだし、常緑樹も枝切りをしたほうがいいだろう。ただ、メレディスを責めるのはかわいそうで、教師のお給料では何もかもいっぺんにやりきるのはたいへんだと思う。去年の十一月、わたしは彼女のお誕生日に、水仙の球根をどっさりプレゼントした。それがいま、美しい花を咲かせて、玄関前の細道の左右を縁どり、そよ風に揺れている。

わたしは玄関のチャイムを鳴らして待った。でもたぶん留守だろうと思う。きょうはクインに会いにいったと、マシューが話していたからだ。そしてどうやらまだ帰宅していないようで、わたしは建物をとりまくポーチをまわって裏手に行った。

裏庭には変わったものがいっぱいある。色つきの妖精像、文字を刻んだ踏み石、石で囲んだ池、鳥の餌箱、そして十九世紀につくられた古いレンガの井戸。ただ、井戸の半分はくずれていて、すぐそばに瓦礫の山がある。すりきれたロープには木のバケツがぶらさがり、その近くに空っぽの浅い箱——。あれはレンガ用の箱だ。

メレディスの携帯電話にかけてみる。呼び出し音一回で応答——午前中はクインと過ごして、そのあと少し自分だけの時間をもちたいの、ロイスのB&Bでお茶を飲むから、そこでおちあいましょう。

わたしはB&Bに向かう途中、ジョーダンのいう公民の義務を思い出し、アーソに電話をかけた。が、つながらない。とりあえず、簡単なメッセージを残しておく。

十分後、ロイスのB&Bに着くと、メレディスは談話室にいた。となりには、フレディ。メレディスは電話で、フレディといっしょだとはいわなかった。彼の顔を見ると気後れするけど、ここはいたしかたない。ともかく、ほんとうのところを知りたいのだから。レンガは怪しい目的に使われたのではないことを、わたしは信じている。それをただ確認したいだけだ。

ふたりは椅子にすわり、どうすればクインを釈放してもらえるかを、身をのりだして話していた。正面のトレイには、紅茶のポットとロイヤルドルトンのカップがふたつ。暖炉では薪がぱちぱち音をたて、煙が心地よいヒッコリーの香りを運んでいた。

となりの部屋では、ロイスが羽根ぼうきを手に忙しそうだ。もし、何をしているのとたずねたら、いつものように蜘蛛の巣をはらっているのよ、と答えるだろう。でも実際は、たぶんフレディとメレディスの会話を聞いている。シーズーのアガサが、ロイスのまわりをちょこちょこ走り、外ではご主人の〝サイコロさん〟がヒイラギの剪定中だ。そしてときどき首をのばして、談話室の開いた窓をのぞいている。

わたしが部屋に入っていくと、フレディが立ちあがり、わたしの頬にキスをした。彼の唇をいやに湿っぽく感じたのは、わたしのほうが、顔がほてるほどかなり緊張していたからだろう。フレディは、わたしがラベンダー色の椅子にすわるのを待ってから、自分の椅子に腰をおろした。

メレディスはわたしの顔を見るなり、何かを感じたようだ。

「よくないニュースでもあるの？」

フレディの前でレンガの話をするのはためらわれたけど、わたしは言葉を選びながら、用件を話した。

「どういうことだ？」フレディが語気強くいった。「レンガが消えたって？」顔が見る見る赤くなる。「ああ、そうか、きみの考えていることがわかったよ」

「ううん、ちがうわ」メレディスは兄をなだめたものの、わたしを見る目はフレディとおなじ意見だと語っていた。そう、ふたりの推測はたぶん正しい。

「たしかにレンガは買ったさ」フレディがいった。「クリスマスのころにね」

ナカムラさんのいったとおりだ。

「だが、井戸の修理には手をつけていない。あれからメレディスの家に行ったのは二度で、二度とも雪が積もっていた。そして今回は、いっぺんも井戸を見に行っていないよ」

「でもメレディスは、レンガがなくなっていることを知ってたんでしょ？」

メレディスはためらいがちにうなずいた。「何カ月かのあいだに、近所の子どもたちがいたずらで持っていったくらいにしか考えていなかったわ」そこで少しうろたえる。「フレディに話さなかったのは……」やっと聞きとれるくらいの小さな声。「シャーロットの話を聞いたから……」おそらくメレディスは兄が犯人である可能性に動揺し、正直に話せなくなったのだろう。

妹の不安をよそに、フレディはこういった。「一度だけ設計のまねごとをやったことがあるんだけどね。すばらしく下手くそだった。とんでもなかったよ。線一本、まっすぐに引けやしない。定規を使っても、最新の道具を使ってもだめだったな」くすくすっと笑う。

「冗談をいってる場合じゃないでしょ」メレディスがきつい口調でたしなめた。

「ああ、そうだな」フレディは椅子の背にもたれ、左手をジーンズのポケットにつっこんだ。

「レンガを盗んだ人の見当はつかないの？」わたしはふたりにたずねた。

「さあ……」フレディはまばたきし、手をポケットのなかでそわそわと動かした。たしかワイナリーで、ボズとハーカーの口論についてアーソに質問されたときもおなじような反応だった。あのときわたしは、フレディは嘘をついていると思ったけど、いまもそうなのだろうか？　レンガを持ち去った人間を彼は知っている？

「レンガの衝立とは関係ないっていってちょうだい」メレディスはフレディに懇願するように両手を差し出した。はずみで紅茶のカップがテーブルから落ちそうになり、あわてて手で押さえる。

隣室で、ロイスが息をのむのがわかった。彼女はカップのコレクションが自慢で（わけてもロイヤルアルバートの「オールドカントリーローズ」がお気に入り）談話室に駆けこんでくると、エプロンから布巾をとりだし、こぼれた紅茶を拭いた。

「ごめんなさい、ロイス。わたしがやるから」わたしは布巾をもらい、ロイスは部屋を出ていった。うなずきながら歩くようすはまるで、盗み聞きをとがめられたメイドのようだ。

そのとき玄関が開く音がして、「彼女はどこに？」というアーソの声が聞こえた。数秒後にはもう、談話室にそびえたつ彼の姿があった。

「おや、お邪魔だっただろうか？」険しい目でわたしを見る。「自分ひとりでなんとかやれるとでも思ったのかな？」

「電話にメッセージを残したわ」

「それは知らないな。グレーテルとオクタヴィアから話を聞いて、きみならメレディスに会いにいくだろうと予想しただけだ」メレディスとフレディに目を向ける。「レンガのことは聞いたし、裏庭の箱も確認しました。ただし、無断で捜査はしていませんよ。まだ裁判所の令状をとっていないので」

フレディは真っ青になった。

「それからシャーロット、きみは――」アーソはわたしをふりむいた。「ジーグラー・ワイナリーに不法侵入しただろ？」

「えっ、どうして？」

「自分は警官だからね、現場にもどるんだよ。そして顔の真ん中に鼻もある。きみのにおいは、キャメイの石鹸とバニラだ」

さすがだわ、と思った。家を出るとき、わたしは耳のうしろにバニラ香水をつけたのだ。これは祖母の小さな教えだった――クッキーの香りを嫌う人はいませんよ。

わたしはあらぬ嫌疑をかけられないよう、手短に祖母たちと話した内容を語った。例の、犯人は現場を舞台に見立てたのではないか、というものだ。また宝石は何かの暗示かもしれないとか、ハーカーのギャンブル問題や財宝についても話す。そして最後に、レンガの裏に隠れていた厨房用昇降機《ダムウエーター》を発見したことを報告。

何もかも話して、わたしは肩の荷がおりた気がした。「告白は魂の平安につながる」とはじつに名言だと思う。ところがアーソはこういった。

「それでもクイン・ヴァンスの嫌疑ははれないよ。クリーヴランドに行って、聞き込みをしてきたんだ」

「聞き込み?」と、わたし。

アーソは怖い目でわたしを見て、おれはおれの職務を果たすだけだ、といった。

「わたしは何も――」ちょっとあせりながらも、あえてたずねる。「だれに聞き込みをしたの?」

「教える必要はない」

「この石頭!」と、わたしは小さく、ごくごく小さくつぶやいた。

「そっちがおせっかいなんだよ。でも、かわいそうだから少しだけ教えてやるとな、クインの以前のルームメイトに会ってきた。彼女はハーカー・フォンタンとの交際で悩み、それを周囲に話しまくっていたよ。彼に裏切られたと思っていたんだな。ハーカーがべつの女性の肖像画を何枚も描いたからだ。ポートフォリオから盗まれた絵画がそれだった可能性はある」

メレディスがしくしく泣きだした。

アーソは咳ばらいをひとつ。「ごめん、メレディス、悪かったよ。でも事件の捜査で動機は重要だから」

「クインは潔白よ！」

「だったら、お兄さんはどうだい？」アーソはフレディに目を向けた。「お嬢さんが被害者と交際するのを快く思っていなかったんですよね？」

フレディはこのまま消えてしまいたい、という顔をした。

「ハーカーは生徒のひとりだったが、うちでは生徒どうしで交際はしないという約束事があるんだよ。今回の旅行でお目付け役はぼくひとりでね」

「だけどあなたは寄付者と交際しているでしょ？」わたしはフレディに訊いた。

「交際なんかしていない」

「おとといの夜、ウィノナはあなたの部屋にいたわ。とても親密に見えたわよ」

フレディの目が鋭くなった。「盗み見たのか？」

「薄いカーテンしか引いていなかったもの」わたしはひるまず答えた。「あれならいやでも透けて見えるわ」

フレディはむっとした顔で、ポケットのなかの手を動かした。でもわたしに見られているのに気づいて、その手を外に出す。

「ウィノナはただ、ぼくにダンスを教えてくれているだけだ」

「あら……」わたしはがっかりした。「そんな言い訳はだれも信じないわよ」

「独身男は社交ダンスくらいできなきゃだめだというのが彼女の持論でね」フレディは立ちあがると腕を広げ、顎をあげてダンスのポーズをした。そして「なあ、ユーイー、これはほんとの話なんだよ」と、疲れたようにいった。「ぼくはハーカーを嫌っていた。娘と真剣につきあうとは思えなかったんだ。でもだからといって、殺したりはしない」

アーソは冷たい目でフレディを見つめるだけだ。たぶん頭をフル回転させているのだろう。フレディが嘘をついている証拠はない。責めるとすれば消えたレンガのことくらいだけど、フレディの買ったレンガと殺害現場のレンガがおなじものだという証拠はあるのかしら？

「はい、わかりました。いまのところは」ようやくアーソがいった。「しかし、購入したレンガについては真剣に考えてください。だれが盗んだか、思い当たる人がいたら、すぐに連絡をお願いします」

「娘を家に帰してくれ。あの子は無実だ」

「残念だけど、フレディ、それができるほどの証拠がまだないので」

わたしもメレディスも、ほんの少し緊張をといた。とりあえずアーソは、フレディを〝ヴァンスさん〟ではなく〝フレディ〟と呼んだのだ。これはとてもいい兆候といえる。

メレディスは立ちあがると兄の腕をつかんだ。

「またクインに会いに行かない？　弁護士さんも保釈の申請をしてくれているけど。面会にはトランプを忘れずに持っていかなきゃね。あの子、ジンラミーをして遊ぶのが好きだから」

「ちょっと待って、フレディ」わたしは椅子から立ちあがった。「ひとつだけ教えてほしいことがあるの」

「いいよ、何でも」彼は左右の腕を大きく広げた。「ぼくの胸には大きな的《まと》が描かれているらしい。好きなだけ撃ってくれ」

「ハーカーの作品が盗まれたことについてはどう思う？」

「なんとも思わないよ。盗んだやつの気がしれないね。彼に才能はなかったと思うから」

メレディスは不思議そうに兄を見つめた。おそらくこれまでは、兄妹の意見は一致していたのだろう――ハーカーには才能があると。

「ハーカーの絵はあなたが持っているの？」わたしが訊くと、フレディはひきつったように笑った。

「なんでそんな発想になるんだ？」

ひとつは、あなたがびくびくしているように見えるから。そして、ハーカーを嫌っていたから。

「ロイスがきみに何かいったんだろ？」と、フレディ。「ぼくがハーカーの部屋から出てくるのを見たとかなんとか」

「あなたは彼の部屋に入ったことがあるのね？」わたしはロイスをさがしてあたりを見まわした。でも彼女もご主人も、ここでの会話に興味を失ったか、アーソの出現であわてて退散したにちがいない。

フレディはおちつかなくなった。「答える義務はないと思うな」

「いいや、答えてください」アーソがいった。

フレディは小さく笑ったものの、見るからに動揺し、上気したように首が赤らんだ。

「わかったよ。答えはイエスだ。ぼくは実技の授業用にワイナリーの写真を撮り、それをハーカーに貸した。彼がスケッチしたいといったからだよ。その後、スケッチを終えたというから、彼の部屋に行って返してもらった」

「それはちがうんじゃない？」と、わたしはいった。「ロイスの話だと、彼のポートフォリオに入っていたのは写真じゃなくて絵画だわ」

「ぼくの写真も入っていたんだよ」

アーソがわたしをにらみつけた。横から口を出すなといいたいのだろう。

「では、その写真を見せてもらえますか？」

「ああ、いいよ」フレディは、ついてくるようアーソに手をふり歩きだした。わたしはアーソのうしろをついていく。と、彼がわたしに手のひらを向け、きみはダメだと無言で命令。

それからしばらくして、二階からもどってきたアーソは満足げだった。いっぽうフレディはまだ左手をポケットに入れ、そわそわと動かしている。彼はアーソに何を見せたのだろう？　このまえスーツケースにしまっていたもの？　それともアーソを納得させるためだけの、何かべつのもの？

「じゃあシャーロット、ふたりでいっしょに帰ろうか?」アーソがわたしにいった。

そういえば、アーソがさっきうちのショップに来たのは、何か話したいことがあったからだろう。でもオクタヴィアとグレーテルがやってきて、彼は急きょプルーデンスのところに行った。

「これからロイスにレシピを教わりたいの」わたしは嘘をついた。「彼女のつくるマスカルポーネとクランベリーのスコーンは絶品よ」

ここのところ、その場逃れの言い訳がすぐ口をついてでるようになった気がする。でもともかく、もう一度フレディの部屋をどうしても見てみたい。

「わかった。じゃあまた今度」アーソは帽子の縁をちょこっと持ちあげ、帰っていった。

わたしはアリバイをつくるため、ロイスをさがしてレシピ本を貸してほしいとたのんだ。彼女がそれをさがしているあいだ(整理整頓が苦手なのはわかっていた。見つけるのに一時間くらいかかってもおかしくない)、わたしは急いで階段に向かった。そして階段をあがりきったところで、二階の廊下にだれもいないのを確認する。うん、大丈夫。宿泊客は雨が降らないうちに遊びに出かけたのだろう。

まっすぐフレディの部屋へ。ドアノブを回してみると、ぜんぜん動かない。となりの部屋はどうだろうか? このまえハーカーの部屋に入ったときは、部屋どうしをつなぐ内部ドアがあったと思う。期待せずに、隣室のノブを回してみる。と、思いがけず動いた。ここはきっとクインの部屋よね? そう思いながらなかをのぞいて、いささか困惑。どうやらデーン

なのだから。とエドセルの部屋らしい。だけどべつに、どっちでもかまわない。目的地はフレディの部屋

匂い袋からラベンダーの香りがただよい、開いた窓からは、ひんやりするそよ風が入ってくる。ロイスはどんなに寒い日でも、お客さんがいないかぎり、窓をあけて換気するのだ。床に散らかる服や靴を避けながら、わたしは二部屋をつなぐドアへ向かい、かんぬきをはずした。ところが、ドアは開かない。反対側から鍵がかけられているのだろう。わたしは急いで廊下に出ると、逆側の隣室を試すことにした。たぶんこちらがクインの部屋だ。でも、ドアには鍵がかかっていた。とはいっても、壁の戸枠とドアを結ぶかんぬきは古色蒼然とし、戸枠そのものはとても細い。レベッカなら、力ずくで入れ、というだろう。だけどわたしの肩のひと押しくらいで、あるいはひと蹴りくらいでドアが開くとは思えない。そうだ、以前見たドラマの探偵は、クレジットカードを使っていたっけ。わたしはバッグから、スーパーのポイントカードをとりだした（クレジットカードで失敗して、使えなくなったら困るものね）。それを、ドアと戸枠の隙間に差しこむと、少しだけ曲げて、そのまま下方へ、鍵のほうへすべらせる。そしてボルトにぶつかったところで、カードを左右にくねらせながらノブをいじった。人の来る気配はないかと、肩ごしに確認する。いまのところは問題なし。とはいえ、じわっと汗が出てきて、わたしは上唇をなめた。カードをもっとくねらせる。カチッ。魔法の音。ノブが回り、ドアが開いた。

部屋のなかにすべりこむ。カードをポケットにしまい、ドアを閉める。

クインの部屋はこざっぱりとして、デーンやエドセルの部屋とおなじく肌寒かった。そしてここでも、隣室とのドアにはかんぬきがかけられていたけれど、それをはずせば、ドアは問題なく開いた。フレディは娘なら、いつ部屋に入ってこようとかまわなかったのだ。たぶん、ウィノナとは恋人関係にないという彼の話は本当なのだろう。

部屋の隅の荷物置き場に、彼のスーツケースがあった。そちらに行く途中、ベッドの上には写真が散らばっていた――ワイナリーが立つ山腹、葡萄の木、ワイナリーそのもの。フレディはこれを潔白の証拠としてアーソに見せたのだろうか？　わたしだったら、これでは納得できない。

スーツケースをあけようと、ジッパーに手をかける。でもジッパーにはダイヤル式の南京錠がかけられていた。とりあえず単純な番号に合わせてみる――１２３４、２３４５。だめだ。あかない。だったらおなじ番号で――１１１１、２２２２。これを５までやったとき、廊下から足音が聞こえた。そして、この部屋の前で止まる。

心臓が破裂しそうになった。フレディがもどってきたのだろうか？　それともアーソ、あるいはロイスがわたしの企みに気づいたとか？　いや、もういい。相手がだれであろうと、見つかるわけにはいかない。

ドアのノブが回った。

クインの部屋に逃げるか？　でも、ここからだと遠すぎる。まだ浴室のほうが近く、ドアも開いている。だけど侵入者の存在を疑うとき、いちばん先にさがすのは浴室だろう。わたしは窓ぎわまで走ると、カーテンをはらって下を見た。ロイスのご主人も宿泊客もいない。

わたしは窓枠に足をかけた。後先など考える余裕はなかった。外壁の格子垣を伝っておりていくしかないだろう。格子は薄っぺらくてすぐ割れそうだし、葉のないつる草には棘があるけれど……。

耳の奥で、心臓の鼓動が大音響でこだまする。わたしは窓枠を越えると、枠に胸を押しつけ、格子をつかみ、右足を精一杯伸ばした。菱形の角の部分につま先をのせ、手をつぎの格子に移す。そしてぐっと体重をかけて移動――。ありがたいことに、格子は割れなかった。ロイスのご主人が、毎年メンテナンスをしているおかげだ。

三十秒後、わたしは格子垣から芝生の上に飛びおりた。両手とも血がにじんでいる。脱兎のごとくわが家へ。

ふらふらしながらキッチンに入り、ドアを閉める。ラグズが迎えに出てきて顔をあげ、心配そうにミュンと鳴いた。

わたしはラグズを抱きあげると、顔をこすりつけた。「大丈夫よ」と、ささやく。「心配しないで、大丈夫だから」

わたしはラグズに嘘をついた。大丈夫どころか、全身がわなわなと震えていた。

19

スーツケースをあけられず、フレディの話の裏づけがとれなかったことで気落ちしたわたしは、少し気分を晴らさなくちゃと思った。そこで小学校に子どもたちを迎えにいく車中、マシューに電話をかけてみる。夕刻のテイスティング会の準備も終わり、マシューは上機嫌だった。参加希望者が新たに五、六人増えたという。そして祖父が、手伝いに来てくれたらしい。祖父は初日をひかえた劇団のあわただしさから離れ、ひと息つきたかったようだ。祖母に一時間だけよと釘をさされながら、祖父はいかにも楽しそうにショップで仕事に励んでいるとのこと。

「お客さんはひと段落したよ」マシューがいった。「あとはテイスティング会を待つだけだな。シルヴィも姿を見せないしね」

「わが人生、順調なりね」

ふたりいっしょに笑った。彼もわたしも、久しぶりに笑ったような気がする。

電話をきるまえに、マシューはこういった――「悪いがシャーロット、娘たちに気分転換をさせてやってくれないか。女どうしで話を聞いてほしい。あの子たちがひどく悩んでいなければいいんだが……。メレディスには、たのみたくてもたのめないからね。彼女はいま、ほかのことで頭がいっぱいだ」

いまは〝いっぱい〟程度じゃないだろう。わたしはマシューに、レンガの件はいわないことにした。

「うん、任せといて」

その後、ふたごが車に乗ってシートベルトを締めたところで、わたしはどっちにする？と訊いた。デリラのお店でココアを飲むか、一時間くらい〈ソー・インスパイアード・キルト〉に行くか。いまにも雨が降りだしそうな空模様なので、選択肢は屋内しかない。するとエイミーとクレアのどちらも、キルト・ショップのほうを選んだ。ひと月ほどまえ、わたしはふたりに子ども向けのキルティング・キットを買ってやった。サイズに切り分けた布とボタンと糸がセットになったもので、ふたりはそれをショップに保管していたのだ。

フレックルズは〈ソー・インスパイアード・キルト〉を楽しくて、カラフルで、生き生きした空間に仕上げていた。床は多色のカーペットで、そこかしこに快適なビーンバッグの椅子が置かれ、部屋の四つのコーナーは手芸教室や個人の創作スペースに使われる。壁を飾るのは幌馬車やアーミッシュの農夫など、オハイオを象徴するものを描いた美しい手縫いのキルトだ。

「あら、シャーロット、いらっしゃい」

フレックルズは大きなお腹の下で両手を組み、レジの横のスツールにすわっていた。背後にはさまざまな布やボタン、糸がびっしりと並び、一週間の予定が書かれた黒板もある――お裁縫、キルティング、かぎ針編みの教室。初級、中級、上級。編み物に関しては、わたしはくさり編みからこま編みがせいぜいで、初級から上になかなか進めなかった。

エイミーとクレアは、本棚目指してまっしぐらだ。そこには女の子に人気の、お裁縫をしながら謎を解く『冴えた探偵』の本と道具一式が置かれていた。

「エイミー！　クレア！」

フレックルズの十二歳の長女フレンチーが梯子をおりてきた（洗礼名はマリー・キュリーだ）。わきに布を一反かかえ、絨毯の上にすとんと着地。赤いお下げが背中で揺れた。

「奥に行かない？」フレンチーは布を置いて手をふった。「わたしの最新作を見てよ」名は体を表わすというか、フレンチーは幼いころから実験が大好きだった。そこでフレックルズは娘の好奇心を大事に育てようと、お店の奥に理科実験室をつくったのだ。

「行ってもいい？」クレアがわたしに訊いた。

「ええ、もちろん」

「ブンゼンバーナーは使っちゃだめよ」フレックルズが大きな声でいった。「いいわね、お父さんかお母さんが見ていないときは、ぜったいにだめよ」

少女たちがベルベットのカーテンの向こうに消えると、お店の入口が開いた。見ればそこにシルヴィ。身を切るような風が店内に流れこんできた。

「子どもたちはどこ？」と、シルヴィ。腕をふると、十個以上ものシルバーのバングルが、シンバルもどきにがちゃがちゃ音をたてた。「すぐに会いたいの」

わたしは唇を結び、下品な言葉をのみこんだ。

「いますぐ連れてきてちょうだい」

悲しいかな、わたしの口は感情に負けた。

「いいかげんにして！」つかつかと彼女に歩み寄る。「マシューやわたしに命令するのは、もうよしてちょうだい」

わたしはシルヴィを追い出そうと、腕をつきだした。でも彼女のほうも負けてはいない。わたしの腕を力いっぱいたたき、そのたびにバングルが当たって痛い。わたしは彼女の手首をつかむと、その腕を背中側にねじった。シルヴィは苦痛のうめき。これで護身術を習ったかいがあったかも。

「すわってちょうだい」わたしは彼女にいった。

シルヴィはぐらりとのけぞり、正面の窓ぎわにあるビーンバッグの椅子に倒れこんだ。

「どうしてこの町に来たの？　ほんとうのことを話してよ」わたしは彼女にいった。

「かわいい子どもたちに会うためよ。さびしくてたまらなかったから」

「本音で話してちょうだい！」

「だってほんとに――」

「ハーカー・フォンタンとは知り合いだったんでしょ？」

「え？」顔色が髪とおなじような氷色になった。「まさか、わたしが殺したなんて思ってるわけじゃないでしょうね？　知らないわよ、あんな人のこと」

フレックルズがレジの奥からこちらへやってきた。赤ん坊をなだめるようにお腹をなでながらシルヴィを見つめる。

「ごめんなさい、フレックルズ」わたしはあやまった。「外に出るわね」

「気にしなくていいわ。議論は歓迎よ。それで副腎が刺激されて、お腹の赤ちゃんが喜ぶから」

「そうなの？」赤ん坊には静かな環境がよいとばかり思っていたけど。

「最新の理論なの」

そうか、最新も最新、たったいまできた理論ね。

「どうぞ、つづけてちょうだい」

わたしはシルヴィに視線をもどした。濃い化粧をほどこした目の下から、マスカラを拭きとっている。「きのう、何をしにワイナリーに来たの？」

「どうしてシャーロットはそれを知っているの？」シルヴィではなくフレックルズがわたしに訊いた。

「だって、わたしもワイナリーにいたんだもの」

フレックルズの目がまんまるになる。「何をしに行ったのよ？」

わたしはそれには答えず、いとこのもと妻をにらんで催促した。

「シルヴィ、答えてちょうだい」

「何の話をしているのか、さっぱりわからないわ」

「ジョーダンが見ていたのよ。あなたがあそこに入るのを。そしてわたしが貯蔵庫の階段を駆けあがったら、あなたは逃げ出したわ」

「ねえ、貯蔵庫で何をしていたのよ？」フレックルズの目は好奇心でいっぱいだ。

わたしは首を横にふり、〝いまはだめよ〟と声には出さずに伝えた。フレックルズは〝じゃあ先をつづけて〟と手をふる。

「ねえ、シルヴィ、あなたは子どもたちをとりかえしに来たんじゃないでしょ？」

「いいえ、とりかえしに来たんです」

「嘘ばっかり。正直に話したらどう？　あなたは財宝をさがしに来たのよ」

シルヴィはふんと鼻を鳴らし、背筋をのばしてすわりなおそうとした。でもビーンバッグ・チェアはそのての硬い椅子じゃない。シルヴィはバランスをくずして倒れ、泣きはじめた。フレックルズがあわててカウンターへ行き、ティッシュを箱から抜きとると、シルヴィのところに走っていく。シルヴィはそれで鼻をかんだ。

「お母さん！」クレアがカーテンの向こうから駆けだしてきて、ビーンバッグに飛びこみ、母の胸に抱かれた。「エイミー！　お母さんが来たよ！」

エイミーも飛びだしてきた。でも、どうしていいかわからないように、途中でぴたっと立ち止まる。いつも衝動的なエイミーなのに、いまは母親の言葉を待っているようだ。

「エイミー、いい子ね、お母さんにキスさせて。ほら、いらっしゃい」

エイミーは、母と妹がいるビーンバッグにからだを沈ませた。

子ギツネを守る母ギツネのようにふたごを抱いたシルヴィは、涙に濡れたまつ毛の下からわたしを見ていった。

「話すと長くなるのよ」

「わたしはかまわないわ」

「じつはうちの両親がね、二年まえ、投資で全財産を失ったの」

あなたが両親をそそのかしたんじゃないの？　と意地悪なことを考えて、わたしはさすがに反省した。彼女の両親にかぎらず、投資で失敗するケースは世のなかにごまんとある。

「いかがわしい融資グループに参加してしまって」と、シルヴィ。「そのうち支払いが滞って、うちには資金も保険もなくて……。それからずっと、身を削る思いでなんとか暮らしてきたのよ」

「ご両親は十二エーカーの土地をもっていたんじゃないの？　それからお城も」

「担保にしたの」

「たんぽって何？」クレアが訊いたけれど、シルヴィは答えなかった。

「土地はなくなったわ、差し押さえられて」

「全部失うまえに分割するとかできたんじゃない？」

「やろうとしたけど、うまくいかなかったのよ」使ったティッシュを片手でまるめる。「うちは破産して、わたしは……毎日の生活費にも困ってるの」

だからこのままホープ通りで車をのぞきこんでいたわけ？　まさか車上荒らし？　ああ、どうしましょう……。

「そうしたら去年の十二月に、ここのワイナリーを大学にする資金集めのイベントがあるのをインターネットで知って、埋蔵金のことを思い出したの」

「埋蔵金があると噂されているだけよ」

「ええ、ええ、そうね。ともかく、それなら自分で埋蔵金をさがしてみようと思って。見つけたら両親を助けられるでしょ？」

　エイミーとクレアがにっこりした。

「でも結局、あんな大荒れの状況になっちゃって」

　シルヴィは少し表現の仕方をまちがっていると思う。なんといっても、人の命が奪われたのだから。それにわたしの目には、彼女自身が暴風雨のような存在だ。

「ともかく、なけなしのお金をはたいて、子どもたちに会いにここまで来たのよ」ふたごにくりかえしキスをする。

「イベントの晩、あなたはわざとバッグを忘れたんじゃない？」わたしは彼女に訊いた。

「それで、あそこにもどる口実ができるから」

　シルヴィはうなずくかわりにまばたきした。「ええ、でもあんな事件が起きて、屋敷のなかを調べられなかったの。ただ、事件の後は厳重に戸締まりされたから、だれもまだ財宝は発見していないと思ったわ。それにもし発見されていたら大ニュースでしょ」

「だからきのう、ワイナリーに行ったの？」

シルヴィはうなずいた。「お買い物に行ったとき、プルーデンスと財宝の話をしたの。そうしたら彼女、わたしに見つけなさいよって、しきりにいうんだもの。わたしは頭がいいから、どこにあるかわかるはずだって」

プルーデンスはわたしの想像以上に老獪《ろうかい》らしい。

「彼女にお世辞をいわれながら、どれくらいお店にいたの？」

「うーん……わりと長かったかしらね。ブティックの箱や袋をたくさん持って帰ったわ。でも、中身は全部からっぽよ」

「それは信じがたいわ」

「完全なおふさげよ。なんていうか、プルーデンスとは、とってもうまが合ったの」

「それもおふざけ？」横からフレックルズが笑いながらいった。でもすぐに真顔にもどり、もじもじしながらつづける。「つまり、その……プルーデンスとうまが合う人って……あなたくらいなものかなって」いったとたん、あわてて口に手を当てる。

シルヴィは首をすくめた。「いいのよ、気にしないで。もっと露骨にひどい言葉も、わたし、いわれ慣れてるから」ふりむいて、わたしの目をじっと見る。「最初はね、マシューを傷つけたくてたまらなかったの。彼が嫌いで、世間も嫌いで……。だけど結局、悪ふざけ程度にしようって決めたの。それでプルーデンスに協力をたのんだわけ。彼女からからっぽの箱を何個ももらって、それを見せびらかして歩いて、もしうまくマシューに会えたら……」

言葉が途切れる。目に涙があふれ、大きな滴がぽろり、と流れ落ちた。「わたし、ひどい女よね」

「そんなことない！」ふたごが同時にいった。

「ううん、ほんとにそうなの。でもね、変わろうと思ってるから。ほんとよ」

わたしもその言葉を信じようと思う。

お店の外に人影が見えた。メレディスが、窓からこちらをのぞく。視線は娘たちへ、それからわたしへ、そして、とまどいの表情が浮かぶ。わたしは入っていらっしゃいよと手招きした。でもメレディスはきっぱりと首をふり、背を向けて歩きはじめた。

わたしは急いで彼女を追った。

20

キルト・ショップの玄関から飛び出して、「メレディス！　待って！」と叫ぶ。

メレディスは左に曲がると、ジャッキーの陶芸スタジオ〈ホイール・グッドタイム〉に入った。

わたしもあとを追って駆けこむ。と、入ってすぐに足を止めた。店内はお誕生会の最中らしく、小学校低学年の女の子たちがそれぞれ机の前にすわっていた。天井からはカールしたリボンが何本もぶらさがり、その先っぽでは風船がきらきら光る。細長いパーティテーブルの横では、お母さんやお父さんがディズニーのお姫さまたちを描いたテーブル・クロスをかけていた。メレディスはそのあいだを通って化粧室に入り、わたしは追いかけたいのを我慢して、彼女が出てくるのを待った。

保護者たちの雑談が、わたしのところまで聞こえてくる。なかにティアンもいて、学校のことや宿題、もうじきくる春休みについておしゃべりしていた。

ジャッキーは子どもたちのテーブルをまわり、明るい服装――青いストライプのシャツにジーンズ、絵の具で汚れたスモック――とは対照的に、顔色は暗く、冴えなかった。しかも、どこかおちつかないようす。ちょくちょく窓の外を見たり、窯の上にある手塗りの時計や保護者たちに目をやる。そしてわたしと目があって、ジャッキーはほほえんだ。とはいえ、どこかためらいがちで、いつもの彼女とはちがう。

そういえば、ジャッキーは男につけられているのでは、とデリラがいっていた。それで彼女はそわそわしている？　ジョーダンには話したのだろうか？

「はい、みなさん、ケーキの時間ですよ」ジャッキーが手をたたき、絵にかいたお手本のような〝満面の笑み〟をうかべた。「できあがった作品を裏返してみてちょうだい。底に自分の名前かイニシャルがありますか？　あったらそれを持ってカウンターまで来てください」

子どもたちは作品を手に一列に並びはじめ、ティアンはまっすぐわたしのところへ来た。指でつまんでいるのは、子どもが大好きなパルミジャーノのミートボールだ。わたしは化粧室に目をやった。ドアは閉じたままだ。

「もうプルーデンスにはうんざりだわ」ティアンはミートボールをわたしの顔の前でふりながらいった。「彼女、うちのトマスのことをなんていったと思う？」

想像にかたくない。プルーデンスはあっというまに、町でも指折りの変人になってしまった。

「かわいいトマスを、のろまな子っていったのよ。彼女のお店で、お客さんたちの目の前で。ひどいでしょ？　あの人、もっと世間ってものを知らなくちゃ」ミートボールを口に入れ、怒りがおさまらないようすでもぐもぐする。

わたしはあきれて首をふった。プルーデンスにとって、あのブティックを購入したのはまちがいだったのでは、と思うときがある。以前の持ち主の厄介な性格が建物にしみつき、それがさらにプルーデンスにしみこんでいったのかも――。

そのときメレディスが化粧室から出てきた。片手にはティッシュの束。彼女はわたしに気づくと、奥のろくろのそばにある椅子にどさりとすわりこんだ。

わたしはティアンに、じゃあまたね、といってからメレディスのとなりのスツールに腰かけた。「元気？」

「うん、元気よ」メレディスはぼんやりと、ろくろを回した。「このパーティがすんだら、大学誘致の寄付をジャッキーにたのもうと思って来たの」

中途半端な嘘に、すなおにはうなずけなかった。わたしはメレディスの腕をなでながら、「どうしてさっき、逃げ出すようにしていなくなったの？」と訊いた。

「だって……あの子たちが……お母さんといっしょに……」唇をなめる。「せつなくなったのよ。実のお母さんよりわたしのほうを愛してほしいなんて思うのは身勝手なんだわ」

「それは自然な感情じゃない？」

「でも、あの子たちの母親は、やっぱりシルヴィなの」メレディスはろくろを力いっぱい回した。あまりの速さにろくろがうめく。

「でも、母親にふさわしいかどうかはまたべつの問題よ」わたしはシルヴィの告白をメレディスに話した。

メレディスは首を横にふり、「あの人の話を信じるの?」といった。「破産したこと? ええ、それなら信じるわ。話している姿は痛々しかったもの。だけどこれから自分を変えていくっていうのは、どうかしらねえ……。本人はその気かもしれないけど」

メレディスは指で下唇をなでた。小学二年生のときから変わらない、悩んでいるときの彼女の癖だ。

「思ってることを話してちょうだい」わたしは催促した。

「マシューはシルヴィと復縁すると思う? 彼女はマシューを必要としてるわ。彼って、そういうのに弱いから」

わたしは声をあげて笑った。「何いってんの。復縁なんてありえないわ。マシューのことだから、よく考えもせずに、将来の収入の半分をシルヴィにあげちゃう可能性はなくもないけど。安心しなさいって。どんとかまえていればいいの。いまも、そしてこれからも」

《ハッピーバースデイ》の合唱が聞こえてきた。なかにひとりだけ、ひときわ大きな声の女の子がいる。わたしはエイミーのことを考えた。ふつうは元気いっぱいなのに、母親の腕のなかにはすなおに飛びこめなかった。何かを感じとったのだろうか?

歌が終わったところで、わたしは話を再開した。

「ふたごはこれからもずっと、母親を愛しつづけると思うわ。それが自然だもの。おなじ血が流れているんだもの。たとえまた捨てられたって、母親への愛は変わらないと思う。でもね、あの子たちはメレディスのことをすばらしい人だ、いつも近くにいてほしいと思っているわ。あなたが賢くて、おもしろくて、やさしいから。あなたなら、たよってもいいとわかっているのよ。そして何より、クレアもエイミーも、あなたを愛しているわ。なぜなら、お父さんが心からあなたを愛しているから」

メレディスの頰に、涙がひと筋。彼女はそれを指でぬぐった。

「さ、子どもたちを迎えにいこうよ、メレディス。それからみんなでココアを飲まない？」

玄関に向かう途中、外に男がいるのに気づいた。陶芸スタジオのはす向かいの街灯にもたれ、足先を組んでいる。フェルトの中折れ帽をかしげ、手には新聞。口には爪楊枝。いかにもB級映画の探偵だ。わたしは背筋がぞくっとした。デリラが話していた、青いセダンでジャッキーを見張っていたのはこの男だろうか？　五メートルくらい離れたところに、ロイヤルブルーの中古のシボレー・インパラが停めてある。あいつはストーカー？　それとも、暴力をふるう夫だったりして？

「ねえ、あの男を見て」わたしはメレディスにささやいた。いやでも不安が声に出る。メレディスが露骨にそちらを向いたので、思わず「そっちを見ちゃだめ」といった。

「だったらどうやって見るのよ？」

「ちらっと、さりげなくよ。新聞を持った男」

メレディスはそちらを、そしてまたわたしを見た。「あの男がどうかしたの？」

「見覚えがある？」

「ううん、ないわ。どうしてそんなにびくびくしてるの？」

あの晩、メレディスはティモシーのパブに来なかったから、デリラの話も聞いていないのだ。そこでわたしは謎の男について説明した。そしてはじめて、あの男も財宝目当てで町に来たのかもしれない、と思った。でもそれでジャッキーを見張るのはおかしい。だけどほんとに見張っていたのだろうか？

「ここにいて」

「何をする気なの？」

わからない。でもわたしは外に出ると、少しずつ歩を早めた。そして最後にはほぼ駆け足で、通りを渡る。どこからともなく、トヨタのトラックが走ってきて――いや、正確にいえば、わたしがちゃんと見ていなかっただけかも――タイヤをきしませ、急ブレーキをかけた。わたしはその場に立ちすくみ、トラックに向かって両手をあげる。これが功を奏したのだろうか、わたしは二トンの鉄骨につぶされずにすんだ。歩道にいた人たちが立ち止まり、息をのむ。

中折れ棒の男が顔をあげた。そしてすぐさま新聞を投げ捨て、チェリー・オーチャード通りを北へ、会衆派教会のほうへ走っていく。停車しているシボレー・インパラには目もくれない。

わたしは男の正体をつきとめたい一心で、急停車したトラックの車体をぐるっとまわり、あとを追った。息が切れ、心臓が破裂しそうだ。

男は教会の横の私道に入っていく。

自分の足を励まし、フルスピードで追う。ところが私道に着いたところで、男を見失った。舞いあがる土埃すらない。教会裏の駐車場に行ってみる。でも、人影はなし。

どこへ行ったのだろう？　駐車場の奥のフェンスを越えたとか？　スパイダーマンじゃあるまいし、教会の側壁をのぼったとは思えない。いずれにせよ、男はうまく逃げきったのだ。

わたしは両手を太ももに当ててうつむき、呼吸をととのえた。

しばらくして、予報どおりに雨がぱらぱら降ってきた。さんざんな午後の総仕上げにはふさわしい。

雨に濡れないよう、店舗の日よけをたよりに陶芸スタジオへ向かう。途中、ジョーダンに電話をするも留守電だ。ジャッキーに連絡してほしい、彼女のことが心配だとメッセージを残す。ついでに男の風貌と車の特徴を語り、ひきつった笑いとともに、自分の思い過ごしの可能性もあるといいそえる。もしかするとあの男は、妙な女が近づいてきたから逃げただけかもしれないのだ。

陶芸スタジオに着くころには、むしろそちらの可能性が高いような気がしてきた。ジャッキーはいまお誕生会の進行に一生懸命で、一見にこにこ、楽しそうではある。

というわけで、わたしは怪しい男のことは黙っておこうと決めた。いまここで、あえて波風を立てる必要もないだろう。

メレディスに腕をつかまれ、わたしはショップの隅に連れていかれた。

「いったいどういうこと？」

「ともかく、子どもたちといっしょに夕飯を食べない？　そのときにゆっくり話すわ」

メレディスは目を伏せた。「わたしがいると、あの子たちがいやがらないかしら」

「そんなことないって。わたしのいうことを信じなさい」メレディスのからだを入口へ向けて押す。「さあさあ、歩いて。子どもたちにはテイスティング会のまえに夕飯を食べさせなきゃいけないんだから」あらかじめ、わたしはボズのガールフレンドのフィルビーに子守をたのんでいた。ボズはショップと劇場の仕事で忙しく、フィルビーなら時間があったし、喜んでアルバイトを引き受けてくれたのだ。

雨のなかをもどってみると、ふたごはキルト・ショップの奥で、フレンチーと三人で酸とアルカリの実験中だった。クレアはブロンドの髪をいじりながら、目をまんまるにして見入っている。エイミーがわたしに気づいてふりむいたけれど、いささか怖い目つき。

「お母さんはどこ？」わたしが訊くと、エイミーが答えた。

「用事があるんだって」

あら……。わたしのなかに疑いが芽生えた。

「お母さんはね、お薬屋さんに用事があるのよ」クレアがいった。

「いつもどってくるの？」

「チーズ・ショップで会いましょっていってたよ」エイミーは少し口ごもった。「もし、それでよかったらって」

もし、シルヴィが——もし、ほんとうに、ショップにもどってきたら、そのときはもっときちんと話を聞かなきゃ。

21

〈カントリー・キッチン〉でシュガークッキーとホット・ココア四杯を買って外に出た。そして傘を持たずに来たことを深く後悔する。メレディスもおなじく、傘を学校に置いてきていた。

ふたごはどじな大人にくすくす笑う。

「よしっ。走ろう!」

わたしはそういうと、買ったものを抱きかかえ、通りの向かいにあるわが〈フロマジュリー・ベセット〉目指し、ダッシュした。メレディスとふたごがついてくる。

ショップに入ると、レベッカは接客中だった。

「すてきなヘアスタイルですね」レベッカはわたしに向かってそういうとにっこりし、お客さんにペイス・ヒル農場のゴーダを一ポンド販売した。

わたしは濡れた髪をあわてて手でととのえ(それ以上はどうしようもなかった)、店内を見回した。おや、アネックスにマシューとフレディがいる……。フレディはワインの箱をおろすのを手伝っていた。

「ねえ、あのふたりを見て」メレディスがわたしの横に来てささやいた。「まるで古い友人みたいね」うれしさと複雑な気分が交じったような言い方だった。

フレディはわたしに気づきながら、知らんふりをしている。わたしが彼を疑ったことで怒っているのだろう。

わたしはクッキーをふたごに渡した。

「アネックスで食べなさい。でもそのまえに、濡れた上着をぬいで奥のフックにかけるのよ。わたしのココアはフレディにあげてちょうだい」仲直りを望むささやかなプレゼントだ。

ふたごが走っていなくなると、わたしはスレートボードとチョークを持ってキッチンに行った。みかげ石の調理台にボードを置いて、そこに今夜の会に出すチーズの名前を書いていく。

メレディスが横のスツールに腰かけ、「さっき追いかけていった人の話をしてちょうだい」といった。

わたしはあの男がジャッキーのストーカーかもしれないと説明する。

「でも、その人は単にシャーロットに怯えて逃げたのかも」と、メレディス。

「ええ、わたしは百五十八センチ、頭からつま先まで全身が恐ろしい魔女に見えるから」メレディスの顔の前で指をふる。「その可能性は、わたしだって考えましたよ」

「そうよ、彼はあなたに怯えたのよ」メレディスはからからと笑った。あの事件以来、はじめて見せた笑顔のような気がする。でもそれもつかのまで、「いったいだれなのかしら」と、眉根をよせた。

「見当もつかないわ」わたしには、それしかいえなかった。もしジャッキーの夫、あるいは夫の仲間だったら、ジョーダンは対処の仕方を知っているだろう。わたしは前々から、プロヴィデンスに越してくるまえのジョーダンの仕事は警察や司法関係だったような気がしてならなかった。法律用語をよく知っているし、彼の農場のオフィスに行ったときはデスクの引き出しに銃が入っていた。それに心肺蘇生法にも詳しい。もちろん、蘇生法はたくさんの人が、たとえばこのわたしだって身につけているけれど。でもそのいっぽうで、彼はチーズの製法に精通し、〈ラ・ベッラ・リストランテ〉の料理教室ではたくみな包丁さばきを披露した。あれだけ見れば、ジョーダンは〝料理の鉄人〟だ。

メレディスはチョークを一本、つまんでもてあそびながらいった――「クインのことはどうしたらいいと思う？　あの子は潔白よ。あんなところから早く出してやりたいの。フレディだって無実だわ。お願い、信じてちょうだい」

わたしは冷蔵庫からミネラルウォーターの瓶をとりだした。メレディスに差し出すと、いまはいらないという。わたしは瓶のキャップをあけた。

「悪いけどメレディス、ふたごのようすを見ていてくれる？　わたしはアーソに電話して、ストーカーのことを話してみるわ」といっても、ジャッキーが生まれ変わったことまで、アーソに話すつもりはなかった。たとえ彼が、警察のいちばん偉い人であろうとも。ジョーダンのためにも、そのほうがいいと思うし。ただあの男に関しては、その正体にかかわらず、報告すべきだとは思った。「アーソと連絡がとれたら、クインのようすも訊いてみるわね」

メレディスはありがとうの代わりにわたしを抱擁し、子どもたちのところへ行った。

わたしはお水をたっぷり飲んで喉をうるおしてから、ボードをチーズ・カウンターに置き、事務室にもどった。デスクの前にすわり、受話器をとって電話をかける。ラグズが膝に飛びのってきて、喉をぐるるる、と鳴らした。わたしはお返しに、ラグズの頭に鼻をすりすり。

呼び出し音がひとつ、ふたつ……アーソの声がして、わたしは最新情報を伝えた。

「へえ」アーソは笑っている。「B級映画の探偵みたいだって？　寝ぼけてたわけじゃないよな？」

「ちゃかさないでよ」わたしはむっとした。

「きみやレベッカにはいつも楽しませてもらってるよ。名探偵その一、その二」

「ちゃんと仕事してよね」

「もちろんやります、やります」またくすくす笑い。「ジャッキーの店に寄ってみるよ。それでいいかい？」

「さりげなく、うまくやってね」

「おてのものさ。そういえば、ジャッキーは結婚したことがあるんだろ？」

「わたしからいえることじゃないわ」口にしたとたん、唇を嚙む。ばかなわたし！　これじゃイエスと答えたのとおなじだわ。でも……どうしてアーソは知っているのかしら？　そうか、はじめてジャッキーに会ったとき、彼女はダイヤの指輪をしていたっけ。アーソもたぶん、彼女が指輪をはずすまえに見ていたのだろう。

　わたしは電話を切ってから、クインのことを尋ね忘れたことに気づいた。では、もう一度かけるとしよう。と思ったところへ、ボズが入ってきた。手に持った紙皿には、角切りにしたパンとフォンデュ少々。ショップの〝きょうのおすすめ〟は、ブルーチーズとガーリックのフォンデュだった。けっして万人向きとはいえず、かなり個性は強いけれど、グリーンサラダにドレッシングとして使っても、風味が良くて食欲をそそり、とってもおいしい。

「こんにちは、ミズ・B」

「あら、劇場じゃなかったの？」

「夕飯の休憩です」

　ラグズはわたしの膝から飛びおりると、ボズのもとへまっしぐら。

「この浮気者」わたしはさびしくつぶやいた。

　ボズはラグズを抱きあげると、襟巻きさながら肩にのせ、角切りパンでとろとろのチーズをすくい、ラグズの口に入れてやった。

「おばあちゃん《グランメール》は劇場で夕食を用意してくれていないの？」

「あそこにもありますけど」ボズは指先をなめた。「ぼくはフォンデュを食べたかったんで。いやあ、このチーズ、うまいなあ」

「準備の進み具合はどう？」

「おばあちゃんは、ちょびっと、いかれた感じになってます」そしてあわてて――「あ、すみません、悪い意味じゃありません」

わたしはほほえんだ。「わかってるわよ。杖をばんばん突きながら舞台を歩きまわってるんでしょ」

「そうそう」ボズは笑いながらまたフォンデュをひと口。満足そうなうめき声がもれる。「そうだ、インターネットで妙なものを見つけましたよ」ボズはモニターを指さした。

わたしはボズに、ショップのウェブサイトの更新をたのんでいた。また、国内外のチーズ・メーカーも紹介したかったので、おすすめブログとのリンクも依頼し、全体としてはひと月くらいかかる大仕事だった。祖父はもちろん、これに反対した。手を広げると、地元のお客さまに対するサービスが手薄になるという理由からだ。だけどいまのところ、ショップを訪れる町の人びとはみなさん満足してくれている。

「デーン・ツェギエルスキーとエドセル・ナッシュが――」と、ボズ。「過去に犯罪にからんでいないかどうか調べてみたんですよ」

すごい！　わたしのほしかった情報だわ。〈フロマジュリー・ベセット〉にはもうひとり、アマチュア探偵の素質をもった者がいた。そのうち、探偵事務所の看板もかかげなくちゃ。

「それで何かわかったの？」

「とくに何もなかったですよ。でも、ライセンスがないと詳しくは調べられないから。それに、ふたりはハビタット・フォー・ヒューマニティでボランティアをしたみいですね」にやにやする。「まさか、って感じでしょ？」

　ボズはふたりに殺人の嫌疑をかけられたのだから、反感をもつのも当然だった。とはいえ、人の悪い面ばかり見るような大人にはなってほしくないと思う。ボズは根がとてもいい子なのだから。

「それなら、きみとおんなじじゃないの」

「まあ、少しはね」

「ボズもリーディング・イズ・ファンダメンタルのボランティアをしてるでしょ」

「だけど……」つま先で床をつつく。

「いろんな人が、社会に貢献するのよ。あなたの学校の生徒だけじゃないわ」

「きっとね……」またフォンデュをひと口。「はい、わかりました」

　わたしは立ちあがると、事務室のとなりの手洗い所に行った。ラグズと触れ合ったあとは、手を洗ってからカウンターにもどるようにしているのだ。ボズもフォンデュを食べおえると、肩からラグズをはがし、わたしとおなじように手洗所で手を洗ってから店内にもどった。

　ショップの玄関で、彼はふりかえるとわたしに訊いた――「フィルビーのこと、どう思います？」

「いい子じゃない？」

「学校の歴史の研究課題をいっしょにやってるんですよね。家系図をつくるやつ……」むずかしい顔つき。「ぼくら、血縁じゃないといいんだけどな」

「えっ？」

「ちょっといってみただけですよ。気にしないで。ぼくと彼女、ぜんぜん似ていないから」

ボズは苦笑した。

わたしは首をかしげて彼を見る。「そういえば、フィルビーにアルバイトをたのんだのよ」

今度は満面に笑み。「ここで働くの？」

「ううん、ふたごのベビーシッターよ」

ボズは首をすくめた。「彼女はたぶん、夏は〈フロマジュリー・ベセット〉でアルバイトをしたいんじゃないかな」

それは無理だと思うわ、ハンサムさん。彼女を雇えば、あなたを雇えなくなるかもしれない。

「わかった、考えておくわね」

カウンターにもどると、レベッカは団体客を相手にしていた。おそろいのシャツを着たツアー客だ。彼らはきょう、プロヴィデンスで買ったものについてわいわいおしゃべりしている――すばらしいアンティーク、特級のワイン、手づくりの陶器にキルト等など。小さな町が観光でにぎわっていることに、わたしは町民のひとりとしてうれしかった。

「レベッカ、カウンターはひとりでも平気？　わたしはスレートボードにチーズを盛り合わせたいんだけど」

レベッカはうなずいた。

それからいくらもたたないうちに玄関が開き、入ってきたのは祖父だった。玄関わきにある真鍮のスタンドに傘をつっこみ、いやに気どって歩いてくる。そしてチーズ・カウンターの奥に入ると、ご満悦のようすで舌をちちっと鳴らした。

わたしはそんな祖父のようすがうれしくて訊いた。

「何かいいことがあったの？　おばあちゃん《グランメール》に気づかれずに劇場の裏口から脱出できたとか？」

「まあな。それに道中、これも手に入れたよ」祖父が差し出したのは、プルーデンスの例のおぞましいチラシの束だ。

「よくできました」わたしは祖父の両頬にキスした。「ごほうびに、これをさしあげましょう」わたしは準備していたボードから、エーデルワイス・エメンタールのスライスを一枚とりあげた。フォンデュ用として人気のあるウィスコンシンの職人チーズだけれど、溶かさずそのまま食べても独特の風味があっておいしい。すると祖父が、「三人の協力者がいたおかげだよ」といった。

牧師夫人のグレーテルと司書のオクタヴィア、そしてイポの三人が、雨に濡れた姿であらわれた。

「プルーデンスったらね！」オクタヴィアが濡れたチラシをふった。「アーソ署長が注意したのに、まだ配ってるのよ」

「ひどい話ですね」レベッカがオランダ・ユニカース製の五年熟成ものゴーダのホイールをカウンターに置いた。「世間さまも、プルーデンスという人は手に負えないってわかりますよ」

わたしはイポがレベッカを見つめているのに気づき、彼女をつついた。「たくましい養蜂家とデートの約束はしたの？」

「はい。わたしをパブに連れていってくれるそうです。そのあとは乗馬に」

レベッカは淡々と話しているつもりらしいけど、ピンクに染まったほっぺたを見れば、うれしくてたまらないのはすぐわかる。このぶんなら、春の到来とともに新しい恋が始まりそうだ。わたしとジョーダンの骨休め旅行もうまくいくといいのだけれど……。ただそれも、彼がまだ行きたいと思ってくれていれば、の話だ。ジャッキーの状況を考えて、彼は旅行を中止しようといいだすかもしれない。

「シャーロット！」ロイスが観光客を押しのけてやってきた。B&Bからここまで走ってきたのだろうか？　顔がレインコートに負けないくらい紫色だった。頭からフードを払いのけ、雨の滴が飛び散る。「話したいことがあるんだけど」

わたしはカウンターから出ると、バジル・ペストの瓶を積んだ樽のほうへロイスを連れていった。

「どうしたの？」

「わたし、あなたを見たのよ」せわしなくまばたきしながら、かすれた声で、責めるような口調でいう。

わたしは緊張した。あの晩、わたしが寝室からフレディの部屋をのぞいているのを目撃したのかしら？　格子垣から脱出した件ではないと思うから。もしそうなら、もっと早くにわたしを責めていたはずだもの。

「正確にはね、わたしは見ていなくて、うちの主人なの」

あら……。夜遅く、わたしが寝室にいるのを彼が見ていたということ？

「もっと正確にいうとね、主人じゃなくてデーン・ツェギェルスキーさんが見たの」

「デーンが？」

ロイスはうなずいた。「あの人がうちの主人に話したんだわ。シャーロットがフレディ・ヴァンスさんの部屋をさぐっていたってね」

そうか。あのときドアの向こうにいたのはデーンだったのだ。

「シャーロットはヴァンスさんが、アーソ署長に嘘をいったと思ったんでしょ？」ロイスは声をおとした。「ヴァンスさんのスーツケースに、盗まれた絵が入っていると考えたんじゃないの？」

わたしは黙秘権を行使した。

「でもあなたは、南京錠をあけられなかった」にやっとする。「だけど、わたしならあけられるのよ」ロイスは自慢げに腕を組んだ。「わたし、ハーカーさんの盗まれた絵を見つけたわ」

黙秘権が吹っ飛んだ。「まちがいなく彼の絵なの？」

「ええ、まちがいなくね」胸の前で十字をきる。そして携帯電話をとりだして、画面をわたしにつきつけた。「ね?」そこに写っているのは絵画。「どの絵にも、ハーカー・フォンタンさんのサインがあるでしょ。ところが、それがね……」ゆうに三十秒は黙りこむ。「……わたしがポートフォリオで見た絵とはちがうのよ。ここにあるのはどれも風景画ばかりで、肖像画は一枚もないの」

22

フレディはハーカーの作品をどうしたかったのだろう？　肖像画はすべて破ってしまった？　でも、なぜ？

わたしはロイスといっしょにチーズ・カウンターにもどった。

「このことをアーソ署長に報告するのは、わたしに任せてくれない？」そういってから、レジで売り上げを入金しているレベッカのところに行く。「話はちがうけど、ロイス、エトルキを食べてみない？　きっと気に入るわ」わたしはいつも、ふたごのピザにはこのチーズをのせる。

「でも――」

「見るだけでも見てください、ロイスさん」レベッカが、帰っていくお客さんに手をふってからロイスをふりむいた。「きっと、お気にめしますよ。口当たりはしっかりしていますけど、クリーミーです」レベッカはくさび形に切ったエトルキとナイフをかかげた。「ピレネー地方の羊乳のチーズで、かりかりにしたカラメルのような香ばしさがあります」

ロイスは唇をなめた。彼女がチーズの試食を拒んだことは一度もない。とくに適度な量なら体形が変わることもないと知ってからは、チーズの大ファンになった。わたしはチーズのカロリーを気にするお客さんには、何であれ、ほどほどなら問題ありませんよ、と答えることにしている。どんなものでも、たとえブロッコリでも、食べすぎてしまえば体重増加につながるだろう。ん、でも……ブロッコリなら太らないかな。

レベッカはエトルキをスライスしながら首をかたむけ、「いったい何があったんです？」と目でたずねてきた。わたしは身振りで「話はあとでね」と答える。それから急いでアネックスに行った。早くもテイスティング会のお客さんでいっぱいだ。わたしはバー・カウンターを拭いているマシューに訊いた。

「子どもたちはフィルビーが見てくれているんでしょ？」

「うん。エイミーもクレアもすぐ彼女になついたよ」

「ああ、よかった」フィルビーに子守をたのんだとき、母親のシルヴィがとつぜん姿を見せる可能性があることを説明した。するとフィルビーは、じゃあ子どもたちはわたしの家に連れていきましょう、といってくれたのだ。彼女の父親は海兵隊の出身だから、よけいな騒ぎを起こせばどうなるかは想像にかたくない。

わたしはお客さんたちを見まわし、「メレディスとフレディは？」と訊いた。

「たったいま、クインの面会に出かけたよ」

「あらっ！」わたしはあわてて外に出た。するとふたりが〈ホワッツ・イン・ストア〉の向こうにある子ども服専門店〈ぶちのキリンさん〉の前を通りすぎていくのが見えた。ありがたいことに雨足は弱まり、霧雨程度になっている。が、すぐにまた大雨になりそうだった。わたしはふたりに向かって走りながら叫んだ。「メレディス！」

わたしの声は届かなかったかもしれない。ぱかぱかぱかと蹄の音をたてながら、アーミッシュの馬車がゆっくりと通っていったからだ。

「メレディス、待って！」

彼女がふりかえり、わたしの顔を見てほほえんだ。でも、フレディはにこりともしない。わたしが会衆派教会の南側で追いつくと、メレディスがいった。

「クインの面会に行くの。シャーロットもいっしょに行かない？」メレディスはすがるように腕をのばし、わたしはその手をいったん握ってから離した。「何かあったの？」メレディスは不穏なものを感じとったらしい。

「フレディは嘘をついたのよ」わたしははっきりいった。前置きなし。よけいな説明も、言葉の選択もなし。

メレディスは兄を見つめ、兄の顔からはみるみる血の気が引いていった。

「ハーカーの作品について、アーソに嘘の説明をしたでしょ？」わたしは彼に訊いた。

「ねえ、いったい何の話？」メレディスの目が不安でいっぱいになる。「写真を持っているのは本当でしょ？」

「ええ、それはね」と、わたし。「でも、ハーカーの作品も持っていたのよ、スーツケースに隠して」わたしはロイスが実際に見たこと、携帯電話で撮影したことを伝えた。

いく。

「それは犯罪だぞ！」フレディが声を荒らげた。顔色がもどり、それどころか逆に紅潮して

「じゃあ、否定はしないのね？」

フレディはこぶしを反対側の手のひらにたたきつけた。

「ぼくは何も盗んじゃいない。信じたくないなら信じなければいいさ。だがあの絵はポートフォリオのものとはちがうし、消えた作品の行方は見当もつかないよ。エドセルのいうとおり、ハーカーが捨てたんじゃないか？」

合唱団の制服を腕にかけたティーンエイジャーたちが、四重唱で歌いながらわたしたちを通りすぎ、教会のほうへ向かった。

美しい歌声ごしに、わたしは硬い声でたずねた。

「でもエドセルがそういったとき、フレディは無視したじゃないの。ハーカーが画家になるのをあきらめるわけがないって」

「盗まれた作品じゃないとしたら、どういう経緯で保管しているの？」メレディスがいかにも心配げな表情で訊いた。

フレディは何かいいかけたものの口を閉じ、しばらくしてからようやくこういった。

「ハーカーと協定を結んだんだよ。二カ月くらいまえのことだが、実技を教えるのに彼の作品を教材に使わせてもらうことになった」

「教材用の作品ってこと？」と、わたし。

「そう。その代わり、ぼくは彼とクインの交際についてがみがみいわないと約束した」

「どうしてハーカーとの交際に反対したの？」

「女癖が悪いという評判だからだよ。女にちょっかいを出しては捨てる。クインをそんな目にあわせたくなかった。でも、あの子はそれはもうハーカーに夢中で――」うなだれる。

「まるで、ぼくそっくりだよ。ともかく、悲しい思いをさせたくなかった」

「だけど結局は、交際を許したんでしょ？」わたしは本音を引き出したかった。「ふたりは愛し合い、恋人どうしになった」

「そしてあの事件が起きた」フレディの目がうるむ。

「わたしはクインを信じてるわ」メレディスは強い口調でいった。「あの子は人を殺したりしない」

わたしはフレディの目を見て訊いた――「あなたはどうなの？」

「殺してやりたかったよ」

「やめて！　そんなことはいわないで！」メレディスはフレディの腕を力いっぱいたたいた。

三人ともが黙りこくった。フレディは左手をポケットにつっこみ、もぞもぞと動かしはじめる。わたしのなかで、ふたたび疑念がわきあがった。癖というのは、ときに恐ろしいとしみじみ思う。祖母が貸してくれた啓蒙書のなかに、有名な投資家のウォーレン・バフェットの言葉があった――「悪い習慣は枷《かせ》のようなもので、動かせないほど重くなるまでは、軽くて感じることすらできない」

「あの事件の夜――」わたしはフレディにいった。「あなたはアーソに嘘をついたでしょ？」

「そんなことはしない」

「でもあなたは嘘をつくと、手をそわそわと動かすわ。いまも、そうしてる」

フレディはあきらめたように首をすくめると、ジーンズのポケットから携帯電話をとりだしてかかげた。

「これをいじってるだけさ。それで何か文句があるか？」

「お願い、正直に話して」メレディスがいった。

「いつだって正直だよ」

「悪童たちの手を借りるのはいやでしょ？」メレディスのいう〝悪童〟は弟たちのことで、フレディよりずっと体格がよく、喧嘩っ早い。彼らを呼んでどうするのだろう？　力ずくで兄に白状させるとか？

「ワイナリーで話したことはほんとうなの？」わたしは再度訊いた。「ハーカーとボズの喧嘩をほんとに見たの？　ひょっとして、どこかべつの場所にいたんじゃないの？」

「ワイン貯蔵庫に隠れていたとでもいいたいのか？」フレディは歯をくいしばった。「ハーカーを殺すチャンスをねらっていたと？　いいかげんにしろよ、シャーロット。三流の小説家にでもなったか？」少し力をぬく。「いいや、レンガの衝立をつくったのはぼくじゃない。ほんとうに、ボズとハーカーを見たんだよ。ぼくはハーカーともめたあと、煙草を吸いに外に出た。そして家内に……もと妻に電話をかけた。時刻を確認してみるといい。履歴は残っているはずだ。四十五分くらいは話したから」

「それはアリバイにならないわ。電話をかけたとしても、相手が留守電で、こちらは電話をつなぎっぱなしってこともあるもの」

「彼女の留守電は三十秒で切れる設定だ。だらだらしたおしゃべりは嫌いなんだよ」

「ええ、それに関してはほんとうよ」と、メレディス。「先週、わたしがかけたときも、メッセージを残していたら途中で切れたから」

フレディがびっくりして妹の顔を見た。「いまも彼女とつきあってるのか?」

「まあね、ときどき話すの」

フレディは懇願するようにいった。「なあ、シャーロット、ぼくのことも、電話の記録も信じられないなら、牧師に訊いてくれよ。彼も外にいたから、ぼくが電話しながら歩いているのを見たはずだ」

会衆派教会の芝生では、さっきの合唱隊にさらに十人ほどが加わっていた。ヒルデガード牧師が両手をふり、空を指さしながら彼らのほうに走っていく。彼は清廉潔癖の見本のような人だった。フレディがもし嘘をついていれば、ヒルデガード牧師を証人にするはずがない……。

牧師は自分が話題になっているのを察したかのように、少年少女合唱隊を教会のなかへ入れるとこちらを向いて、会釈した。

「どうだい?」と、フレディ。「彼を質問攻めにするか、それともぼくを信じるか?」

フレディは口をゆがめ、額に皺をよせている。彼を信じてもよいだろうか？

「だったら、どうして最初からアーソにそういわなかったの？」

「あいつには高校時代にずいぶんいやな思いをさせられたからな」

「みんな友だちだったじゃないの」

「いいや、彼はきみの友人で、ぼくはきみの友人だった。いっしょにいろんなことをやったが、ぼくらは友だちなんてものじゃなかった。ぼくは体操、あいつはアメフト。ずいぶんからかわれたよ」フレディはかぶりをふった。「あいつはぼくが女房とよりをもどしたがっていると知ったら、なさけない男だとさげすむだろう」

「そんなことないわよ」わたしには、アーソが人をばかにするとは思えなかった。いまだに高校生のまんまなんてありえない。「彼だって、何年かまえはあなたとおなじ状況だったわ。長いあいだ、奥さんとの復縁を望んでいたもの。頭をさげてたのみこんだことだってあるかもしれない」

フレディは考えこんだようすで唇をなめた。

メレディスが時計に目をやり、「面会時間が終わってしまうわ。歩きながら話しましょう」といった。

交差点を右に曲がり、警察署を目指す。道路を渡らなくてはいけないので、車列がとぎれるのを待つ。

「あのとき真実を話していたらどうなった？」と、フレディ。「第一容疑者はぼくではなく、クインだった」

「アーソだって、はなからクインを疑っていたわけじゃないわ」わたしは反論した。「最初はあなたたちがボズに嫌疑を向けさせたんじゃない」

「そうよ、シャーロットのいうとおりだわ」と、メレディス。「アーソに絵のことを正直に話すべきだったのよ」

「ぼくが話したら、アーソはポートフォリオの調査をやめただろう」

「それはないわ」と、わたし。「真実がひとつわかったからって、べつの真実をなおざりにはしないわよ」

「もし、ハーカーが――」フレディはむっとした顔でいった。「自分で作品を捨てたのでなかったら、だれかが盗んだんだろう。でも、それはクインじゃないし、ぼくでもない。たぶん、ハーカーを殺した犯人だよ」

レベッカもおなじことをいっていた。

「ぼくが事態をおかしくさせた、ということだな？」フレディは感情を抑えるように歯をくいしばった。「もし、クインがエドセルと別れたあとでぼくといっしょにいれば、ぼくがあの子のアリバイを証明できた」

そして彼女は、あなたのアリバイをね――。と思ったところで、心にひっかかるものがあった。あの日ワイナリーでフレディのいった言葉が、やはりふにおちないのだ。

わたしは彼の正面にまわると、片手をあげて彼を止めた。

「ちょっと待って。あなたの奥さんはあなたに、堅実な仕事と安定した収入を望んだとか、そのてのことをいってたでしょ？　それはほんとうの話？」

「ほんとうだよ」

「だったらどうして電話をして、懇願したの？　あなたは生活を変えるつもりがないんでしょ？」

「彼女はまだ再婚していないから。だから……」首を傾け、遠くを見る。「彼女の声を聞きたくなってね。やっぱり、さびしいんだよ」

メレディスがため息をつき、「何があったのかをシャーロットに話したら？」といった。

フレディは唖然として妹を見た。

「だって、そのうちわかっちゃうわよ」と、メレディス。

「何がわかるの？」わたしの言い方は、威嚇的な検察官みたいだったかもしれない。

フレディの肩から力がぬけた。「ぼくは、アンガーマネージメント……怒りのコントロールができないんだよ」

わたしは息をのんだ。

「奥さんを殴るの？」

「まさか！　壁を殴るんだ。くりかえし、何度もね」

「どういうときにそうなるの？」

「自分の描いた絵が見るに堪えない代物だとわかったときさ。いらいらしてどうしようもなくてね。自分にはもっと才能があると思っていたが、実際はそうでもないってことさ。いまはもう諦観しているが、以前は……自分のなかにどんどん溜めこんで……」顎をなでる。

「手の骨を折ったよ、ほら」右手をつきだす。見ればたしかに、甲に傷跡があった。関節がやけに大きく、いまだに腫れが引いていないかのようだ。「だからハーカーの作品を借りた。二カ月間、描けなかったからね。授業をするにはどうしても見本が必要だから」大きなため息をつく。「だから妻は、またいつ爆発するかわからないぼくから去っていった。彼女にあやまりたくて電話をしたんだ。以前のぼくとはちがうということをいいたかった」背筋を伸ばし、首を左右にひねって、ポキッ、ポキッと鳴らす。「いまはカウンセリングに通ってるんだ」

「メレディスはどうして話してくれなかったの？　どうして――」と、そこでわたしは思いあたった。「正直に話すと、クインに不利になると考えたのね？」

メレディスは兄の腕に自分の腕をからませた。「アーソはきっと、クインが父親や叔父の気性を継いでいると考えるわ。でなきゃ、フレディがかっとなってハーカーを殺したとか。だからシャーロットにもいわずにおこうと思ったの」

わたしはメレディスの、フレディの、クインのことを考え、心が重くなった。それにしても、真犯人はいったいどこに？

警察署に近づくと、入口の階段を若者がひとり、手のひらでキーの束をはずませながら、軽い足どりでとんとんとおりてきた。あれはデーンだ。クインに会いに来たのだろうか？

彼は一見、とてもご機嫌だった。革のジャケットをはおり、通りを渡ると、北の道からヴィレッジ・グリーンに入っていく。

　すると直後、ウィノナが出てきた。並んで歩くのは、寄付仲間のウォルフォード・ラングドンだ。わたしは彼がまだ町にいたことにちょっとびっくりした。ふたりは観光案内所でもらったらしい地図をながめ、わたしたちに気づかないまま南へ行った。

「ねえ、ウィノナのことを教えてちょうだい」わたしはフレディにいった。

「色っぽくて、威圧的で、いばりちらす女だよ」

「でも気に入っているんでしょ？」

「まあね。といっても、きみが想像するような関係じゃない。家内がぼくに……」左手をポケットにつっこむ。でも、ちらっとわたしを見てから、急いでまた外に出すと、悪癖をふりきるように左手をふった。「家内がぼくに、ダンスを踊れるようになってほしいって、よくいっていたんだ。当時、ぼくにそんな気はまったくなかったんだけどね。ダンスを覚えて誠意を示せば、彼女も考えなおしてくれるかもしれないと考えた。さっきもいったように、まだ再婚していないから」そこで顔がゆがむ。「ウィノナは競技会で入賞するほどダンスがうまいんだよ。それで、ぼくに教えてくれることになった」

「下心があったのよ」と、メレディス。

「いいや、彼女は色目を使うのをおもしろがっているだけだ。ほら、あんな調子だよ」

　彼が指さす方向を見ると、ウィノナはウォルフォードと腕を組んで歩いていた。赤い傘の持ち手で彼の腕をたたき、首をかしげて顔を見あげる。

「ほかにはどんなことを知っているの?」

フレディは髪をかいた。いかにも、おちつかないようす。「一時期、シカゴで女優もやっていたらしい。たいして売れなかったようだが」

「寄付ができるくらい裕福なのは女優をやったおかげ?」

「いいや、二十五歳のときに遺産相続したと聞いた」

あら……。「相続するとき、とくに問題はなかったの?」

「おいおい、シャーロット」フレディは憤慨した顔つきになった。「彼女が遺産目当てで犯罪に手をそめたなんて考えるなよ。ウィノナはそんな人間じゃない。ぼくは心からそう信じているよ」

……ほんとに?

23

わたしはクインの面会に行くメレディスたちと別れ、ショップにもどった。帰るとすぐに激しい雨が降りだしたけれど、ショップはお客さんたちでにぎわい、テイスティング会も雨に影響されることなく満員盛況だ。

乾いたタオルで髪と服の湿気をとってから、わたしはアーチ道をわたってアネックスへ行き、マシューが開会の挨拶をするのを聞いた。ざっと見るかぎりシルヴィの姿はないから、あれ以上追及されるのを嫌って町から出ていったのかもしれない。マシューとおなじくわたしも彼女が殺人を犯すとは思えなかった。でも世のなかには、意外な人物が犯人だったりする場合もなくはない。

「オハイオにはナパ・ヴァレーのような華やかさはありません」マシューがお客さんの質問に答えていった。「また、ヨーロッパのような伝統もまだありません。しかし、ワイン文化は確実に花開きつつあり、ワインの醸造者は学ぶ意欲に燃えています。どうか、今夜は成熟したカリフォルニアのピノ・ノワールと、この地元の若々しく清廉なピノの両方をお試しください」

集まった人たちのなかにデーンがいた。窓ぎわのワイン棚にもたれているけど……彼は二十一歳以上かしら？　うん、それは大丈夫だろう。マシューが年齢を確認せずに参加させるはずがないから。その点、マシューはとても厳格なのだ。だったら、デーンの友人のエドセルは来ていない？　わたしの印象では、エドセルは飲酒年齢には達していなかった。とはいえ、三十歳にしか見えない四十歳とか、十二歳なのに二十歳に見える女の子もいるから……。わたしなんか、三十四歳だけどまだ二十代にしか見えないし。なんて、本人が心のなかでつぶやくぶんには自由よね？

デーンが首を横に向け、窓の外に目をやった。そしてそのままじっと、何かを見つめている。彼の視線を追ってみると――〈カントリー・キッチン〉の外で、ウィノナが赤い傘をさしていた。さっきいっしょにいたウォルフォード・ラングドンと相合傘だ。彼が何かいい、ウィノナが笑う。それを見ていたデーンは、しかめっ面だ。彼とウィノナはどんな関係なのだろう？　恋人どうしのようには見えないけれど、何らかの関係があるのはまちがいなさそうだ。

「シャーロット、ちょっといいですか？」レベッカがわたしの肩をたたいた。「チーズ・ショップのほうがてんてこまいになりそうで」

わたしはアーチ道の向こうをのぞいた。チーズ・カウンターにお客さんの列ができている。わたしは番号制が嫌いなのだけど、最近はお客さんも増えてきたから、導入を検討したほうがいいかもしれない。

「わかったわ。こっちは順調みたいだから」

わたしはチーズ・ショップのほうへ行った。そしてエプロンをつけようとしたところで、女性の大きな声が聞こえた――「シャーロット・ベセット！」

プルーデンス・ハートが玄関の傘立てに傘をつっこみ、こちらへずかずかやってきた。五〇年代にタイムスリップしたような、花柄のタフタのふっくらしたスカートがさらさら音をたて、わたしはぶるっと身震いした。そんなに薄着で寒くはないの？　雨のせいで外の気温はせいぜい五℃くらいだろう。こういうのを〝だての薄着〟というんだわ。

プルーデンスの連れの、針金のように痩せた女性はたしか、プロヴィデンス園芸協会の会長さんだ。彼女もまた、プルーデンスとおなじようにヴィンテージもののドレスを着ていた。緑のストライプで、ずいぶんと――胸がぺったんこの人が着るにしては――襟ぐりが深い。

プルーデンスはカウンターの前に並ぶお客さんを押しわけてやってくると、わたしに指を一本ふりながらいった。

「シャーロット、よその町から来た行儀の悪い学生たちをすぐに帰してちょうだい」

「そういう話はべつの機会にしてくれない？」わたしはテレパシーで「あなたたちこそ帰ってちょうだい」と伝えたけれど、どうやら能力不足だったらしい。

「だめ、急ぐのよ。メレディスと委員会を説得して」

「それはわたしの仕事じゃないわ。町議会にいってよ」

「いいえ、あなたの仕事なの」プルーデンスの声が一オクターブ高くなった。

「ええ、あなたの仕事よ!」友人の園芸協会会長がくりかえす。

わたしはレベッカにすぐもどってくるからといって、カウンターの外に出た。プルーデンスとお友だちの腕をつかみ、ショップの外に引っぱっていく。

「手を放してよ」プルーデンスはわたしの腕と心の強さにびっくりしたらしい。

わたしはふたりをショップの日よけの下、玄関からできるだけ遠いところまで連れていった。プルーデンスと友人は日よけから垂れる雨粒を避けて寄りそい、わたしはボタンダウンのシャツ一枚で寒くてたまらなかったけれど、弱さを見せてはいけないと自分を鼓舞する。

わたしは歯をくいしばり、先手を打った。

「テイスティング会を邪魔しないでほしいわ。マシューにとっては大切な会なのよ」マシューはソムリエをやめてプロヴィデンスに引っ越してくるとき、小さな町の住民の目をとても気にした。以来、地元はもちろん海外のワイナリーとも熱心に交流し、休む間も惜しんで仕事に励んでいるのだ。そんな彼の努力を、たったひと晩の騒動で無にされてはたまらない。

「それから、〈フロマジュリー・ベセット〉を中傷するチラシを配るのはもうやめてちょうだい」

「何の話かしら?」プルーデンスは鼻で笑った。

「あなたたちは町じゅうでチラシを配ってるでしょ」と、わたし。「だったら契約を結ばない? わたしはあなたのお店に行かない。あなたはうちのショップに来ない。わたしはあなたのお店の不買運動をしないいし、あなたも――」

「お店じゃなくて〝ブティック〟よ」

プルーデンスがきいきい声をあげたところで、車が一台、高速でカーブを曲がった。激しい水しぶきがあがり、それを避けようとしたプルーデンスが友人の会長をつきとばした。会長はなんとかころばずにすみ、乱れた服をなおすと、精一杯とりつくろっていった。

「ねえ、プルーデンス、本題からそれたみたいよ。大学誘致と身勝手な学生たち。それから博物館」

プルーデンスは思い出したようにわたしの顔をにらみつけた。

「そうよ！　大学生が歴史博物館をむちゃくちゃにしたのよ。雪のなかをわざわざやってきて」

「雪なんかふってないでしょ？　いったいいつの話？」

プルーデンスはいま、プロヴィデンス歴史博物館にもかかわっていた。この博物館は個人所有で、プロヴィデンスの歴史的品々が飾られている。所有者はB&Bのロイスの妹フェリシアだけど、現在は、長期休暇の最中だ。ロイスは博物館に興味がないうえ、B&Bの仕事で手一杯なので、フェリシアの親友のプルーデンスがひとはだぬいで、博物館を管理することになった。

プルーデンスはあきれたように手をふり、「学生はほんとにだらしがないわ」といった。

「言葉づかいも下品だし、あっちこっちべたべたさわりまくるし」

「ほんとにひどいわね」と、会長。

「あそこは体験型の博物館じゃないのよ」と、プルーデンスはいった。「展示品はながめるだけなのに、まったく、若い連中ときたらマナー知らずもいいとこ」

わたしはため息をついた。「だけどアルバムや書籍もたくさんあるわ。来館者はカバーだけながめろっていうこと？　やっぱりなかも見たいわよ」

「そういうときは手袋をしなきゃ。博物館に置いてあるのよ。玄関を入ってすぐ右側」

わたしは思わず笑った。大学生が博物館でわざわざ手袋をはめるとは、期待するほうが無理なように思う。わたしは時計に目をやった。そろそろショップにもどらないと……。こんな話をいつまで聞かされるのだろう？　手がずいぶん冷えてきて、湿った髪が顔にへばりつく。

そこへうまい具合に、友人が三人やってきた。ティアン、フレックルズ、そしてオクタヴィアだ。

「こんにちは！」と、フレックルズ。

「ご機嫌いかが？」は、ティアンだ。

オクタヴィアはわたしの渋い顔に気づき、「何かあったの？」と訊いた。

わたしはわざと驚いた顔をしてみせた。「プルーデンスったらね、大学新設はわが町を台なしにするっていいたいみたいなの」

「若い人が増えるのはとてもいいことだと思うけど」と、オクタヴィア。「もし大学ができたら、知的な刺激になるわよ。図書も増えて、議論も活発になるわ」

「うちの子も、よその町の大学に行かずにすむかもしれないし」ティアンがいった。

「ええ、ほんとにね」フレックルズがティアンの手を握る。母親どうしの共感。

「どうしようもないわねえ、あなたたちみんな」プルーデンスがいい、会長がうなずいた。

「わたしがその気になれば」プルーデンスはつづけた。「ジーグラーの土地家屋を買いあげて、町を破壊する計画を事前にくいとめられるのよ」

「あら、すでに購入申請したって聞いたけど」わたしがいうと、プルーデンスは否定した。

「その情報はまちがいよ」

「あなたの兄弟は、どう？　ジーグラー・ワイナリーはハート家の所有地に隣接していたでしょ。ジーグラーがハート家を追い出したっていう噂もあるわ。もしそうなら、憤懣やるかたないわよね？」

「そんなのはただの噂よ」と、プルーデンス。

「でもあなたの兄弟は、とりかえしたいと考えているかもしれない」

「あの人たちはこの町には帰ってきませんよ」会長が断言した。

プルーデンスが裏切られたような顔で友人を見る。そして唇をなめ、しばらく間をおいてからこういった――「兄弟とはほとんど没交渉だから」

プルーデンスの表情が暗くなった。親族の不和の記憶がそうさせたのかもしれない。わたしは手を伸ばし、何かなぐさめの言葉をいいたい衝動にかられた。

「シャーロット！」道の反対側から、デリラが声をかけてきた。ウォルフォード・ラングドンの手首をつかんで、通りを渡ってくる。あら、ウィノナはどうしたのかしら？「びっくりしないでね、シャーロット」デリラはそういうとラングドンをつつき、「さあ、彼女に話して」と催促した。

でも彼はうつむき、わが身を守るように胸の前で両手を組むだけだ。

「話してよ」二度めの催促。しかし、彼が口を開かないので、デリラは自分から話しはじめた。「この人が観光客に話しているのが聞こえたの。観光客って、ぎざぎざの赤毛の人と、分厚いメガネをかけた人だけど、覚えてる？　このまえ、ここに来たわよ」

ふたりの顔が浮かび、わたしはうなずいた。

「それでね、わたし、自慢じゃないけどゴシップには耳ざといから」

「ゴシップなんかじゃない」ラングドンがいった。

「じゃあ、自分で話しなさいよ」デリラは彼のシャツの袖を引っぱり、わたしにいった。

「ウィノナのことなの」

「彼女といっしょにデリラのお店に行ったんじゃないの？」わたしは彼に訊いた。

「そうだけど、ウィノナはすぐに帰ったのよ」横からデリラが答える。「テイクアウトのミルクシェークを買ってから、約束があるみたいで、そそくさと帰っていったわ。ほら、何もかも話しちゃいなさいって」

ラングドンは大きく息を吸いこむと、歯の隙間からゆっくり静かに吐き出した。彼にとっては、あまり口にしたくない話題なのだろう。

「ウィノナの妹が、ハーカー・フォンタンと交際していたんだよ」

「そして……」デリラが手をふり、その先をうながす。

「そして、ふたりは別れた」

「そして……」

「妹は自殺した」

その場にいた全員が凍りついた。フレディの言葉がよみがえる――「ハーカーは女にちょっかいを出しては捨てる」どうしてウィノナは、その話をアーソにしなかったのか。なぜなら、アーソ署長がウィノナを疑いの目で見るに決まっているからだ。

「あなたはそれを、なぜいままで隠していたの？」わたしはラングドンにたずねた。

「今度の事件と関連づけて考えなかったからだよ」

「ウィノナと妹は、ちがう苗字を名乗っていたらしいの」と、デリラ。「だからこの人も、寄付者名簿でウィノナの名前を見たとき、すぐにはピンとこなかったのよ。自殺した女性のことは知っていたのに」

「どの新聞にも出たしね」

「ハーカーはまったく責任を問われなかったらしいわ」と、デリラ。

「ああいう話はできるだけ忘れるようにしているんだ」ラングドンは両手を握った。「自殺なんて痛ましいじゃないか」

「だけど、思い出すきっかけがあったのよ」デリラはそういうと、ラングドンをつついた。

「肝心なことをいわなきゃ」

ラングドンは不承不承つづけた――「ウィノナの妹の名前は、ジュリアンっていうんだ」

それがどうしたの？　わたしもインターネットで調べたとき、その名前を見たわ。姉妹は社交ダンスの競技会で優勝しているから。

デリラは両手を広げ、こういった。

「妹のニックネームは、ジュールズだったの」

24

　ジュールズ。宝石《ジュエルズ》。ハーカーの遺体のまわりに宝石をまいたのはウィノナということ？　彼が妹にしたことの象徴として？　彼はジュールズを捨て、ジュールズはみずから命を絶った。そしてウィノナはその報復に、彼の命を絶った。

「ウィノナはあなたに気づかれたとわかったんじゃない？」わたしがラングドンにいい、デリラもうなずく。「いまごろきっと、B&Bで荷造りしてるわね」

　わたしは日よけの下でかたまっている人たちには失礼して――あからさまに顔をしかめたプルーデンスのことは無視する――ショップにもどった。そしてバッグから携帯電話をとりだし、アーソにかけた。すると係の人が出て、アーソ署長は電話に出られないという。大雨でジーグラー・ワイナリーの丘が土砂くずれを起こし、アーソの実家の農場が水浸しになったらしい。では代わりに副署長を、とたのんだところ、副署長は姉妹の初の出産で病院に向かったとのこと。それではアーソ署長に、シャーロットがB&Bでお目にかかりたいといっている、と伝えてほしいとたのみ、わたしは電話をきった。

「何かあったんですか？」レベッカに訊かれ、わたしは事情を説明した。

「ウィノナを町から出さないようにしなきゃ」

「わたしもいっしょにB&Bに行きます！」レベッカはエプロンをほどきはじめた。

「あら、ちょっと待って。あなたにはテイスティング会の進行を見ていてもらいたいんだけど」

「シャーロットひとりじゃ危険です」

「大丈夫よ」わたしは外に目をやった。「オクタヴィアにつきあってもらうから」デリラはリハーサルで劇場に行き、ティアンとフレックルズは家族の世話をしなくてはいけない。

レベッカはふくれっ面をした。

わたしは彼女を軽く抱擁し、「なにもウィノナと決闘するわけじゃないんだから」といった。「アーソが来るまで引きとめるだけよ。たいしたことじゃないわ。さあ、かわいい顔を笑顔にして、仕事をつづけてちょうだい」

「でも――」

玄関の呼び鈴がちりんちりんと鳴った。

レベッカがうれしそうに手をふる。「おじいちゃんが来ましたよ！」

祖父はレインコートの滴を払うと、まっすぐこちらへやってきた。

「万事順調かしら？」わたしは祖父の緊張した雰囲気に不吉なものを感じとった。また劇場で何かあったのだろうか？「おばあちゃん《グランメール》は――」

「いや、もう、まいったよ。初日を控えて、おばあちゃんは尋常じゃなくてな、わしがあいつの最初のターゲットになった。すまんが、ここのカウンターに逃げこませてくれ」

「大歓迎ですよ！」レベッカはエプロンをとると、それを祖父にひょいと投げた。「シャーロットとわたしはちょっと用事があって出かけてきます。さ、シャーロット、オクタヴィアに声をかけていざ出発！」

「なんでオクタヴィアを連れていく？」祖父は怪訝な顔をした。

「それは……図書館に関する用事だからです」と、レベッカ。

これは驚き。わたしのかわいいアシスタントは、嘘をつくのがとても上手だ。

＊

B&Bに向かう途中、わたしはロイスに電話をかけて、ウィノナはまだいるかどうかを確認した。答えはイエス。わたしたちが到着し、玄関ポーチで傘をたたんでいると、ロイスとアガサが迎えに出てきてくれた。談話室からは、ベートーベンの「英雄交響曲」が流れてくる。そしてラザーニャの香ばしいにおい。毎晩ロイスは、外食したくない宿泊客用に、ささやかな夕飯をつくっているのだ。

そのロイスが身をのりだしていった。

「あなたから教えてもらったモッツァレラ・カンパニーのチーズを使ったのよ」

やや塩味を感じるテキサスの生乳チーズは薄い層からなり、噛んだ感触、そして口のなかでのとろけ具合がとてもいい。

「いい香りがするでしょ？」と、ロイス。

アガサがひと声、ワンと同意して吠えた。

「ところで、ウェスタトンさんはまだ部屋にいるわよ」

わたしが先頭でなかに入り、階段をあがっていく。背後では、オクタヴィアが目にもとまらぬ速さでスマートフォンに何やら入力。

階段をあがりきると、オクタヴィアがそのスマートフォンをかかげた。

「ちなみに、ウィノナ・ウェスタトンの財産は百万ドル以上よ」さすが司書というか、オクタヴィアの調査能力はすばらしい。

「わたしたちを襲ったりしますかね？」と、レベッカ。

「それはないでしょ。こっちは三人だし、ここはB&Bで、いつだれが来てもおかしくないもの」と、わたし。

「ハーカー・フォンタンは、いつだれが来てもおかしくない場所で殺されましたよ」

わたしは絶句した。たしかに、レベッカのいうとおりではある。ウィノナが（もしほんとうに犯人だとして）ハーカーを貯蔵庫に誘い出して首を絞めたとき、ワイナリーには大勢の人がいたのだ。

わたしは精一杯胸を張って、ラベンダー色の絨緞を歩いていった。宿泊客がふたり、反対側からこちらへやってくる。わたしは軽く会釈し、片方の男性が小さくこんにちはといった。

ウィノナの部屋に到着し、ノックをしようと片手をあげる——死の恐怖に襲われたとき、わたしは勇敢にふるまえるだろうか。彼女が銃を持っていないとはかぎらない。でも、三人全員を撃ったりするだろうか？　わたしは部屋の外に立ったまま考えた。彼女が廊下に飛び出してきた場合の心の準備はしておく。だけどもし、このまえのわたしのように、彼女が窓から逃げ出そうとしたらどうしよう？

咳払いが聞こえた。見れば階段をあがりきったところに、ロイスとご主人がいる。わたしはいくらか安心した。ふたりは素人スパイとしては有能だから、ことの成り行きがはっきりするまで、あそこからいなくなることはないだろう。五対一なら、かなり心強い。寄らば大樹の陰……とは、ちょっとちがうかもしれないけれど。

わたしはドアをノックした。

「どなた？」ウィノナの声。

「シャーロット・ベセットです」

「いま手が離せないのよ」

「ほんの一分ですむわ」と、真っ赤な嘘。

ジッパーの音がして、ドサッという音がつづき、風鈴のようなチリンチリンが聞こえた。

足音が大きくなり、扉が開く。

黒いウールのワンピースで、片手を腰に当てた姿は、古代ギリシアの陶器の壺に見えなくもなかった。

「何の用事かしら？」と、ウィノナ。

わたしはあえて答えず、つかつかとなかに入っていった。ここもほかの部屋と大差なく、花模様でくつろげる雰囲気で、美しい骨董家具が置かれている。わたしは真ん中あたりで立ち止まると、「入ってもいい？」と訊いた。

「もう入ってるじゃないの」

「では失礼して」レベッカがオクタヴィアといっしょにわたしの横までやってくる。

ベッドわきにジッパーを閉じたスーツケースがあった。予想どおり、ウィノナは町から出る気だったのだ。

彼女がこちらにやってくる。ドアは少し開けたままだ。

「悪いけど忙しいの。いったい何の用？」

「町から出るんですか？」レベッカが訊いた。

「理事会がふたつあるのよ。アーソ署長に確認したら、事件はもう解決するから、町にいなくてもいいっていわれたわ。だけど、そんなことをわざわざあなたたちに報告する義務はないわよね？　ずいぶん興味がおありのようだけど」かぎ鼻をつんと上げ、レベッカとオクタヴィアを見てから、またわたしに視線をもどす。「それでシャーロットさんは……」わざとらしくいう。「わたしにお別れをいいに来てくれたのかしら？」

「理事会っていうのは……」わたしはスーツケースに目をやった。必要なら、あそこにすわりこむのも手かも。「クリーヴランドの劇団の理事会かしら？」

ウィノナは、へえ、という顔をした。

「どうして知っているの？」

「町に来る人のことは、できるだけ知っておきたいので」もちろん、口からでまかせだ。わたしもだんだん嘘が上手になってきた。

ウィノナは腰に手を当てたまま、わたしに近づいてきた。

「ほかにどんなことを知っているのかしら、シャーロット？」

「北西部に行ったこと。女優をしたあと、遺産を相続したこと。そして、ジュリアンという妹がいたこと」

彼女の表情が凍りついた。

「姉妹ふたりで、社交ダンスの競技会で優勝しましたよね」と、レベッカ。

「あらあら、そのスマートフォンで調べまくったわけ？」

オクタヴィアは携帯電話をバッグのサイドポケットにしまった。

ウィノナはばかにしたように笑う。

「わたしの過去が全部わかるわけがないわよ。ジャーナリストだったことは知ってる？　わたし、《クリーヴランド・プレイン・ディーラー》の記者だったのよ。それから、カメラマンもやったわ。《ナショナルジオグラフィック》にだって載ったんだから」彼女はわたしたち三人をぐるっと囲むようにして歩いた。「ステーキはレアが好きなの。ドライの赤ワインといっしょにね。でもバニラは大嫌い」

ウィノナは鼻をくんくんさせた。わたしはきょう、バニラのコロンをふりかけてはこなかった。でもたぶん、あの雨で服にしみこんだのだろう。

「ハーカーは、あなたがジュリアンの姉だって気づいたの？」

「いいえ、想像もしていなかったでしょうね。異父姉妹で、苗字がちがうから。年齢差は五つよ。さあ、ほかに何が知りたい？」

「妹さんは自殺したのね？」

「《クリーヴランド・プレイン・ディーラー》の十二面に載ったわよ。そんなに大事件じゃないから、一面を飾ったりはしないの」声に怒りがこもる。「はい、ほかにご質問は？」

レベッカが一歩前に進み出た。「ハーカー・フォンタンさんを殺したのは、あなたですか？」

わたしはぎょっとした。ウィノナがこぶしをふりあげる。わたしはレベッカのフリルのシャツの襟をつかみ、うしろへ引っぱった。

「無礼にもほどがあるわ」ウィノナは怒り心頭だ。「わたしを犯人だと思ってここに来たのね？」

「質問に答えてください」レベッカとオクタヴィアがほぼ同時にいった。

「ハーカーの遺体のそばには宝石が散らばっていたの」わたしは初志貫徹でいこうと思った。こぶしが飛んできたら、かわせばいいのだ。「あれは象徴的な意味をもっていた。あなたの妹はハーカーと関係をもち、妹のニックネームはジュールズだった」

ウィノナは爆笑した。

「関係をもつ？　あなた、そういった？　関係をもつって？　はっ。ふたりは結婚の約束までしたのよ。婚約していたの。式の日取りまで決めてね」こみあげてくる涙をこらえる。「そうしたら、クイン・ヴァンス嬢のご登場よ」いやみったらしく。「あの男はジュリアンを捨てて、赤毛の尻軽娘にうつつをぬかしたわけ。ジュリアンを捨てたのよ！　わたしはね、フレディが好きよ。だけど彼の娘は、頭がからっぽ」

「いいえ、そんなことはありません」

レベッカがいい、わたしは彼女の腕を握って黙らせた。そしてウィノナの話を反芻《はんすう》する。ハーカーと妹は結婚の約束をし、かたやクインの話では、ハーカーからもらった指輪は〝お古〟だった。クインは、あの指輪がべつの女性に贈られたものだと知っていたのだろうか？　それを知ったクインは、嫉妬と屈辱のあまりハーカーを殺した？　そして彼の手に指輪を握らせ……。

ううん、クインが犯人であるはずがない。ウィノナはクインを陥れようとしているのだ。

「クインに疑いの目を向けさせるため――」わたしはウィノナにいった。「指輪をハーカーの手に握らせたんでしょ」

「何の話よ？」

「指輪です」レベッカが答えた。「現場にあった証拠の指輪ですよ」

「妹の指輪が発見されたってこと？」たちまちウィノナの顔がゆがみ、涙がこぼれ落ちた。

「アーソ署長が見つけたの」わたしはいった。「あれはあなたがハーカーに握らせたんじゃないの？」

「わたしはそんなことはしない。そんなことは――」頬の涙をぬぐい、恐ろしい形相で腕を差し出し近づいてくる。「その指輪をわたしにちょうだい」

今度はレベッカがわたしの腕をつかみ、ウィノナの手が届かないところまで引っぱった。

「まあ！」

部屋の入口で、ロイスが片手を口にあてて声をあげた。よく見えないほうの目が、激しくまばたきしている。

「大きな問題はないね？」ロイスの横でご主人が、妻を守るように立っていた。

ウィノナは腕をおろすと、怒りに満ちた声でいった。

「いっそのこと、町じゅうの人を呼んだらどう？　わたしはこの、おせっかいで詮索好きな人とそのお友だちに、わたくしウィノナ・ウェスタトンはハーカー・フォンタンを殺していません、と正直に話しただけよ」

「妹が自殺をして――」わたしはあえてくりかえした。「あなたはハーカーを恨んでいたはずだわ」

「あの子は傷つきやすい子だった……。あなたたち、ジュリアンが画家だったことを知っていた？　アクリル画よ。大胆で、エキゾチックな作風。ジョージア・オキーフみたいな……。あの子には輝かしい未来が待っていた。なのにすべてをなげうって、あの男のもとに走ったのよ。あの男の未来に賭けたの」

「ハーカーを恨んだでしょ？」

「ええ、恨んだわ。あの男はジュリアンに、絵をつづけさせることができたはずなのよ。自分を愛する娘の心をずたずたに、ぼろぼろにしなくてもすんだはずなの」

「だから彼の首を絞め、床に宝石を散らした。彼を糾弾、抹殺するためにあのレンガの衝立をつくった」

「わたしが？　衝立を？　冗談もほどほどにして」ウィノナはマニキュアをきれいに塗った手をわたしに見せびらかした。「残念だけど、わたしは庭いじりだってしないわ」

「あなたは美術学生の参加を知るとすぐ、寄付に同意したわ」

「否定できませんよね？」と、レベッカ。「それであなたはハーカーさんもワイナリーに行くと考えた」

ウィノナは大きく胸をふくらませて息を吸いこむと、それを一気に吐き出した。

「ほんとのことを知りたい？」

「もちろんです」と、レベッカ。

「いいわよ、わかったわ。あのね、わたしがこのくだらない旅行に参加したのは、あの男をこらしめたかったからよ」

「こらしめる？」

「そう、あの傲慢さに罰を与えようと思ったの」

「それで首を絞めたのね？」

「究極の懲罰だわ」オクタヴィアがいい、ロイスとご主人が同意してうなずく。

「何度いったらわかるの。わたしは首なんか絞めてないわ」ウィノナはため息をついた。頭のからっぽな連中を相手に説明するのは手がかかって疲れる、とでもいいたげだ。「ハーカーの急所は美術だと考えたわ。そう、作品よ。あの男は自分の作品を溺愛していた。作品のためなら何だってやったわよ。だからわたしは、ポートフォリオから作品を盗んだの」

「あなたが盗んだんですね？」レベッカが確認する。

「ハーカーが殺されるまえのことよ」

ウィノナはスーツケースを持ちあげてベッドに載せ、ジッパーをあけた。衣類の上に、分厚い茶色の封筒がある。五十センチ×七十センチほどで、ハーカーの部屋で見た革のポートフォリオとおなじくらいの大きさだ。ウィノナはそのマジックテープをバリバリッと引きあけ、中身を――まだ額縁のないカンヴァスの作品をとりだした。そしてベッドの上に置く。合計八点。どれも目を見張るほどすばらしい作品で、署名は「ハーカー・フォンタン」だった。フレディとレベッカは、作品を盗んだ者にハーカー殺害の動機があるといっていた。作家の死後にマーケットに並ぶ作品は、高値で売れる。ハーカーはまだ無名だったけれど、そなわった才能と迫力ある作品で、生きていればまちがいなく名を成しただろう。ただウィノナの場合、お金なんかどうだっていいはずだ。

「ハーカーの出世の邪魔をしたかったのね？」わたしは彼女にいった。「新しい作品を仕上げるには、またそれなりの時間がかかるから」

「あら、よしてよ。そんなありきたりのことじゃないわ。わたしが盗めば、あの男は二度とこれに触れられなくなる。それが目的よ」

わたしはまた作品をながめた。クインの話では、ハーカーはどこへ行くにもポートフォリオをそばに置いていたという。それはなぜ？　そのうち四点は風景画で、ほかはおなじ女性のポートレートだ。ただし、女性はクインではない。

わたしはウィノナに目をやり——真実が見えた。

「この肖像画の女性は、あなたの妹ね？」

ウィノナは力のない、さびしげな笑みをうかべる。

「どうしてアーソ署長に話さなかったの？」

「あなたが想像したのとおなじ理由よ」ウィノナはわたしに向かって指をふった。「否定してもだめよ。あなたの目を見ればわかるもの。いったんハーカーの才能が認知されれば、これはどれも高く売れてずいぶん儲かるでしょうね」カンヴァスをまた封筒にもどす。「でもね、わたしは手元に置いておく気はないの。美術館に寄付するつもり」

「そういうことでしたか……」レベッカがつぶやいた。

「ほんとにね……」と、オクタヴィア。

わたしはもうひとつ、気にかかっていたことをたずねた。

「このまえ、デーンといい争っていたでしょ？」

ウィノナは不機嫌そうにわたしを見た。「あの子はわたしを誘惑しようとしたのよ。年下の男とはつきあわないって、きっぱり断わっただけ」

「いつごろから知り合いなの？」

「この旅行ではじめて会ったのよ」ウィノナの視線は床へ、それから右へ、そしてまたわたしのところへもどった。わたしはカレッジの心理学講座で、視線によってその人の心理がわかるということを学んだ。いま、ウィノナは何かを隠している。

「それはちょっと信じられないけど」

ウィノナは口をゆがめ、しばらく考えこんだすえ、こういった。

「デーンはジュリアンとハーカーのことを知っていたのよ。それで彼はわたしに、ジュリアンとわたしは顔がよく似ているから、あんたは彼女の姉さんだろうっていったの」首を横にふる。「もちろん、半分は嘘よ。だって、わたしとあの子はぜんぜん似ていないもの。わたしは黒髪で大きいし、ジュリアンは金髪で痩せ型だったから。どちらも母親ゆずりで髪はくせ毛で、鼻も似ているけど……せいぜいそれくらいよ」

「ハーカーが気づいて、それをデーンに話したのかもしれないわね」

「わたしもそう思ったわ」

「デーンはハーカーの事件であなたを疑わなかったの？」

「わたしは犯人じゃないって断言したうえで、この町に来たのはハーカーを泣かせるため、罰するためだと正直に話したわ。そうしたら、その点は口外しないと約束してくれたの」顎を突き出す。「彼はわたしとデートをしたくてご機嫌とりをしたのよ」

「それでデートはしたの？」

「まさか！」プリマドンナの声がひときわ大きくなった。「念のためにいっとくけど、あの気持ちの悪いエドセルについては何も訊かないでね」

そういえば、デーンはショップの外でエドセルと口論していた。

「エドセルが何か関係あるの？」

「べつに」ウィノナは腕を組み、首をかしげた。

「エドセルとデーンが口論していたのは知っている？」

「わたしとは何の関係もないわ」

つまり、知っているってことだ。

ウィノナは時計に目をやった――「悪いけど、列車の時刻があるのよ」

そのとき、廊下で大きな足音がして、全員がふりむいた。ロイス夫婦がわきにどき、部屋に飛びこんできたのはアーソだった。コートも帽子も雨に濡れている。

「いったいどういうことだ？」アーソは吠えた。

わたしは彼に手短に説明し、それがすむとウィノナが、自分は潔白だと主張した。そこでわたしはこういった。

「彼女の話を信じる、といってちょうだい、アーソ。ただし、エドセルについて何もかも話してくれたら、という条件つきで」

ウィノナが恐ろしい目でわたしをにらみつけ、わたしは彼女にいった。

「エドセルの名前を出したのは、あなたのほうだわ」

ウィノナは右手で左の腕をたたきながらいった。

「まったく、しょうがないわねえ。あの子はね、わたしがポートフォリオから絵を盗むのを見たのよ。それでわたしを恐喝したの」

25

エドセルもデーンも部屋にはいなかった。ロイスはもう何時間もふたりの姿を見ていないという。ではすぐに捜索しなくては、とアーソはいった。

彼はウィノナに、町から出ないように、もし出たら逮捕する、と脅してから部屋を出た。そしてB&Bの玄関ポーチでは、レベッカとオクタヴィア、そしてわたしに、これ以上事件に首をつっこむな、と釘をさす。

「でも、ユーイー」わたしが話しかけると、彼はその呼び方はよせ、といった。

「それに殺人犯かもしれない人間に、ひとりで会いに行ったりするな」

「ひとりじゃなかったわ」

レベッカとオクタヴィアがおそるおそる手をあげて、自分たちの存在を示した。

アーソは渋面。「いいから、もう二度とするな」

わたしは叱責されたまじめな町民を演じ、「はい約束します。もう二度と軽率な真似はいたしません」と誓う。

アーソは不満げな声をもらすと、わたしの腕をつかんで手すりのほうまで引っぱっていった。雨はこぬか雨程度になったものの、それでも髪は濡れてしまう。だけどわたしは抵抗しなかった。長身のアーソが、わたしの顔をのぞきこむ。深刻な目つき。眉間には深い皺。

「きみは家族にとって大切な人だ。いまの家族にとっても、将来の家族にとってもね。いいかい?」わたしの目をじっと見つめる。アーソはそれだけいうと、ゆっくりと階段をおりてパトカーに向かった。

わたしはオクタヴィアたちにおやすみをいい、傘をとって外に出た。途中、歩きながら将来について考える。未来はジョーダンといっしょだろうか? でもいまだに彼は、折り返しの電話をくれない。彼はあまりたよってはいけないタイプの男性なのかしら? 祖母が心配しているのはそのこと? だから祖母はアーソのほうを気に入っているの? 長い目で見たとき、わたしにはアーソのほうが合っていると?

わたしはジョーダンの声を聞きたくて、携帯電話をとりだした。すると、不在着信の知らせがあった——ジョーダンからだ。わたしはメッセージに耳をかたむけた。「妹のことを心配してくれてありがとう。ぼくも調べてみるよ。ところで、ぼくは旅の準備をすませたが、きみのほうはどうかな?」笑い声。チュッとキスの音。そして終了のプープー音。

わたしは携帯電話をしまいながら、空をあおいだ。黒い雲の向こうで輝いているはずの星ぼしを想像する。そしてなかでもいちばん大きな星に、わたしは子どもじみた願いごとをした——どうかあの人に、わたしを愛しているといわせてください。

フィルビーの家にふたごを迎えに行くと、エイミーが食べかけのピザを持って帰るといってきかなかった。そしてわが家に着くと、ペパロニの香りが一階から二階へ、ふたごの部屋へと運ばれていく。わたしのお腹がぐう、と鳴った。

「それでクレアは何を食べたの？」わたしはバスルームにいるふたごをのぞいて訊いた。どちらもシンクの前で歯を磨いている。

「パスタよ」クレアが歯磨き粉でいっぱいの口で答えた。

「フィルビーのお母さんも小麦粉がだめなんだって」と、エイミー。「だからフィルビーがお母さんのパスタを分けて、溶かしたチーズといっしょにクレアにくれたの」

バスルームからまずエイミーが、そのうしろからクレアが出てきて、電気を消す。

「フィルビーって、すっごくやさしいの」エイミーがベッドに入り、カバーを顎まで引っぱりあげながらいった。「ちょっと理屈っぽいけど、やさしいのよ」

「理屈っぽくなんかないわ」クレアはベッドに入るまえにカバーを広げ、手のひらで皺をのばした。「あの人はインテリってやつよ」

「ねえ、どうしてお母さんは――」エイミーはころころ話題を変える。「お店のテイスティング会に来なかったの？」

わたしは返事に窮した。「きっと忙しかったんでしょう」

「もう一回お父さんと結婚したいけど、メレディスがいるからできないのよね？」と、エイミー。

「それは少しちがうわね」

「お母さんは、お金に困ってるの？」とは、クレア。

「それはね、大人の問題があるからよ」わたしはクレアのベッドの縁に腰をおろした。ラグズが毎夜の決まりで、ふたごにおやすみをいうために、ベッドからベッドに飛びうつる。そしてきょうのクレアに対しては、顔ではなく、胸に鼻をこすりつけたほうがよいと判断したらしい。ラグズはこうして日課を終えると、わたしの足もとにもどってきて丸まった。この子があまえるときの喉のぐるぐる音は、スポーツカーのエンジンにひけをとらないほど大きい。わたしはラグズのヒゲをつまんでチーズを拭きとり――エイミーの残りもののピザをつまみぐいしたんだわ、たぶん――こういった。「大人の問題っていうのはね、大人が真剣に話し合わなきゃいけない問題ってことなの。わかるかな？」

ふたごの目は、わからない、といっていた。ちゃんと説明してほしいのだろう。

クレアがシーツの縁の糸をいじりながら訊いた。

「ワイナリーにはほんとに宝物があるの？」

「ないと思うわよ、たぶん」

「ううん、あるって」と、エイミー。「海賊があそこに隠したの」

「どこでそんな話を聞いたの？」

「チーズ・ショップのお客さんが話してたの。お父さんが、テイスティングの準備をしていたとき。メレディスが大学をつくるっていったから、宝さがしに来る人も増えたんだって話してた」

わたしはここでまた、ハーカー殺害の動機について考えた。宝さがしに来た者が彼と遭遇したのだろうか？　シルヴィは、たまたまインターネットでワイナリーの大学改装プランを知り、プロヴィデンスに来る気になったと話していた。そう考えたのが、彼女ひとりでなかったら？　ウィノナがフレディに従って寄付をしたのは、見学ツアーに参加したかったからだ。ウィノナ自身、妹の復讐をするために来たといっていたし、わたしはその言葉を信じようと思う。ただ、目的がそれだけではないとしたら？　ジョーダンも、金持ちだって宝さがしをする、といっていた。

ではエドセルやデーン、いささか変人のあのラングドンは？　この見学ツアーに参加した狙いは財宝だった？　デーンは美術学生らしくなく、ハーカーも彼をカンディンスキーやクレーすら知らないとからかっていた。デーンはワイナリーに来たいがために、美術グループに加わったのだろうか？

それにエドセル・ナッシュもよくわからない。ウィノナの話を信じれば、彼はウィノナを脅迫していた。それは計画的なものではなかったか？　彼は財宝さがしが目的でツアーに参加し、たまたまウィノナの盗みの現場を目撃、脅迫してやろうと考えた？　あるいは……ぞっとする推測だけれど、エドセルは以前からハーカーをライバル視し、嫌いぬき、殺害目的で見学ツアーに参加したとか？

「おやおや、まだ起きていたのか？」マシューがドアから顔をのぞかせた。表情はとても明るい。

「あー！　お帰りなさーい！」ふたごは歓声をあげ、両手を広げた。

マシューはまずクレアに、それからエイミーにキス。ふたつのベッドのあいだにひざまずき、娘たちの手を握る。「お祈りしような」

ふたごはすなおにうつむいたものの、いつものように薄目をあけ、マシューは夜のお祈りの短めバージョンを始めた――「主よ、よき一日をありがとうございました。主の恵みに感謝いたします。あなたを心より愛しています。アーメン」マシューは娘たちにまたキスをして立ちあがり、「電気を消しなさい」といった。

戸口に向かいながら、マシューはちょっと来いとわたしに手をふった。わたしはラグズを抱きあげ、ついていく。廊下に出ると、マシューはこぼれんばかりの笑みを浮かべた。

「テイスティング会は成功だったみたいね」と、わたし。「ワインの売れ行きはどうだった？」

「おまえが店を出ていったあとで、飛びこみのお客さんが倍に増えたんだよ。オーダーは前回の三倍ってところかな」

「大成功ね」

「展示ケースのチーズはほぼ完売だ。ペイス・ヒル農場からストックを持ってきたほうがいいぞ」

ここ何カ月かはうちのショップも商売繁盛で、いつもより多めの量をジョーダンの農場の貯蔵庫にストックしていた。ここなら牧場のスタッフが、定期的に乳脂肪と熟成具合をチェックしてくれるのだ。ジョーダンは〈フロマジュリー・ベセット〉も地下に自前の貯蔵庫をつくるといい、設計は自分も手伝うよといってくれた。これについては現在、わたしとマシューで検討中だ。

「それにシルヴィも来なかったしね」マシューは親指をつきあげた。

「人生順調」

「うれしいことに」

マシューはモスグリーンの壁にもたれ、腕を組んだ。

「メレディスから、シルヴィの告白話を聞いたよ。ずいぶんだよな、両親が破産するなんて」

わたしのほうはまだ、彼女の話をうのみにしてよいかどうかわからずにいた。わたしたちの同情をかうために脚色している可能性もなくはないと思うのだけど……。

「ところで」と、マシュー。「今夜はどこに行ってたんだ？」

わたしはB&Bに行ったこと、ウィノナの妹とハーカーの関係について話した。

「アーソのいうとおり、事件のことは警察に任せておけよ」

「でも、わたしが何かに気づいても、アーソがすぐ行動できなかったらどうするの？　この町の警察は小さいのよ」

「じゃあ、市民パトロールのバッジでもつけるか？」マシューは笑った。

「冗談はやめて。もしウィノナが犯人で、あのまま町から逃げ出していたらどうするの？」

「アーソが追跡してつかまえるさ。いいかい、シャーロット、自分の店を繁盛させながら、同時に世のなかの悪を退治しようなんてことは考えないほうが身のためだ」あくびをひとつ。「じゃあ、おやすみ。さすがに疲れたよ」

「ちょっと待って」わたしはマシューの腕をつかんだ。

「どうした？」

「わたしに話していないことがあるでしょ。疲れたなんていってるわりに、ダンスでも踊れそうなほど元気いっぱいに見えるわ」

「さすが名探偵」マシューは笑った。

「白状なさいよ」

「話すことなんかないさ」マシューは笑顔でわたしの肩に手をのせた。そして自分の部屋へ行く。小さくカチッと音をたててドアが閉まった。

浴室の鏡に向かって三十分、わたしは自分の容姿と性格をこきおろしてからベッドにもぐりこんだ。早速、ラグズが飛びのってくる。くるくる回りながらおちつける場所をさがし、わたしのお尻の横にもっこりとうずくまる。わたしはラグズのごろごろを聞きながら、買ったばかりの推理小説のページを開いた。

第一章の最初の段落も読み終わらないうちに、わたしはサイドテーブルの電話に目をやった。ジョーダンに最後に会ったのは二十四時間くらいまえ？　でももう何日も、ううん、何週間も会っていない気がする。彼の声が聞きたい。彼の温もりを感じたい。マシューとメレディスが結婚したら（いつかきっとそうなると思う）、わたしもジョーダンと結婚するかもしれない。彼がこの家に越してくるか、あるいはわたしが彼の農場に行くか。毎晩暖炉の前でワイングラスを片手に、チーズとフルーツを横に置き、楽しい会話をして過ごす。その日その日の出来事、仕事のこと、そして将来の夢。子どもをもつことについても。わたしはふたりほしいけど、彼の意見は？

胃がチクチクッとして、わたしは本を閉じ、からだを起こした。彼は子どもをほしいと思うかしら？　どうしてわたしは彼の答えの見当もつかないの？　あまりにも早く彼に恋してしまった？

――よしなさい、シャーロット。あなたは結婚するのが怖いだけよ。

わたしは本を開いて、また第一章の最初の段落を読みはじめた。でも集中できない。こんな時間に彼に電話をすると迷惑かしら？　そうだ、アーソと話せばもやもやが消え、いやでも現実に目覚めるわ。わたしはアーソに電話をかけた。

「何か新しいことはわかった？」

「シャーロット、か？」むにゃむにゃ声。

「ごめん、起こしちゃった？　でもエドセルとデーンから聞いた話を教えてもらいたくて」

「きみには関係ない」

「それはわかってるけど、探究心ってやつはどうしようもなくてね」ちょっぴり緊張してアーソの反応を待つ。どうか、彼が一方的に電話を切ったりしませんように。

電話の向こうから、大きなため息が聞こえた。「ツェギェルスキーさんは――」

「よしてよ、ユーイー。わたしが相手なんだから、苗字でなくてもいいでしょ」

「デーンは、ウィノナにちょっかいを出したのを認めたよ」

「ジュリアンのことは？」

「一度も会ったことがないそうだ。ただ、ハーカーから彼女の名前は聞いていたらしい。ハーカーはどうしようもない男だが、殺されて当然だとは思わないといっていた。デーンによれば、自殺は弱い人間がすることだとさ。ウィノナの妹が弱い人間だからって、ハーカーに責任があるとは思わないそうだ」

「エドセルは？」

「彼はつかまえられなかった」

「どこで？」

「どこにいるか不明だった、という意味だよ」

「ごめんなさい」わたしは唇を嚙んだ。ずいぶん恥ずかしい質問をしたものだ。「じゃあ、彼がウィノナを脅迫したかどうかはわからないのね？　作り話の可能性もあるってこと？」

「可能性としてはね」

「デーンはそれに関して何も知らなかったの？」

「知っていたところで、口にはしないさ。副署長にB&Bを張り込ませているから、エドセルがあらわれたらすぐに聴取するよ。ところで、きみがいっていたジャッキー・ピーターソンのストーカーの件だが、彼女の店の近くで男を見たという者がほかにも何人かいたよ」

「あの男はこの町の人間じゃないわよね？」

「見つけて話を聞いてみるさ。約束する」あくびの音。「悪いが、もう寝かせてくれ」

わたしは第一章を読みはじめた。これで三度め。ところがふたつめの段落に入ったところで、背筋が凍った。かさこそ動く音が聞こえる。それも、天井から。屋根裏とこの部屋のあいだのどこか。窓の近く。

ラグズが耳をぴんと立てた。天井を見あげ、動くものがあれば、いつでも飛びかかれるように低い姿勢をとる。

「さあ、寝なさい」わたしはベッドのキルトを軽くたたいた。

ラグズはいうことをきかない。

「リスが入りこんで、巣でもつくっているのよ」

天井の音は静かになった。

「ほらほら、寝なさい、ラグズ。もう何も起きないわよ」

あきらかに、ラグズはわたしの判断を信じていない。顔をあげ、天井を見つづけて、何かがあらわれたらすぐに飛びかかれる構えだ。

するとまた、かさこそが始まった。わたしは我慢できずに起き上がった。音の正体を確認しないかぎり、眠れそうにない。

ヴィクトリアズ・シークレットのネグリジェにスエットシャツを着て防寒し、クロゼットからハンガーをひとつとって、デスクに向かう。そして肘掛け椅子を引きずり、音がする場所の真下へ。そうして椅子に乗り、わたしはハンガーで天井をたたいた。

一瞬、音がやんだ。が、すぐまた再開。しかもまえより大きくなった。まるでリスの一家が全力でダンスを踊りはじめたみたいだ。

「しかたないわね」わたしは椅子からおりると、窓ぎわまで行った。夜になって雨はやんでいる。嵐雲は消え、祖母が〝神の爪〟と呼ぶ三日月が輝いていた。わたしは窓をあけると頭をつきだし、侵入者はどこからやってきたのか、屋根窓の上のタイルをながめた。もしタイルが欠けていればそこが侵入口だろうから、あした、ネズミ退治の煙をたこう。殺鼠剤まで使う必要はなく、ネズミが今後うちでパーティを開かなければそれでいい。

首をもどすとき、窓枠に頭をぶつけた。まったく……と思いながら、痛いところをなでていると、からだが固まった。通りの向こう、ロイスのB&Bの対面の歩道に人影がある。フード付きのレインコート姿。あれは張り込みをしている副署長だろうか？　でも、副署長にしては背が低いような。それにそもそも、B&Bのほうを見ていない。男が見ているのは——わたしがいる、この窓だった。恐怖が全身を貫いた。あれはジャッキーをつけている男とおなじ？　ううん、姿かたちが、シルエットがちがう。ひょっとして、デーン？　彼はわたしがフレディの部屋に入るのを見たといった。そのまえに、わたしが彼とエドセルの部屋に忍びこんだことも知っていて、これ以上自分のプライバシーを詮索するなと、わたしに脅しをかけているのだろうか？

　恐怖はつのる一方で、わたしは声を出さないように片手で口を押さえ、目をこらした。男の口もとで、何かが光る。と、直後、その光るものが地面に投げ捨てられた。あれはたぶん煙草？　わたしはエドセルが煙草を吸うのを見たことがなかった。喫煙家といえばフレディのほうだ。わたしはB＆Bに目をやった。フレディの部屋の窓は明るい。薄いカーテンごしに、フレディくらいの背丈の影が動くのが見えた。ひとりでタンゴの練習？　歩道の男に目をもどす。男は変わらずおなじ場所に立っていた。

　わたしはデスクに行ってバードウォッチング用の双眼鏡をとりだした。でも、双眼鏡の焦点を合わせて窓から外を見たときにはもう、男の姿は消えていた。

　全身に、鳥肌がたった。男はどこに行ったのだろう？　もしや、うちの周囲をうろついて、忍びこむ入口をさがしている？

　わたしは部屋から飛び出して廊下を走り、マシューの部屋のドアをノックした。返事はない。もう一度ノック。まえより大きく。

　足音がして、ドアがカチッと鳴った。もじゃもじゃの髪に、とろんとした目。マシューは熟睡していたようだ。

「どうしたんだ？」

　わたしは一気に説明した。男の顔のそばの、光るものもふくめて。

　マシューは一瞬にして目が覚めた。部屋着をはおってテニスシューズをはき、ナイトテーブルから懐中電灯をとると、マホガニーの階段を早足でおりていく。そのうしろに、わたし。

「一階のドアと窓のロックをぜんぶ確認しよう」

二分とかからず、わたしたちはドアをめぐり、窓を見て、家がツタンカーメンの墓のごとく堅牢であることを確認した。それから玄関へ。

マシューは真鍮のスタンドから傘を引きぬき、剣さながらかまえると、「ひとりで行くから」といった。「シャーロットはここにいろ」

「ひとりじゃ危ないわ。わたしも行く！」

ラグズが二階の廊下でミィと鳴いた。

「すぐにもどってくるわ」わたしはラグズに返事をした。どうか、この言葉どおりになりますように。

マシューが懐中電灯のスイッチをいれ、わたしたちは家の周囲を見てまわった。少なくとも不審者が垣根に隠れていることはなさそうだ。

玄関ポーチにもどったところで、マシューがいった。

「大丈夫そうだな。そいつは立ち止まって煙草を吸いたかっただけかもしれない」

「でも、もしあの煙草が――」

「――雨でびしょびしょになっていなければ」

「ええ」わたしはできるだけ冷静に話した。「もしそうなら、銘柄がわかるわよね？」

マシューはためらうことなく通りを渡っていった。そして立ち止まり、歩道の何かに懐中電灯を当てて、しげしげと見る。彼はそれを拾いあげると、道路の向こうから大きな声でいった。

「どうってことない。ハーシーのキスチョコの包装紙だよ」

ハーシーのキスチョコは、わたしの大好物だった。

26

一夜明けると、雨はなかったものの、空はどんより厚い雲におおわれていた。といっても、うちのショップには春が到来！　わたしは黄金に輝く絶品チーズのホイールを並べて、正面のウィンドウを飾った。春らしく、紙のうさぎとひよこを添える。エメラルド牧場のオーナーから、小さな水槽に卵を入れてヒートランプで暖めると、お客さんの目をひくわよ、と教えてもらった。じきに卵が孵化して、かわいいひよこが誕生するだろう。シャーロットはとくに何もしなくていいわ、孵化したてのひよこの面倒はわたしがみて、適当な時期に牧場で引きとるから、と彼女はいった。

わたしは白い磁器の器に緑のヤシの枝を敷き、レベッカに渡した。

「やっぱりウィノナが怪しいと思いますよ」レベッカはラップに包んだくさび形のチーズを枝の上にのせる。わたしたちはこの三十分ほど、ゆうべの出来事について話しあっていた。

「外にいたのは男じゃなくてウィノナだってこと？」

「あの人は女優をしていたと、フレディさんはいってましたよ」

「変装はできるでしょうね。そのあたりはアーソがはっきりさせてくれるわよ。マシューが包装紙を届けに行ったから」

レベッカは口をゆがめた。「どうでしょうかねえ……。あんな小さなものから指紋をとって判別するのはむずかしい気がしますよ。アーソ署長の話だと、DNA検査はテレビのようにすぐにはできないみたいじゃありませんか。何週間もかかるって」磁器の器をもちあげ、冷静な批評家の目でとくとながめる。そしてヤシを追加。「ウィノナはエドセルから二千ドルを要求されたらしいですけど、ずいぶん半端な額ですよね」

「そうね。彼女がお金持ちなのは知っていたと思うけど」

「わたしだったら、十万ドルくらい要求するなあ……。ウィノナの話は嘘かもしれませんよ」

レベッカはチーズを盛った磁器の器を、店内のジャムの瓶やクラッカーの箱のあいだに置いてまわった。わたしはその横に、一ポンドのチョコレートでつくったうさぎを添える。

「おばあちゃんなら、嘘かどうか見抜けますね」と、レベッカ。「第六感が鋭いですもん。アーソ署長に、おばあちゃんの意見を聞くようにいったらどうです？」

わたしは笑った。「そうね、名案かも。『アーソ、あなたの直感はきわめてお粗末ね。うちの祖母のほうがはるかにマシよ』なんて、ぜひいってみたいものだわ」

わたしはカウンターに行くと、ウィスコンシン・チェダーのホイールの包装に切れ目を入れ、破った。そしてあふれ出てくるローストナッツと干し草の香りに、しばしうっとり――。

こういうときは決まって、はじめてこのカウンターの奥に入った日のことを思い出す。

あれは金曜日。わたしは十一歳だった。おじいちゃん《ぺぺール》がわたしにナイフを持たせていった。

「お嬢《シェリ》さん、お客さまにご挨拶するんだよ。〝ボン・ソワ、何にいたしましょう?〟」これはもちろん、ごっこ遊びだった。そのとき、お店にお客さんはひとりもいなくて、祖父はこの日何時間もわたしに練習させたのだ。そしてあくる日の土曜日、祖父はお客さんが来ると、わたしの自由にさせてくれた。結果として、この日の売り上げは激増だ。こうなったのは、おまえがチーズを愛しているからだよ、と祖父はいった。

「シャーロット!」レベッカもカウンターに来て、わたしの横に並んだ。「宝石のことを忘れちゃいけませんよ。犯人はジュリアンのことを知っていると暗にいいたくて、床に散らしたんだと思いますね。そしてウィノナが犯人じゃない場合、残るのはデーンです」

「結論を急いじゃだめよ」わたしはチェダーのホイールにナイフを入れた。「デーンか、あるいはハーカー自身が、ジュリアンとの関係をエドセルやフレディに話したかもしれないでしょ」このまえエドセルは、このショップの外でデーンをなじり、口にチャックをする仕草をした。あれはデーンに秘密は口外するなといっていたのだろうか?

「ゆうべ、シャーロットが不審な人間を見たとき、フレディは部屋でタンゴの練習をしていたんですよね?」

「部屋に人がいたのは確実だけど、はっきり顔を見たわけじゃないから。そういう意味じゃ、ロイスの可能性だってあるわ」

「夜遅くに客室掃除ですか?」

「ロイスは人一倍きれい好きだから。年じゅう、ほうきを持ってるわ」

レベッカはうなずき、「クインもジュリアンのことを知っていたでしょうね」といった。

「だからといって、クインが犯人だなんてぜんぜん思いませんよ。すばらしくやさしくてかわいい人ですから。それに、ハーカーはジュリアンを捨ててクインをとったんだし」

「おはようございます、ミズ・B」ボズが玄関ドアから顔をのぞかせた。

「あら、どうしたの？　学校は？」

「宿題をプリントアウトするのを忘れちゃって。ここの事務室のコンピュータにも入ってるんですけど」ボズはこちらにやってきた。「印刷してもいいでしょうか？」

わたしはにっこりうなずいた。「ラグズをなでてやってね」

「了解」ボズが事務室に入り、ややあってプリンターの音がしはじめた。

呼び鈴がちりんちりんと鳴り、きょう最初のお客さまの来店を告げる。

そのうしろから、祖父が〈カントリー・キッチン〉のコーヒーを手に入ってきた。そして「ヴォートル・グランメール・エ・フォル」というと、頭の横で人差し指をくるくる回し、〝おまえのおばあちゃんは頭がおかしい〟ことを示した。「だから近づかんほうがいいぞ。なんならわしが、いまからキッチンのたな卸しをしてやろうか？」

わたしはそのての申し出を断わらないことにしている。自分でやるのは苦手だからだ。

祖父がキッチンに消えると、今度は牧師の奥さんのグレーテルが駆けこんできた。肩の上でお下げが揺れる。

「おはよう、シャーロット。まだ早いのはわかってるけど、お見舞い用のバスケットをつくってくれない？　教会の受付の女の子が具合を悪くしたのよ」

「深刻じゃないといいわね」

「流感だと思うわ。でもね、わたしのご主人さまは、彼女がいないとまともに仕事ができないの」苦笑い。「男っていうのは、ほんとにもう……。チーズを三種類くらい入れてもらえる？　配達してほしいんだけど」

「ええ、大丈夫よ」

「灰とか炭とかが入っているチーズがあったわよね？」

「真ん中にグレーの層があるやつ？」

「ええ、それ」

「だったらモルビエね」

「じゃあ、そのモルビエと、グッギスバーグのベビースイスも半ポンドお願い。こちらは、愛する夫のためよ。以前、あなたに教えてもらったから。たしか、スイスからアメリカに来た家族がはじめてつくったのよね？」

「すごい記憶力ねえ」そうなのだ、グッギスバーグ家は一九六〇年代にオハイオ州チャームにおちつくと、アーミッシュの農家となって牛乳保存の仕事に従事しつつ、故郷のスイス・チーズのようなチーズをつくりたいと考えた。グッギスバーグ夫人がそれを「ベビースイス」と呼んだのは一般的なスイス・チーズより小さいからで、ホイールは小ぶりでかわいらしい。

わたしがベビースイスをカットしていると、また呼び鈴が鳴った。今度はメレディスで、なんとクインもいっしょだ。

「やったァ！」レベッカが拍手した。「よかったですね、シャーロット。クインが解放されましたよ」

でもクインは怯えた鹿のようで、このわたしもふくめ、近づいてくるものがあればすぐに逃げ出しそうだった。

対照的にメレディスはこぼれんばかりの笑み。見るからに舞い上がって、強い風が吹けば隣町まで飛ばされていきそうだ。クインが解放されたからそれも当然だろう……と、思ったけれど、見ればわたしの友人の左手、四番めの指に光るものがある。シルヴィの登場でおちつかない日々がつづくなか、マシューはあえてメレディスに結婚を申し込んだのだろう。すばらしい！　神さまありがとう！

メレディスがカウンターに走ってきた。「わたしたち、婚約したの」

「だろうと思った！」わたしはグレーテルに詫びてから、レベッカにグレーテルのオーダー内容を告げて指示すると、カウンターを出て、メレディスを思いきり抱きしめた。

「ほんとにおめでとう！」

「マシューがね、わたしをどんなに愛しているかを、シルヴィとの再会であらためて感じたっていってくれたの」

「どうもごちそうさま」わたしはほほえんだ。

「しかもね」メレディスはふりかえり、姪っ子に片手をまわしてこちらに引き寄せた。「クインが家に帰れるのよ。リンカーン先生が保釈申請してくれて、それがうまくいったの。ウィノナとの騒ぎのあとで、アーソもいろいろ疑問をもったんでしょうね。わりとすんなり認めてくれたわ」

「でもまだわからない……」クインの目は不安でいっぱいだ。何日も寝ていないような、憔悴しきった顔だ。「だけどわたしは犯人じゃない」

「わかってますって」メレディスはクインの腕をたたいた。「いまの状況を考えると、わたしだけしあわせな気分でいるのはとても申しわけないと思ってるのよ、ほんとに」

「婚約は婚約として――」と、わたしはいった。「しあわせ気分を満喫したほうがいいわ。それで、結婚式の日どりは？」

「ううん、そこまではまだ決めてないの。マシューはアネックスにいる？」

わたしは首を横にふった。

「あら、そう。またシルヴィと直接対決してるわけじゃないわよね？」

「いまは、お客さんのところに行ってるのよ」

「ああ、よかった」

「ところでメレディスは、シルヴィに会ったの？」

「彼女は戦闘中の行方不明兵ってところかしら。そのまま姿を見せずに地べたを匍匐《ほふく》前進してくれるといいんだけど」

「そんな言い方はいけませんよ！」グレーテルがにこにこしながら、わざとたしなめてみせた。

メレディスもくすくす笑う。

「マシューはどんなふうにプロポーズしたんですか？」レベッカが訊いた。

メレディスの話によれば、マシューは彼女をヴィレッジ・グリーンの真ん中にある〝願い井戸〟に連れていくと、片膝をついて——。

そんな話を聞きながら、わたしはいやな感覚にとらわれた。シルヴィの身に、何も起きていなければいいけれど。きのうの彼女は、どこかやけになっていた。本能のままに行動する人だから、また宝さがしをしようとジーグラー・ワイナリーに行き、思いがけない出来事に遭遇したなんてことはないかしら？　でもその場合、警察に通報があるわよね？　アーソにたずねてみようと、わたしは携帯電話をとりだした。と、そこで、通りの向こうのブティックから、オセロットの毛皮のコートを着た髪の真っ白な女性が出てきた。両手にいっぱいブティックの袋。そのうしろからプルーデンスが出てきて、彼女に小さな袋を渡し、投げキッス。いったいどういうこと？　このまえシルヴィが持っていた袋や箱は空っぽだったらしいけど、きょうはどうもちがうようだ。シルヴィの腕には、あきらかに力が入っている。

わたしは首をひねった。マシューはクレジットカードを使用停止にしたはずだから、シルヴィが使うことはできない。要するに、彼女は真っ赤な嘘をついたということ？　少なくとも、破産はしていない？

「終わりました！」ボズが紙を手に事務室から出てきた。「それじゃまた！」

ふと、ある考えが浮かんだ。結果はともかく、試してみるだけの価値はあるだろう。わたしはボズの腕をとってアーチ道まで連れていくと、「悪いけど、ちょっと手を貸してくれない？」とたのんだ。「事務室のコンピュータで、シルヴィの両親を調べてほしいの。財務状況がわかるといいんだけど。破産とか倒産をしたかどうか確認したいのよ」

「苗字は？」と、ボズ。

「ジャミソンよ。ジャミソン・ジャミソンと、ジェマ・ジャミソン」

「へえ。そんなにたくさんいる名前じゃないですよね」

「友人はJ・Jって呼んでいるみたい」

「了解」ボズは小走りで事務室にもどった。

「シャーロット！」メレディスの声。「マシューがね、エイミーとクレアにもきょう、報告したいっていうの。あの子たち、どんな反応するかしら？」

わたしはカウンターにもどった。

「飛びあがって喜ぶにきまってるわ」それ以外の反応なんてあるかしら？

「それじゃみなさん、わたしはそろそろおいとまするわね」グレーテルは腕に〈フロマジュリー・ベセット〉のゴールドの袋をぶらさげ、帰っていった。すると入れ替わるようにデリラが、頭の上でチラシをふりまわしながら入ってきた。なんと、うさぎの着ぐるみ姿だ。

わたしは口に手を当てて、噴き出しそうになるのをこらえた。

「すごいわ。自分の姿を鏡で見た？」

よくてもサーカスの、疲れきった道化のうさぎといったところだ。ビニールのピンクの鼻ひげは目の玉から出ているように見え、耳はぺらぺらで垂れ下がっている。

デリラはわたしをにらみつけた。

「どうしてそんな格好をしているの？」

「宣伝ってやつよ」デリラは顎をつんとあげた。「チラシをここのウィンドウに張ってもいいかしら？　チケットが思ったほどさばけないのよね。だからこのお店なら宣伝効果があると思って」

実際、例の卵の孵化を見に（いまのところ、卵にはヒビのひとつもないけれど）、子どもたちや父親、母親がたくさん集まってきてはいた。十人にひとりでもチーズを買ってくれれば、卵のディスプレイは成功だ。

「これをお店に張ってくれたら、それなりの効果はあると思うの」デリラはポスターをわたしの手に握らせた。「ね、お願い。シャーロットも初日には来てくれるでしょ？」

「ええ、もちろん」わたしはレジの横にポスターを置いた。あとで張るとしましょう。

「それじゃあ、よろしく」デリラはクインのほうを見るとためらいがちに会釈した。それから視界を邪魔する鼻ひげをわきにどかして、じっと見る「あらっ、クインじゃないの！　自由になれたのね！」そしてわたしをふりむき、「レンガの衝立について訊いてみたら？」といった。

この元気いっぱいの友人についてひとついえることは、何に対しても直截的ということだ。だからたぶん、うちの祖母ともうまが合うのだろう。デリラは跳ねるようにしてショップから出ていくと、ドアにポスターを張ってから東へ向かった。

「レンガの衝立って？」クインが訊いた。

「貯蔵庫にあった衝立は新しいものみたいなの」わたしは歩きながらさりげなくいった。

「犯人がつくったんじゃないかと思うのよ」

「なぜそんなことを？」

「何かの暗示です」と、レベッカ。

クインは顔色ひとつ変えない。これはわたしが嘘をつくときのやり方だった。無表情でいれば、たとえ隠し事があってもやりすごせるような気がするからだ。そこでわたしはあえて、クインの顔を穴のあくほど見つめてみた。予想どおり、クインは居心地が悪くなったらしく、ようやく折れた。

「アーソ署長から、わたしがつくったのかって訊かれたわ。でも、わたしじゃないの。父とおなじで、わたしにああいうものはつくれない。徹底して不器用なのよ。絵なら好きだから描けるけど、それ以外は無理」

「あなたのお父さんがレンガを買ったのは知っている？」

「家族はみんな知っているわ。冬休みのあと、父がこんなにひどいんだよって話したから。

でも父はあちこち手をつけるばかりで、まじめに最後までやらないわ」ため息をひとつ。「そこに娘としての当惑やあきらめがのぞいた。「それもあってワイナリー見学に参加しようかって話になったの」

「宝石の件は？」

「宝石？」

「ハーカーの遺体の周囲に宝石が散らばっていたの」

「それも何かの暗示、象徴だと思うんですよ」横からレベッカがいった。

「わたしは見ていないわ」クインはとまどったようにつぶやいた。「宝石なんか見なかった。どうしてそんなものが……。財宝を発見した人がいるのかしら？　それがハーカーだったとか？　だから彼は殺されたのかも……」

クインは小さく震えだし、メレディスがなだめるように片腕をまわして、ハーカーのかつての恋人ジュリアンの話をした。

「犯人はたぶん」と、メレディスはいった。「彼女に対するハーカーの冷たい仕打ちを伝えたかったんじゃないかしらね」

クインは燃えるような目でわたしたちを見た。まるでわたしたちは魔女裁判の判事、彼女は魔女でもないのに火あぶりの刑に処せられているかのような。

「わたしがやったんじゃないわ！」

「わかってるわよ」わたしはそういったものの、いまこの場で彼女からすべてを聞きたいとは思った。「だけどジュリアンのことは知っていたでしょ？」

　クインは怒ったようにメレディスの腕をふりはらった。「あの女は頭がいかれてる。ハーカーはそういってたわ」

「あなたは直接会ったことがないのね？」

「ええ、一度も」

「でもハーカーから彼女の指輪をもらったときは怒ったでしょ？」

　クインは指輪のない左手に目をやった。

「彼女はたぶん、精神的にほんとにおかしくなっていたのよ。なのにハーカーは、彼女にとりつかれたみたいになったわ。彼女の絵をかくの。それもしょっちゅう。彼女が死んだあとでも。わたしがハーカーにそれをいうと、彼女が死んだのは、おれのせいだっていったわ」

「だから彼はあなたと別れようとしたのですね？」と、レベッカ。

　クインはうなずく。「ハーカーは、自分はもうだめだ、きみにはもっといい男がいるっていったの。わたしはそんなことないって抵抗したけど、彼は聞いてくれなかった。だから彼にやきもちをやかせたくて、わたしはほかの男の人と仲がいいふりをして、彼は思ったとおり怒って、わたしのことを、おまえみたいな女は……」顔の前で手をふる。「だめだめ。彼はわたしのせいで死んだのよ」

　メレディスはクインを抱きしめた。「ちがうわ、あなたのせいじゃないわ」

　そう、罪をつぐなうべき者はほかにいる。ハーカーの首を絞めた人間が、どこかにいるのだ。ジュリアンのことも、レンガの衝立のことも知っている人間。

メレディスは途方に暮れたようにわたしを見つめた。わたしはクインを追及したことを目であやまってから、ふたりともアネックスで休んだら？ といった。ふたりは二人三脚のように寄りそい、そちらへ向かう。するとそこで、また呼び鈴が鳴った。

「やあ、シャーロット」

ジョーダンだ！ 顔と首に光るのは汗。刈ったばかりの牧草の香りがする。

「牛の世話をしていたの？」

「ん、くさいかな？」

「ううん、すっごくいいにおい」

彼はわたしの頬にキスをした。わたしはたちまち、ふたりいっしょに牧草地にいる気分――。

「すみません、シャーロット」レベッカがポニーテールをいじりながらいった。「シャンパン・フォンデュをつくって試食カウンターに置いてもいいでしょうか？」これはかたちばかりの声かけで、レベッカはわたしの返事を待たずにキッチンに入った。

そしてジョーダンとわたしは、ふたりきり。

「いままでどこに隠れていたの？」訊いたとたん、わたしは後悔した。これじゃまるで、彼を監視しているみたいだわ。だけど彼に会えなくて、うっとりする声を聞けなくて、とってもさびしかったのは事実だから。

「仕事漬けだったよ。町の北にある農場がふたつ、売却を考えていると聞いたから」

「業務拡大？」

ジョーダンはほほえんだ。

身元を秘している人が、ホームズ郡の大地主になっても平気なの？　と思ったけれど、口にはしなかった。

「やばい！」ボズが大声をあげ、事務室から飛び出してきた。「すみません、ミズ・B、こんな時間なんで学校に行かなきゃ。コンピュータの画面はそのままにしておきますから」ボズは目にもとまらぬ速さでお店から出ていった。

「彼は何をやってたんだ？」と、ジョーダン。

「わたしがシルヴィの両親の財務状況の確認をたのんだの」

ジョーダンはわたしの鼻をつつき、「あれこれ嗅ぎまわるのは、玄人はだしかな？」といった。

「お褒めの言葉とうけとっとくわ」

「それにしても、ボズは去年にくらべて一段と男前になったな。そのうち女の子を泣かせるぞ」

「あるいは、その逆ね」わたしはボズがフィルビー・ジェブズに惹かれていることを話した。

「ところで――」ジョーダンは人差し指でわたしの腕をなでた。「ジャッキーを見張っていた男の話を聞かせてくれないか」

「外に出ましょう」わたしはセーターを一枚頭からかぶりながら、裏手の菜園に向かった。そしていちばん奥のベンチまで行くと、ジョーダンはベンチの横で、腕を両脇にだらんとたらして立った。

「そいつはどんな男だった？」

わたしはベンチの前を行ったり来たりしながら話した。「わたしがジャッキーのお店を出て近づいていったら逃げ出したのよ」

「それで追いかけたのか？」

「ええ。でも教会で見失ったの。フェンスを飛び越えたんだと思う」

「男をつかまえて、どうするつもりだった？　こてんぱんにやっつける？　反撃されたらまたやりかえす気だった？」彼はベンチの前を歩くわたしを止めて肩をつかんだ。その目はいやに真剣だ。「ぼくはきみに何をする気だと思う？」

彼はわたしにキスをした。強く、温かく。髪をなで、おでこにもキス。

「シャーロット……」わたしの肩をつかんだまま、両手を伸ばして顔を見る。「身の危険があるときは、軽率な行動をとっちゃだめだよ」

「だけどジャッキーの夫だったらどうしようって心配だったの」

「それはないよ」彼は首を横にふった。「まず、もし夫だったら、B級映画の探偵まがいの格好などしない。それに彼の仲間は、きみが見た男よりはるかに大きい」

「ふたりはまだ夫婦なの？」

「名前だけのね」

「夫は何をしている人なの？　あなたはなんにも教えてくれないわ」

「きみは知らないほうがいい」

「秘密は守るわ。絶対にだれにもいわない」

「そこまでいうなら――」ジョーダンの目が険しくなった。「彼はとても力のある法律家だ」

「そしてあなたは？　あなたはいったいだれなの？」この不意打ちに、彼が思わずほんとうのことをいってくれないかしら、と願う。

「ぼくは力のないひとりの男だ」

「でもかつては力があった」

「いや、一度もないね」そのとき、彼の瞳が揺らいだように見えた。でも、ほんの一瞬だけでしかない。「力なんて、ぼくには縁がないよ」その声はとても冷静だった。

わたしは彼のからだにもたれた。「心を開いてちょうだい。あなたのことをもっと教えて。あなたはだれなの？　わたしはあなたを信じていいの？　わたしはあなたに恋してる。でも、あなたのことが、どこか怖いの」

「怖がらなくてもいいよ」彼は握ったこぶしの背でわたしの顎をやさしくなでた。

「でもひとつだけ、どうやってチーズのことを勉強したのかだけは、どうしても知りたいわ」

「フランス人から教わったんだよ」

わたしはからだを引いた。「あら、それはほんとうの話？」

「うん、ほんとうだよ」

もしそうなら、わたしは旅行に行ったとき、その人に会っているかしら？　あるいは祖父が会った人？　いま、ジョーダンの目は笑っているように見えた。わたしがこれ以上追及しないことを彼はわかっているのだろう。とりあえず、きょうのところはこれでおしまい。こんなちっぽけなヒントのかけらだけで、わたしは満足するしかないみたい。

「ジャッキーの話にもどろう」と、ジョーダン。「帽子の男のことは心配ないと思う。たぶん、ぼくの知っているやつだ」

「だれなの？　わたしは見たことがないわ」

「ふたつほど離れた郡から来たんだよ。クウェイルリッジ養蜂場で働くことになったはずだ」

「じゃあどうしてわたしから逃げたの？」

「なんというか、単純なやつなんじゃないか？　ジャッキーにまとわりつくのは格好悪いということが、わかっていないんだろう。あいつ、妹に熱をあげてるようだから」からからと笑う。「まあ、ほかにもいるだろ？　たとえばアーソとか」

「え？　アーソ署長のこと？　あのウンベルト・アーソ？　まさかでしょ」

わたしとしては、アーソはこのわたしに関心があるのかも、とちょっと思っていたんだけど。でも、べつにかまわない。むしろ逆に、とっても好奇心をそそられる。

「見ればわかるよ」と、ジョーダン。

あら、わたしにはわからなかったわ……。祖母もたぶんそうだと思う。この話を聞いたら、おそらく祖母は目をまるくするだろう。

「彼は何かというとあの子の店に来て、窓からのぞいているよ」

でもアーソは〈フロマジュリー・ベセット〉にもちょくちょく顔を出して、わたしとおしゃべりしていくわ。わたしって、自意識過剰ぎみ？

ジョーダンは顎をぽりぽりかいた。

「でもなあ……はたしてアーソが今後もずっと、うちの妹に関心をもちつづけるかどうかは疑問だよ。じつはね、ジャッキーは妊娠してるんだ」

27

「妊娠？」わたしはベンチにすわりこんだ。餌をさがして飛ぶ小鳥を見あげる。だからジャッキーは〈カントリー・キッチン〉で泣きだしたり、陶芸スタジオでいやに疲れて見えたりしたのか……。だけど、時期的におかしくない？　「妊娠っていっても、夫とは関係ないのね？　この町に越してきてから一年近いけど、まだ外見は変わらないわ」そこでわたしは、さっきのジョーダンの言葉を思い出した。「まさか、アーソの子？」

「いいや、ちがう。父親はきみの知らない人だ」

「この町の人じゃないってこと？」

「ここには絶対に来ない」

「どうして？」

「赤ん坊の父親は亡くなったんだよ」

わたしは言葉を失った。

ジョーダンはベンチのとなりにすわるとわたしの手を握り、親指でなでた。

「妹の夫が暴力をふるう話はしたよね。妹は慰めを求めて、結局、べつの男と愛し合うようになった。そしてふたりで駆け落ちしたんだが、彼は死んでしまってね」

謎と悲しみに満ちたジャッキー……。そうだ、もしや、ひょっとして。「彼女の夫が、その人を襲ったの？」

「いいや、車の事故だ」

「まちがいなく事故なの？　見せかけではなく？」

ジョーダンは小さく笑った。「きみもずいぶんレベッカに影響されてるな。何でもかんでも疑ってかかる。彼は酔っ払い運転の犠牲になったんだよ。ドライバーのほうも亡くなった」

「そうだったの……」

「ぼくはふたりをここに住まわせるつもりだったんだけどね」

「でも、まだよくわからないわ。その彼は、ジャッキーがここに越してくるまえに亡くなったんでしょ？　だったら、どうして彼の子を妊娠するの？」と、訊いてすぐ、わたしは自分で答えを見つけた。「夫が彼女の恋人に卑劣な真似をしかねないから、精子バンクを利用したのね？」

ジョーダンはうなずいた。「ふたりにとって、将来は予想のつかないことだらけでね。ジャッキーはいま、なんとかうまく折り合いをつけている。少しつわりはあるようだが、本人は妊娠をとても喜んでいるよ」

「だけど……まだ離婚できていないんでしょ？　夫に見つかって、自分の子だと主張されたらどうするの？」

ジョーダンは力をこめてわたしの手を握った。「父親がだれであるかは、ずいぶん苦労して証書をとったよ。それに、ジャッキーはもと夫に……」

「もとじゃないわ」

「ああ、そうだね。ともかくジャッキーは、彼に見つからずにすむだろう。あの子にとって、過去はないに等しいんだよ」

その言い方から、ジョーダンは自分の過去もないに等しいことを伝えたいのだと感じた。彼がどんな人なのか、どんな人だったのかを、わたしは永遠に知ることができないのかもしれない。それでもなお、ジョーダン・ペイスは善良な市民であり、マフィアなどではないと、わたしは信じきることができるだろうか？

――マフィア？　いいかげんにしなさい、シャーロット。映画の観すぎよ。

ジョーダンはわたしの顎をなでた。

「どうしたの？」からだがじわっと熱くなる。

「きみは、きみの正直さは、ほんとにすばらしいよ」

彼はわたしにキスをした。

いま、わたしの心のなかは悲喜こもごもだった。ジャッキーが味わった喜びと悲しみに対してはもちろんのこと、彼女が愛する人を失ったのに、わたしは愛する人を得たという、どこかうしろめたい思い。でもその半面、しあわせでたまらないという思い。だって、ほんの一年まえには、こんなにすてきな男性と恋におちるなんて想像すらできなかったのだから。ジョーダンがまたわたしを引きよせ、キスをした。わたしは両手のひらを彼の胸に当て、その鼓動を感じる。

彼が唇を離したとき、ほんの少しだけ、不安がよみがえった。

「中折れ帽の男は、まちがいなく知っている人なのね？」

「そうだよ。何にでも疑いをはさむのは、よしたほうがいい。きみらしくないよ」人差し指でわたしのおでこをたたく。「しかめっ面をしないこと」

わたしはいつのまにか顔をしかめていたらしい。

「ぼくも目を光らせておくよ。それでいいかい？」

「二百点満点」

「よし。じゃあ、そろそろ帰ろう。寒くなってきたから」ジョーダンはわたしの頬に軽くキスすると立ちあがった。

通りに出て、彼は暖かい自宅を目指し、わたしは小さくハミングしながらショップにもどる。

するとびっくりしたことに、チーズの試食カウンターに祖母がいた。その前には小ぶりのフォンデュ鍋と、小さく切ったパンのバスケット。祖母はパンをチーズにつけて、それはもう満足そうに食べている。

レベッカはわたしを見ると、親指でキッチンを示し、それから口にチャックの仕草をした。

どうやら祖母は、祖父がキッチンにいるのを知らないらしい。

わたしは頬がゆるむのをこらえた。家庭内平和のためには、ときに秘密も必要だ。

「メレディスはどこ?」

「クインとふたりでフレディをさがしに行きましたよ。それでわたし、あれからまたウィノナ・ウェスタトンのことを考えたんですけど、妹の肖像画を盗むくらいじゃ満足できなかったんじゃないでしょうか」

わたしは笑った。「今度は心理学者?」

「でもハウスなら——」

「それはテレビドラマの《ドクター・ハウス》のハウス医師のこと? 架空の人物が実際の事件にどうかかわるのかしら?」

レベッカはわたしをにらんだ。「ハウスなら、ウィノナには根深い復讐心があると診断するでしょうね」

「だけど強い動機をもっている人は、ほかにもいるかもしれないわ」具体的には見当もつかないけれど。

「おや、シャーロット!」祖母が指でつまんだパンをふりながら声をかけてきた。どことなく表情が暗いような気がする。何かいやなことでもあったのかしら?

わたしはレベッカの腕をたたき、「意見交換はいったん中断して——」といった。「悪いけど、教会のお嬢さん用のお見舞いバスケットを仕上げてくれる?」それからカウンターをまわって祖母のところに行き、ほっぺにキスをする。祖母の顔色は、レギンスの上に着た黒いペザントブラウスでよけい暗く見えるようだった。

「この年寄りを慰めてちょうだい」祖母がとなりのラダーバックの椅子に目をやり、わたしはそこに腰かけると、どうして慰めが必要なの、と訊いた。

「ゆうべリハーサルをしたら、インターネットで酷評《グランメール》されたのよ」

「あら、そういうのはぜんぜん気にしないのがおばあちゃんの方針だったでしょ」

「でも今回ばかりはね……」

「このまえのレビューは評価が高かったわ。なのにどうして？」

「わたしがばかなのよ。彼女はアヴァンギャルドな舞台が好きだと書いてるけど、それはわたしたちへの反発だと思うわ。あのレビューはほんとにつらい」ポケットから紙片を一枚とりだす。「主演俳優への感想を読んでみてちょうだい」

そこにはこう書かれていた――『昼間は農業に従事する主役のスター、バートン・バレルの感情表現は牧場の牛と変わらない。台詞は不調和なうめき声の連発でしかなく、演技はよくて牧歌的』

「この人は俳優を気に入らなかったんでしょ」

「ノン！　もっと先を見て……ほら、脚本のところ」

わたしはその先を読んでみた――『脚本家は斬新なアイデアだと思いこんでいるのだろうが、実際はメタファーのごった煮でしかない。ポーはサルトルの戯曲にそぐわないのだ。今回の脚本家は筆を絶ち、演劇の世界から去ったほうがよいだろう』

「ひどい！」わたしは声をあげた。

祖母はわたしの手から紙片をとると編みバッグにもどした。

「デリラはもう二度と書かないかもしれないわ。とてもおちこんでいるから」

うさぎの姿でショップに来たときのデリラは、いつもと変わらなかった。といっても、彼女は女優さんだから。それもかなりの名優だから。

「デリラなら立ち直れるわよ」わたしは期待をこめていった。「それに劇場の常連客には偏見がないし、目も肥えているから、舞台を十分楽しんでくれると思うわ」

「それはどうかしらねえ……」祖母はわたしの両手をとった。「おまえにたのみがあるの。これから急ぎのリハをするんだけど、いっしょに来てくれないかしら？　客観的な意見を聞きたいのよ」

わたしをたよりにしてくれるのはうれしかったけれど、現実問題として無理だった。

「出かけたら、ショップの人手が足りなくなるわ」

「いいや、そりゃ大丈夫だ」祖父がキッチンからあらわれた。「わしが手伝うよ。キッチンにいたら、おまえたちの話が聞こえてきたもんでね」

わたしはにっこりした。祖父はおそらく、壁に耳をあてて一言一句もらさず聞いていたのだろう。

「行っておいで、シャーロット。レベッカとわしで店番するから。おばあちゃんに協力してやんなさい」

そしておじいちゃんは、劇団の興奮から離れてひと息いれてちょうだいね。わたしは祖父の頬にキスをした。

レベッカはチーズとジャムとクラッカーで女性向きのバスケットをつくりながら、問題ありませんよ、行ってらっしゃいと、無言でうなずく。

わたしは事務室に目をやった。ボズが調べてくれた結果を見てみたいけど、と思っていたら、祖母に袖を引っぱられた。

「さあ行きましょう、これは生き死にの問題なのよ」

はいはい、わかりました。芝居がかるのもほどほどにね。でもたぶん、ここで何をいおうと時間の無駄だろう。

＊

プロヴィデンス劇場の内部は薄暗かった。ぼんやりした明かりのもと、舞台そででは スタッフがペンキの缶と筆を手に仕事にはげみ、こちらまでテレピン油のにおいがただよってくる。

デリラはうさぎから人間にもどり、舞台監督とふたりで照明のチェックをして歩いていた。舞台監督はかっぷくがよく、髪は美しい赤ワイン色だ。

「七十七——」監督が声をあげる。「はい！」

ローズ色の明かりがカラスの像を照らしだした。

「いいわね」デリラは舞台奥に行く。「つづけて」

「七十八――」と、舞台監督。デリラは何やらメモをする。

「客席にすわってちょうだい」祖母はわたしにいった。

客席のいちばんうしろに、出演者の家族と思われる人たちが五人すわっている。

「すぐに始まるから」祖母はプログラムをわたしに持たせ、舞台のほうに行くとぱんぱんと手を打ち鳴らした。「みんな、集まって。円陣を組んでちょうだい。トゥ・ドゥ・スイ、いますぐに！ デリラ、照明のほうはちょっとあとまわしね。グッド・バイブレーションの時間よ」スタッフと出演者が祖母のまわりに集まり、祖母は左右それぞれの人の手を握った。ほかの人もおなじように握っていき、これで〝グッド・バイブレーション〟の円陣ができた。

「忘れないでちょうだいね」祖母はつづけた。「エドガー・アラン・ポーはこういいました――『昼に夢を見る人は、夜しか夢を見ない人が見逃したいろんなことに気づくものだ』わたしたちは白昼夢を見るの。それを忘れないで」

わたしは最前列の席に腰をおろし、光沢紙でつくられたプログラムを開いた。左ページには、舞台がマサチューセッツとメリーランドであることと、演目の解説がある。『出口なし』は――「他者の不可解な視線、および常時見つめられることによる自由の剝奪について語った作品です。登場人物は他者の目を避けるために鏡をさがすのですが……。わたしたちの一幕劇は、これを下敷きとしてエドガー・アラン・ポーの人生を探求いたします」

右ページには出演者の顔写真と略歴。ここにプロの役者はひとりもいない。ピアノの先生と美容師さんは二十作品以上に出演しており、主役のポーを演じるのは、あのレビューで酷評されたバートン・バレルだ。地元で農場を営み、劇団での経験は十作品ちょっと。

わたしはその彼の写真に、なんとなく違和感を覚えた。前回のプログラムで見た写真とはちがい、彼の農場のロゴ入り野球帽をかぶっているけど、この程度のささやかな宣伝でとやかくいう人はいないだろう。出演料といっても、かたちばかりでしかないのだから（祖母は〝ガソリン代〟という）。

いまわたしが引っかかっているのは、彼の帽子でも、とがった大きな鼻でもなかった。いったいどこが……そうだ、口もとが、歯がちがうのだ。実物の彼は、上の歯二本のあいだに大きな隙間がある。でもこの写真では、歯並びがとてもきれいだった。これにあごひげでもはやしたら、わたしは彼だと気づかないかもしれない。さすがに見栄えをよくしたいのねと思い、わたしはほほえんだ。

「始めますよ」祖母が手をたたいた。「スタート！」

暗転。役者が三人登場。それぞれ異なる縞模様のソファにすわる。灰色の照明がついた。最初はうすぼんやりと。そして明るく燃えあがるようなオレンジ色に。これはたぶん地獄の暗示だ。

バートンは、皺のよったシャツ、みすぼらしいスーツ、汚れた靴といういでたちだった。プログラムの解説によると、これはポーが亡くなる晩の服装らしい。彼は深紅のソファにすわって、うすぎたない顔をなで、うめき声をもらして立ちあがった。重い足どりで、大鴉の像のほうへ行く。「わびしい夜更けのこと、わたしは考えこんでいた。弱り、疲れはてて」彼の台詞が始まった。これはポーの『大鴉』からの引用だ。「わたしは自分の魂をのぞきみ、見たものに吐き気を覚えた」こちらは今回のオリジナル。これが祖母のいう〝ひねり〟だろう。脚本家のデリラはサルトルのテーマをとりあげながら、台詞の一部を変更しているのだ。

女性の登場人物ふたりはこの開幕のモノローグに聞き入っていた。ところが、独白が終わるや、ふたりは怒りもあらわに彼につめよった。女たちは彼に、おまえはみずから人生を台なしにしたのだと口汚くののしる。

バートン演じるポーはそれを否定し、大鴉の像にもたれた。「わたしがよろい戸を押しあけると、羽が幾度もひらめき、はためいた。そこには大鴉。いにしえの、聖なる日々の、荘厳なる大鴉がいた」

女たちは彼を像からひきはがし、いっそう激しく罵声をあびせる。

わたしは祖母に目をやった。右の壁にもたれ、喉に手を当てている。台詞はすべて頭に入っているのだろう、役者の台詞に合わせて口が動いていた。

わたしは芝居を観ながら、あの評論について考えた。バートンはきちんと台詞をしゃべっていると思うし、うめき声なんかには聞こえない。デリラは一幕ものの作品で、登場人物に自殺や裏切り、ドラッグ、失恋について語らせていた。ポーの死の謎に関する断定的な表現はなく、謎は謎のままにしてあった。結局のところ、脚本家としてのデリラの評価は、観客それぞれにゆだねられるということなのだ。

芝居が終わるとすぐ、祖母とデリラがわたしのところに駆けてきた。わたしの感想は？気に入った？　役者の出来はどう？

「心配する必要なんかないわ」と、わたしは答えた。「評論家がどういおうと、観客には好評だと思う。それに脚本もいいわよ、デリラ。あの評論家は見る目がないのね」

デリラは顔を赤らめ、うつむいた。

「あきらめずに、これからもどんどん書くべきだと思うわ」わたしの言葉に、デリラは顔をあげた。

「だれがあきらめるなんていった？」

祖母が咳ばらいをひとつ。

「ひょっとして……」デリラは祖母の顔をのぞきこむ。「あの評論のせいで、わたしが脚本を書くのをあきらめると思ったのね？　ずいぶん甘く見られたもんだわ」

その場にいた全員が笑った。

「ソーダでもどう？」デリラがわたしの腕に触れた。これはたぶん、何か話したいことがあるという合図だ。それもふたりきりで。

「いいわよ」

わたしは祖母にじゃあねとキスした。祖母の肩ごしに、主役のバートンが見える。プログラムの写真のことで、ちょっと冷やかしてみようかな、と思ったけれど、やっぱりよすことにした。どうもまだ、頭のなかがもやもやしている。といっても、バートンではなく、ハーカーの殺人事件に関してだ。

でもどうして、写真と事件がつながったのだろう？　さっぱり見当がつかなかった。

28

〈カントリー・キッチン〉では、明るいロックンロールの音楽がかぶさって、観光客や地元の人びとのわいわいがやがやが聞こえなくなる。さっきまでのどんよりした空はどこへやら、窓からは午後のまぶしい陽光がさしこんできた。わたしはデリラと赤いボックス席に並んですわった。バッグはベンチシートの上、ふたりのあいだに置く。デリラはまた、ブルーチーズをたっぷりのせたフレンチフライを思う存分食べた。これを食べると公演初日の厳しさと緊張をのりこえられる、というのがデリラの言い分だ。ふむ。わたしは我慢しようかな。なんて考えつつも、いつのまにやらぱくぱく。意志の弱さを露呈した。

「あのレビューについてなんだけど――」デリラは指先をなめながらいった。

「気にしているの？　さっき劇場では、わりと強気じゃなかった？」

「そりゃ多少は、めげるわよ」舌を小さく鳴らす。「はい、正直にいいましょう。すっごく、めげました」

「あら。ソーダのお誘いは恋愛相談か何かだと思ったんだけど……。色っぽい話じゃなかったのね」わたしはわざと顔をしかめてみせた。そして身をのりだし、「これはね、冗談じゃなくてまじめにいうんだけどね」とつづけた。「人の意見にふりまわされちゃだめよ、内容の良し悪しにかかわらず。ほら、うちのお店が去年ひどい目にあったとき、あなたはわたしに無視しろっていったじゃないの。たったひとりの意見でしかないからって。そういわれて、わたしは立ち直れたんだわ」

「この不安はね」と、デリラ。「よくある初心者の、初日の不安ってやつだと思うの」

「そんなのは吹き飛ばしちゃいなさいよ」

「そうよね。うん、わかった、そうするわ」デリラはほほえんだ。

わたしはクリームソーダをすすった。こってりした泡と、自然のバニラの香りを楽しむ。ボズート・ワイナリーはワインだけでなく、デザートのような味わいのナチュラル・ソーダもつくっている。このホームズ郡ではじめてここのソーダを扱ったのが、〈カントリー・キッチン〉だった。

「話はかわるけど、きのうメレディスに何かあったの？」と、デリラ。「あなたたちみんなで、テイクアウトを買っていったでしょ。メレディスは顔色もよくないし、疲れて見えたわ。シルヴィがまた何か、やらかしたの？」

そうだ、シルヴィだ……。わたしの頭のなかで彼女の姿がくるくる回る。

「歩道にいたのはシルヴィだ。シルヴィの可能性もあるわね……」わたしが口走ると、デリラは「は？」という顔をした。

「いったい何の話？　歩道ってどこの歩道？」

わたしはとまどっている友人の顔を見ていった。「わたしの自宅前の歩道よ」

ショップに帰れば、事務室のコンピュータでボズの調査結果を見ることができる。両親が破産したというシルヴィの話がもし嘘だったら？　ハーカーとシルヴィに何らかのつながりがあったら？　わたしがそのつながりに気づいたと、シルヴィが思いこんだら――。

「悪いけど、わたし、帰らなきゃ」

ボックス席から出て、わたしは出口へ向かった。デリラがちょっと待ってよといいながら、コート掛けまでついてくる。

「まさかシャーロットも、ジャッキーのようにストーカーに狙われてるんじゃないでしょうね？」

「ジャッキーをつけていたのはストーカーじゃなかったみたいよ」わたしはツイードのジャケットに腕を通しながら、中折れ帽の男に関してジョーダンから聞いたことをかいつまんで話した。

「それなら少しは安心だけど」と、デリラ。「でも、あなたの家の外にいたのがシルヴィかもしれないと思うのは、どうして？」

わたしは確信がないまま説明した。

デリラはうんうんとうなずきながら聞き、「あの人なら、シャーロットがキスチョコを好きなのは知っているわよね」といった。「犯人はシンボリックなものを現場に残したがるっていうじゃない？　シルヴィは警告の意味で包装紙を捨てていったのかもしれないわ」

わたしは背筋が寒くなった。

「彼女に直接問いただすつもり？」

「ううん、証拠がないもの」わたしはデリラを抱擁し、舞台がんばってねといって外に出た。

「気をつけなさいよ」

デリラの声を背中に聞きながら、足早に通りを渡る。

ショップに入ると、お客さんが三人カウンターに並び、レベッカはペイス・ヒル農場のダブルクリーム・ゴーダをひと切れ、試食するようすすめていた。わたしは彼女のうしろを通って事務室に向かう。すると、祖父がキッチンの戸口から口笛を吹いてよこした。

「おい《シェリ》、ちょっとこっちへ来なさい」何やら深刻な顔つき。「悪い知らせがあるんだよ。クインの件だ」

え？　わたしはあせって祖父のもとへ行った。頬がひきつる。

「病院に運ばれるようなこと？」

「いいや、また警察に連れていかれたんだよ。あの子がジュリアンの件でハーカーに送った手紙が発見されてね。そこに、ハーカーはあまりに傲慢で、その傲慢の塊が喉に詰まって窒息する、と書かれていた」

それはまた……。ハーカーが絞殺されたことを考えれば〝窒息〟なんて言葉は不利としかいいようがない。もちろん、クインが犯人だなんてありえないけど、それをアーソに納得させるにはどうしたらいいだろう？

祖父がアネックスのほうに首をふった。そこではメレディスがマシューの腕のなかで泣いていた。

胸がしめつけられる光景だった。メレディスのために何かしなきゃ。わたしは事務室をながめた。早速コンピュータで調べよう。

するとそこでショップの玄関があき、プルーデンスがずかずかと入ってきた。

「すぐにやめてちょうだい、シャーロット」

何の話をしているの？　わたしは事務室に向かった。

「シャーロット、お願いだから」

〝お願い〟という言葉に、わたしの足が止まった。

「あなたと話したいのよ」プルーデンスは左手を高くかかげ、自分の専用席でもあるかのようにカウンターへやってきた。季節をまちがえたとしか思えない、緑色のシャルムーズのカクテルドレス。手に持っているのは一見、松明だ。その姿を自由の女神にたとえるのは、いくらなんでもためらわれた。

そしてよく見れば、松明は丸めた紙の束だった。たぶんチラシだろう。彼女が町じゅうに配ったやつ。

「休戦にしましょう」

わたしはぽかんとした。そして開いた口をあわてて閉じる。休戦というのは、戦っている者どうしで考えることじゃないの？　わたしは先制攻撃を受けたあとで反撃はしていない。

彼女がうちのショップに来ないなら、わたしも彼女のブティックに行かないといっただけだ。

「わたしとしては、あなたの友人に悪口をいわれまくる覚えはないわけよ」プルーデンスはそういった。「否定しないでね。あなたのお友だちは、わたしのことを頭がおかしいって、ふれまわってるわ」

「友だちってだれ？」

「たとえばティアンとか、シルヴィとか」

へえ……。ティアンはともかく、シルヴィはプルーデンスとうまが合うんじゃなかった？

「ともかく休戦よ」プルーデンスはチラシをふり、なだめすかすような、胸焼けしたワニのような笑みをうかべた。

わたしは目を見張った。笑った口もとからのぞく歯。白くてまっすぐで。劇団のバートンの写真のどこに引っかかったかが、これでようやくわかった。

「ねえ、プルーデンス、あなたがこのまえうちのお店に来たとき――」

「この町のどこに行こうと自由だわ」

「一時休止《タイムアウト》にして」わたしは両手でTの字をつくった。「あのとき、あなたは博物館に来た学生のことを愚痴ってたわよね？」

「ほんと、無礼な連中よ」

「だらしないとか、むさくるしいとかいってたでしょ？　そのなかにひげをはやした人はいなかった？」

わたしはバートンの写真を見て、ひげをはやしたら別人に見えると思ったのだ。「薄くて、まばらで、つけひげふうのは見たわね」

わたしは事件のあった晩、劇場でフェイギンの衣装を着たシルヴィの姿を頭のなかでよみがえらせた。

「ひげっていっても……」プルーデンスは反射的に自分の顎をなでた。

「ほかにも、背が低くてひどく猫背の人もいたけど」とプルーデンス。

「その人たちは雪のなかをやってきたのよね？　でもこのところ、雪はふっていないわ」

「あのときはまだ冬だったから。たしか……一月よ」

そんなころの話をいまだに愚痴っていたわけ？　まあ、いいわ。追及せずにおきましょう。

「そういえば」と、プルーデンス。「どうして一月に、この町にいたのかしらね？」

たしかに！

わたしは一月にうちのショップに来た観光客を思い出してみた――長髪、むさくるしいひげ、だんびろの鼻。あのとき、その男性は目についた。背が高いのを隠すように猫背になって、試食カウンターではモルビエをひと切れ食べたけれど、品物は何も買わなかった。プルーデンスが見たなかに彼も入っているだろうか？　うちの外の歩道に立っていた男と同一人物とか？　でもあれは、ほんとうに男だったのだろうか？　口をきいたわけではない。こちらをうかがって、姿を消しただけだ。シルヴィは去年の十二月、ワイナリーの大学改装計画の記事を読んだといった。彼女は一月に町に来て、男に変装して下見をしたのだろうか？

イベントの夜、ハーカーは財宝をさぐっているシルヴィに遭遇し、シルヴィは証拠隠蔽のために彼の首を絞めた……。でもその場合、シルヴィがレンガの衝立をつくる理由がわからない。といっても、あのレンガは不良少年がメレディスの家から盗み、ただの遊びで積み上げたもの、という可能性もなくはないのだ。

「そろそろ仕事にもどらなきゃ」と、わたしはプルーデンスにいった。「あなたと話せてよかったわ」

「休戦でいいわね？」

わたしは衝動的に彼女の頬にキスをした。

「ええ、わかったわ。休戦としましょう」

プルーデンスはチラシで自分の顔をあおいだ。

わたしは事務室に入ると、もっと奥のほうに詰めてちょうだい、と椅子にすわっているラグズをつついた。ラグズはわたしが腰をおろすのを待ってから、ゆっくりと膝の上にのってくる。そしてスキンシップを求めて喉をぐるぐるいわせた。よくしつけられた人間のひとりとして、わたしはすなおに命令に従った。

かわいい猫クンをなでながら、わたしはキーボードのボタンを押した。モニターが明るくなって、インターネットの検索結果画面が何枚もあらわれる。ボズがそのいちばん上に置いたのは、《ロンドン・イヴニング・スタンダード》の記事だった。シルヴィが一月にこの町に来たかどうかを知りたくて、飛ばさずきっちり読んでいくと――彼女は破産に関して嘘をついていないこと、一月には近くの裁判所に通っていたことがわかった。彼女本人と、債権者との取り決めの概要を記した公式文書の写真まである。これなら大西洋を渡り、プロヴィデンスに来る時間的な余裕はなかっただろう。彼女に対する個人的な感情はさておき、ふたごの母親が殺人事件にからんでいないらしいとわかり、わたしは心底ほっとした。

そろそろ閉店の準備をしなくてはいけないし、メレディスのようすも気になるので、わたしはインターネットのページの右上にある×ボタンをクリックした。するとその下にまだ何枚ものページが重なっていて、わたしはうめいた。ボズはたしかにがんばり屋さんだわ……。どうか十代の男の子が、わたしが頬を赤らめるようなサイトをのぞいていませんように。

最初のページは、ボズがフィルビーといっしょにやっている家系図研究にからむものだった。そのつぎも、またそのつぎもおなじ。ジェブズ家はイングランドのダービーの、ボズート家はイタリアのカステルパガーノの出身らしい。両家に過去のしがらみはナシ。

それから何ページかあとに、ボズが話していたデーンとエドセルのボランティア記事があった。中央の集合写真は、ハビタット・フォー・ヒューマニティのプロジェクトに参加した学生たちで、デーンとエドセルが並んで写っている。ふたりとも工具を持ち、汗びっしょりだ。わたしはページの×ボタンをクリックしかけて、ためらった。さっき、プルーデンスは何ていっていた？　一月に町に来た無礼な連中のひとりは猫背……。エドセルとデーンはいっしょにプロヴィデンスに来たのかもしれない。ロイスのB&Bで、ふたりは同室だった。

そしてボランティア活動にも、ふたりで参加。美術クラスに最初に登録したのは自分とデーンだ、とエドセルはいった。

あるいは、デーンがだれかといっしょに町に来て、そのだれかがエドセルのふりをした？そこまでするのは、かなりのことだ。デーンはひげをはやしていないけれど、初対面のとき、少しメークをすれば《パイレーツ・オブ・カリビアン》のジョニー・デップのようになると思った。だらしない印象。彼は一月からハーカーの死を計画していたとか？　ボランティアの経験から、レンガを積み重ねることはできるだろう。

わたしはワイナリーでイベントが始まるときの学生たちの会話を思い出そうとした――。そう、デーンはボズに対するハーカーの怒りを静めるために、屋敷のなかを探検しようと誘った。そして自分の両親はオハイオの歴史に詳しいといった。でもほんとうは、デーン自身がジーグラー・ワイナリーのことをよく知っていたのかもしれない。パブでもおなじような話をしていたけれど、あれは自分に疑いが向けられないよう、逆に堂々と語った可能性もある。

そういえば……例の、一月にうちのショップに来た人が試食したのはモルビエだった。そしてフレディがはじめて学生を連れて来た日、デーンはモルビエをオーダーした。ごくふつうのお客さんには、なかなかないことだ。

わたしはネットのページを閉じようとして、ふたたび手が止まった。ボランティアの集合写真。デーンの顔。重苦しい表情……。わたしの全身が硬直した。この目。この瞳をわたしは見たことがある。肖像画の目、ジーグラー・ワイナリーの。ザカライア・ジーグラーと息子の目は、デーンのそれととてもよく似ていた。深くくぼんだ、暗い目。

デーンはジーグラー家の一員なのだろうか？　ほんとうに？

ゆっくりと、整理してみよう。まず、彼自身はニューヨークの出身だけど、両親はもともとオハイオの人間だといっていた。ジーグラーの娘セシリアは一九五〇年代にニューヨークに移ったから、彼女がツェギエルスキーという名の人と結婚してもし孫がいれば、ちょうどデーンの年齢くらいだろう。

わたしはボズの家系調査を真似てみた。検索窓に「セシリア・ジーグラー」と入力。さらに「家系」も追加。すると、セシリアの両親としてザカライアと妻の名前がヒットした。セシリアは一九六〇年代に結婚したものの、当時のヒッピーのごたぶんにもれず、旧姓のジーグラーを名乗りつづけたようだ。子どもはひとり。名は「ゼブ」。セシリアは一九七〇年代に死亡し、「ツェギエルスキー」と関連する記述はない。

つぎに「デーン・ツェギエルスキー」を入力。なんと、ヒット数は二十万件以上だ。最初に目につくわりと詳しいものは、ボズが見つけたハビタットのボランティア記事だった。ほかにもっとないかとスクロールしていくと、画面のなかばあたりに「ツェギエルスキー／姓」という見出しがあり、その一行めにはこう書かれていた――「ツェギエルスキーは、ポーランド語で〝タイル職〟や〝レンガ積み職人〟の意味」

殺人者は手がかりを残したがる――。デーンは自分が犯人であることを示そうと、あのレンガの衝立をつくったのか？

気持ちが高ぶり、ちくちくする指先で、わたしはそのサイトをダブルクリックした。内容は瞠目すべきもので、中世ヨーロッパの人びとが北方を目指したとき、苗字はその土地の言語に応じたものになったという。たとえばポーランド語でツェギェルスキーという姓は、ドイツではジーグラーになるというのだ。デーンはセシリア・ジーグラーの孫なのだろうか？彼はゼブの息子？　そして素性を隠すために、ツェギェルスキーを名乗っている？　埋もれた財宝は当然自分のものであると主張しに、彼はワイナリーに来たのだろうか？

わたしはつぎに「デーン・ジーグラー」と「家系」を入力した。どっさりヒットし、そのひとつを読んで、わたしは全身の震えをこらえきれなかった。デーンの母親がみずから命を絶ったという記事だが、そこに追加の情報として、デーンの曾祖母は息子を殺害したあとで自死したとある。そして記事は、「これで狂気の歴史に終止符が打たれたとは思えない」と結ばれていた。なぜなら、自殺したデーンの母親はジーグラー家の血をひいているわけではないからだ。自殺や殺害は、あくまでおぞましい巡りあわせでしかない。

わたしは椅子の背にもたれた。心臓がばくばくする。ハーカーを殺したのはデーンではないだろうか？　でも動機は何？　不幸な家系だからといって、殺人を犯すとはかぎらない。それによく考えれば、事前に計画したと思えることがいくつもある。第一に、デーンは一月にこの町に来て、おそらくメレディスの家からレンガを少しずつ盗んでいった。第二に、それを積み上げて衝立をつくった。そして第三は、あのイベントの晩、彼はクインをもてあそんだ。彼女がアレルギー体質であることはデーンも知っていたはずであり、それでもなお彼は、クインにフォンデュをむりやり食べさせようとした。そうやってもめることで、クインがスカーフを落とすように、そのままほったらかして逃げるように仕組んだのではないか。最初から、デーンはスカーフを凶器にするつもりだったのだ。そして第四――彼はハーカーの遺体のまわりに宝石を散らした。これは最後の仕上げとしてやったのだろう。もしあの宝石が本物だったら、財宝をさがしていたデーンがあわてて逃げたせいでついこぼした、と考えられなくもない。しかし、あれは偽物だった。つまり偶然ではなく、何らかの意味があるということだ。おそらくあの宝石は、わたしたちが推測したように、ハーカーのもと婚約者であるジュリアンを象徴しているのだろう。デーンは彼女を知っていたのだ。

そこでわたしはまた、背筋が寒くなった。わが家の外に立ち、こちらをじっと見あげていたのはデーンにちがいない。わたしが真実を見抜いた、真犯人をつきとめたと考えたからだ。では、どうしてそう思ったのか。それはたぶん、わたしがB&Bの部屋に侵入したときに証拠となるものを発見した、自分とハーカー殺害を結びつけるものを見つけたと思いこんだからだ。

ラグズが、お腹がすいたよ、と大きな声で鳴いた。

わたしはラグズの耳をかき、顔を寄せてささやいた。「うん、ちょうどいいわ。これからお家に帰ってごはんにしよう。そのあとまた、わたしはB&Bでスパイをするからね。いい？」

今度は怪しく思われないよう、ロイスにチーズのバスケットを持っていくとしよう。

29

うしろにラグズを従え、わたしは事務室を出ると、カウンターの奥の棚からバスケットをひとつとった。

「何が始まるんです？」

レベッカが真新しい白いタオルを手にキッチンから出てきて、カウンターを拭きはじめた。やわらかい午後の日差しが彼女のシルエットをつくる。

「チーズを盛り合わせるの」少しぶっきらぼうな調子になり、わたしは咳ばらいをした。

「それくらい見ればわかります」

「そろそろ閉店ね」

「その準備をしているつもりです」レベッカはタオルをひらひらさせた。

「うん、そうよね」

わたしはチーズボードにバスケットをのせると、展示ケースからカマンベールとブリーを手早くとって入れた。ロイスはソフト・タイプがお好みなのだ。

いま、お客さんはゼロ。アネックスのほうも同様。通りの向こうの〈カントリー・キッチン〉を見ると、マシューとメレディスがボックス席にいた。そのとなりの席には、ジョーダンとジャッキー。ジョーダンはまるでわたしの視線を感じたかのように顔をあげ、こちらを見てほほえんだ。忘れたくても忘れられない菜園でのキスがよみがえり、からだのなかがじわじわと温かくなってくる。たとえるなら、とろっとしたホットチョコレートをつつみこんだケーキに、さらに粉砂糖とクレーム・フレッシュをたっぷり加えたみたいな感じ。

すぐに、わたしは自分をとりもどした。もうじき、ふたりで骨休め旅行に行くのよね。

「おじいちゃん《ペール》はどこ？」わたしはレベッカに訊いた。

「劇場にもどりましたけど……。何かあったんですか？　ちょっとヘンですよ」

「何もないわ」

「嘘つきは泥棒の始まりです」

どうしてそんなことをいうのよ？　わたしは冷静そのものなのに。背筋をのばし、うつむくこともなければ、手も震えていない。

「シャーロットはいま口先だけでしゃべっています。そして、その目……」レベッカは人差し指を立ててくるくるまわした。「ぼんやりして、うつろです。わたしに何かを隠していますね？」

もっと嘘の訓練を積まなくちゃ。

「今夜はイポとデートじゃないの？　パブに行くんでしょ？」

「あっ。話題を変えるわけですか？」

「レベッカは食べたことがあるかなあ。あそこの、きのこのチーズ詰め。ブリーを詰めて、ハーブ入りの小麦粉で焼いたやつ」思い出してハミングする。「すっごくおいしいわよ」

レベッカはあきれたように舌を鳴らした。

わたしは彼女の好奇の目を無視し、バスケットに金色のラフィア糸をたっぷり敷いた。それから、くしゃくしゃに丸めた紙を入れていく。これがチーズの背もたれになるのだ。そしてカマンベールとブリーをラッピングしなおして、〈フロマジュリー・ベセット〉の金色のラベルで封をしてからバスケットに入れていく。これに全粒クラッカーひと箱とラズベリーのジャムをひと瓶（ロイスのご主人用だ）、かわいいカクテル・ナプキンを加える。最後に、ゴールドとワインレッドのラフィア糸を撚り合わせたものでバスケットの柄を結び――。

「ヴォワラ！」明るくかわいいバスケットの出来上がり！

「ゴールドのセロハンを忘れてますよ」

「これはいいの」

「どなたに持っていくんです？」

「ロイスに」

「わかった！」レベッカはカウンターをぱちっとたたいた。「そういうことですね」

「どういうこと？」

「またB&Bに行くってことです」

「ご近所のおつきあいでね」それ以上はいわない。絶対に。

「嘘ばっかり」レベッカはわたしの腕をたたいた。「どうして教えてくれないんですか？」

わたしはバスケットをとり、玄関に向かった。ラグズがあとを追ってくる。

「デートを楽しんできてね。それじゃ、またあした！」

「わたしもいっしょに行きます！　イポもわかってくれます！」

「だめ」

わたしはきっぱりといった。

「何かを調べに行くんでしょ？」レベッカは走ってわたしを追いこし、玄関をロックすると、サインを〝準備中〟にした。そしてわたしに向きなおり、両手を腰にあてる。あの祖母をもしのぐ迫力だ。「せめてわたしには話してください」

外に出るには正直に話すしかなさそうだ、と観念したわたしは、インターネットで見た内容をレベッカに説明した。

レベッカは真剣な顔で聞きいって、「母親の自殺とレンガ職人……。たしかにね」とうなずいた。「その推理は当たっていると思いますよ。デーンはシャーロットが部屋で何かを見つけたと思ったんでしょう。さ、さ、行ってください」玄関のロックをはずす。「ベッドの下も忘れずに見てくださいね。それから、マットレスのあいだも。靴の底に、地下貯蔵庫を歩いた証拠がついているかもしれません。あの晩、アーソ署長はわたしたちの靴を調べませんでしたから」

「それは大勢があそこに行ったからじゃない？」

「さすが、よい指摘です。ともかく、いたるところ、くまなく隅々まで調べてください」

「さすがね、かわいいシャーロックさん。それじゃ、おやすみ」わたしはラグズを抱きあげ、外に出た。

とりあえず自宅を目指し、北へ歩いていく。すると、フレディとデーン、エドセルがティモシーのパブに入っていくのが見えて、思わず「やった！」と声をあげそうになった。これでわたしがB&Bにいるあいだ、彼らに邪魔されることはないだろう。

ラグズにごはんを食べさせるとすぐ、となりのB&Bに行った。まだ夕飯の時刻ではなく、談話室のオーディオからドビュッシーの《月の光》が流れてくるものの、カウチや椅子は空っぽだ。バスケットを渡そうとキッチンをのぞいたけれど、ロイスの姿はない。レンジにのったシチューのお鍋から、クローブとシナモンの香りがただよい、見れば小さな火がついていた。ドアのすぐそば、チェックのクッションの上では、シーズーのアガサが眠そうに顔をあげた。わたしがしゃがんで頭をなでると、また首をおろして目をつむる。

「ロイス？」わたしは呼んでみた。

返事はない。

仕方がないから帰ろうか、とふりむいたところで、壁の電話台の奥のフックに紫色のうさぎの足が見えた。あれはマスターキーのホルダーだ。このまえロイスは、ハーカーの部屋に入るとき、あの鍵束を使っていた。きょうは、ついているかも。これがあれば、クレジットカードを使わずにすむからだ。とくに今回は、まえより大変だろうと想像していた。デーンがまたドアに鍵をかけずに出かけるとは考えにくいからだ。

わたしが鍵束をとろうと手を伸ばしたとき、小さな笑い声が聞こえた。心臓をどきどきさせながら忍び足で廊下に出て、声の出所をさぐりに行く。どうやら、ロイス夫婦の私室のようだ。ふたりはこの建物の奥を私室にして暮らしていた。笑い声は男性と女性で、閉じたドアの向こうから聞こえてくる。そして、シャワーの音。

少しほっぺたが熱くなった。でもいま、このチャンスを逃してはならじ。

わたしはひったくるようにして鍵束をとると、二階へあがった。デーンの部屋番号の鍵を使ってなかに入り、ドアを閉める。あいた窓から吹きこんでくる冷風を感じても、気持ちの高ぶりはおさまらなかった。バッグと鍵束、バスケットをドレッサーの上に置き、片手を胸に当てて鼓動を——耳に聞こえるくらい大きい——鎮めつつ、部屋のなかを見まわした。

デーンは、わたしに見られてはまずいものを見られたと思った、という推測が当たっている場合、それはいったい何だろう？　そしていま、それはどこにある？

化粧だんすやベッド、浴室のカウンターにとりたてて目を引くものはなかった。まえのときと同様、化粧だんすの上には何枚ものレシートがあり、今回はそれをざっと見てみることにした。でも、今度のツアー以前に、彼がプロヴィデンスに来たことを示すものはない。

床には雨で湿ったテニスシューズ。靴底を見ると、草や苔はへばりついていないものの、溝に小石とモルタルふうのものがはさまっていた。わたしが貯蔵庫の厨房用昇降機の壁から採取した素材とおなじものだろうか？

——いまは悩まないの。先に進みなさい、シャーロット。

洗面用具を入れる黒革のポーチがある。なかはありきたりのもので、かみそり、櫛、歯ブラシ。とくに珍しいものはない。

つぎはスーツケースだ。半分くらいしか入っていなくて、ほかの服はどこに？ 洗濯物は？

ドレッサーのいちばん上の引き出しをあけると、汚れた衣類があった。事件の夜に着ていたセーターもある。襟にチーズがついているけど、これは犯罪の証拠にも、彼を殺人罪で追及する材料にもならないだろう。ほかの引き出しもあけてみる。でも、どれも空っぽ。

部屋をさぐればさぐるほど、緊張が増していく。時間の無駄遣いをしているような気がするのだ。急がなきゃ、さ、早く。ぐずぐずしている暇はないの。

わたしは緊張をとこうと首をまわしながら、部屋をざっとながめた。何か見落としたものはないか。くまなく、すみずみまで調べるように、とレベッカはいった。

ティッシュの箱のうしろには何もなし。化粧だんすの下。洗面台の下の棚。どこにも目立ったものはなし。

鏡を見る。そこに映ったわたしの背後に、黒革のポーチ。あのポーチにジッパーポケットがあることに、さっきは気づかなかった。期待をこめてジッパーをあけ、手を入れると……紙の感触。引き抜いてみると、デーンと女の子の写真だった。青いセーターを着たかわいい女の子で、カメラに向かってわざとしかめっ面をしている。髪はさらさら。ウィノナのように。ハーカーの絵にあった女の子によく似ている。これがジュリアン？　たぶん、そうだ。裏返してみると、なんとも下手な字で「弱きもの、汝の名は女なり」と書かれていた。

　わたしはその場に凍りついた。部屋に吹きこむ冷風が勢いを増したからではない。この一文が、シェイクスピアの『ハムレット』の引用だからだ。これはハムレットが、父の死後すぐに再婚した母のことを嘆いていう有名な台詞で……デーンはジュリアンを、自殺した自分の母親と比べていたのだろうか？　母親は不貞をはたらき、その相手から捨てられて、みずから死を選んだ？

　アーソに連絡しなくちゃ。と思ったとき、写真の入っていたポケットの底がふくらんでいることに気づいた。写真を浴室のカウンターに置き、ポケットの奥まで手を入れる。そこにはふたつのものが入っていた――ひとつは、水色の宝石。ハーカーの遺体の周囲に散らばっていた模造宝石に似ている。そしてもうひとつは、クインの指輪だ。でもこれは警察が保管しているはずで……。もしやデーンは、警察に忍びこんだのだろうか？　すぐにでもアーソに連絡しなくては！

　その瞬間、うしろから太い腕につかまれた。力いっぱい、背後に引きずられる。口に何かをつっこまれた。この感触は……たぶんペーパータオル。男はわたしに両腕をまわし、蛇のごとく締めつけてきた――

「あんたもこれでおしまいだ」

　わたしは必死で鏡に目をやった。そこに映っているのは、デーン。

護身術で習ったように、彼の上腕をつかんで引いてみた。でもびくともしない。並はずれた腕力だった。

「お目当てのものは見つかったかい?」デーンの声は怒りに満ちていた。

わたしは心のなかで舌打ちした。写真を見つけたとき、風が強くなったと感じたのだ。あのとき、デーンが入ってきたのだろう。どうして足音に気づかなかった?

「あんたの家を見張れば、怖がって事件から手を引くと思ったんだけどな。どうやら考えが甘かったらしい」

わたしはうめいた。

「まったくうるさい女だな」デーンは片腕をわたしの首にまわし、力をこめた。

息ができない。足から力が抜けていく。視界がぼやけて……。

つぎに気づいたとき、わたしは後ろ手に縛られていた。でも感触は縄ではなかった。もっとやわらかいもの。シルクか何か。たぶん、スカーフ。

「行くぞ」デーンはわたしを立たせた。写真、宝石、指輪は消えている。「さあ、立て!」

立てなかった。膝に力が入らない。

デーンはわたしの膝をつかみ、「なんなら肩にかついでやろうか?」といった。

わたしは必死で立ちあがろうとした。腕を使えないいま、せめて足だけでも。

「あんたはすごいよ」デーンはささやくようにいった。「パブに行ったときにあんたを見かけて、何かたくらんでいると思った。こそこそかぎまわるんじゃないよ。おとなしくしていればよかったのにさ」片腕をわたしの肩にまわす。まるで仲のよい友人のように。「ささやかな旅に出るとしようか」

ドアに向かう途中、デーンはドレッサーからチーズのバスケットとわたしのバッグをとりあげた。

「証拠は残したくないからな」

30

デーンはわたしを連れて廊下から奥の階段に向かった。わたしは身もだえ、彼の足の甲をヒールで踏もうとしたけれど、彼はすばしこい。

「惜しいなあ」デーンはわたしをからかうと、「おりるぞ」といった。わたしのウェストに腕をまわしてもちあげ、わたしは宙ぶらりんで階段を下っていく。

裏の駐車場に通じる出口。ここで彼はわたしを立たせると、ノブを回した。ドアが大きなきしみ音とともに開いたものの、それを聞きつけてやってくる者はない。こんなときに、働き者のご主人はいったい何をしているの？　わたしはみじめな思いで考えた。おそらく、ベッドでロイスと戯れているのだろう。

デーンは外をうかがってから、わたしを前方へ押した。足の下で砂利が音をたてる。駐車場には、トヨタのトラックが一台きり。あれはこのまえ、わたしがぶつかりそうになったトラックとおなじだ。中折れ帽の男をストーカーだと勘違いして追いかけ、あやうく轢かれそうになったあのとき——。まさか運転していたのがデーンだったとは。わたしを轢き殺そうとし、ぎりぎりになって思いとどまったのだろうか？　どうか、今度もそうあってほしい。

デーンは助手席のドアをあけると、「乗れ」と、わたしを突いた。

わたしは両手が使えないので、足をいったんかけて踏んばると、座席に向かって頭から飛びこんだ。ひっ！　痛い！　鼻から血がつーっと流れるのを感じる。怒りがこみあげてきて、わたしは背後へ足を蹴りあげた。デーンはおそらく予測していたのだろう、ひょいっとわきに飛びのくや、すぐに片手でわたしを床に押しつけた。

「いい子にしてろよ」

――がんばれ、シャーロット！　めげるな！　考えろ！

両手が使えて、口のなかのペーパータオルをとることさえできれば、わたしには肺がある、思いきり叫ぶことができる。手首のスカーフは汗で湿っていた。これをゆるめて手を抜くことができたら……。でもそこで、エイミーが母親からもらったフィンガートラップがよみがえった。もがけばもがくほど、指は藁の筒から抜けなくなってしまうのだ。あのときわたしはエイミーに、あせらずにひねればよい、といった。いま、この手の縛りにもおなじことがいえるだろうか？

デーンが運転席のドアをあけ、わたしのバッグとチーズ・バスケットを座席に投げてから乗りこんできた。

「あんたを荷台にころがさなかっただけ、ありがたく思えよ」

いいえ、そうしてくれてよかったのよ。あなたがそれをしないのは、わたしが荷台でころがりまくって大きな音をたてたら困るから。

法律を守るよき市民のごとく、デーンはゆっくりとトラックを発進させ駐車場を出た。道路も慎重に走り、交通違反は犯さない。

車内はうす暗かった。日は沈みかけている。デーンは鼻歌をうたいはじめた。といっても、重苦しい葬送歌だ。葬儀の風景——それも、このわたしの——が、陰鬱な映画のように脳裏をよぎっていく。ううん、あきらめちゃだめ。わたしは身をくねらせ、背中がデーンに見えないようにすると、手首をこすりあわせた。つるつるしたスカーフが、一センチほどずれる。

デーンがわたしに目を向け、にやりとした。「くつろいでくれよ」

わたしはうなり声をあげた。

「エドセルはあんたほど知りたがり屋じゃなかったからな。つらいことは酒で紛らわそうとした。あいつ、ハーカーを相当気に入ってたんだよ。〝気に入る〟なんて表現じゃ、ものたりないくらいにね。これがあんたの知りたい真実のひとつさ」

そんなことより、いまは自由になりたいわ。

「エドセルはハーカーに恋しちゃったんだよな」デーンはばかにしたように笑った。「ハーカーはそれに気がつかなかった」

その点はわたしもおなじだ。

「ハーカーは最低のやつだった。自己中心の極みさ」

わたしは手首をこすりつづけた。少しずつゆるくはなっても、まだまだ不足。だけど口のなかの紙はどんどん湿ってきている。わたしは力いっぱい嚙みしめた。

「おれにとって、ジュリアンはすべてだった」デーンは話しつづけた。「おれの夢だった。青い色が大好きでね。そのことは知ってたかい？　知ってるはずないよな。あんたはジュリアンを知らないんだから。おれ以外のだれも、知らなかったよ。彼女、音楽はアッシャーのファンでね。ダンスも好きだった。そうなんだよ、ほんとにダンスが好きだった。そうしたら、あいつがあらわれた。おれ、ジュリアンがアーティストだったことをあんたに話したっけ？」わたしをちらっと見てから、また道路に視線をもどす。「でもな、おれは絵が下手くそでね」

事件の日、ハーカーはデーンが有名な画家とラスヴェガスの芸人の区別すらつかないと、ばかにしていた。どうしてわたしはあのとき、デーンの偽装に気づかなかったのだろう……。

「おれはただ彼女のためだけに美術のクラスをとった」と、デーン。「でもハーカーには才能があった。そしてたちまち彼女を夢中にさせた。彼女は泣きながら、おれに別れ話をもちだしたよ。そしてこういうんだ、あの人は才能があって、ハンサムで、とても頭がいいの。もう完全に、あいつにいかれちゃってたよ」

わたしはデーンの話しぶりから、もしや彼は、自殺にみせかけてジュリアンを殺したのかもしれない、と思った。でも直後、彼は車のハンドルを片手でばしっとたたくとこういった。

「自殺なんかしなくてよかったんだ！　おれがいたんだから。おれはいつだって彼女のそばに、永遠に彼女のそばにいるんだから。でもだめだった。彼女はあいつがいなければ、生きていてもしょうがないと思った」わたしをにらみつける。「わかるか、おれの気持ちが？」

〝食えないシェフ〟は、わたしを必要としなかった。彼の拒絶は、いまもわたしの心の傷になっている。だけどわたしは死のうなんて思わなかった。ただの一度だって。ジュリアンは傷つきやすい子だった、とウィノナはいった。ハーカーの愛を失ったとき、彼女は自分の人生に向き合えなかったのだろう。

「さあ、着いたぞ」デーンはトラックを停めると、チーズのバスケットを持った。「ピクニックでもしようか？」トラックの外に出て、ドアを閉める。じゃり、じゃり、と小石を踏む音が聞こえた。ややあって、助手席のドアが開き、わたしの足首が引っぱられた。腰の右側が床板をこする。そして、ほっぺたも。わたしは痛みにうめき声をあげた。

全身がトラックから出ると、デーンはわたしを立たせた。それで、ここがどこであるかがわかった――ジーグラー・ワイナリーだ。

「ぴったりだろ？」デーンがいった。「犯行現場にもどるってやつさ」わたしの腕をつかむ。「歩け。目的地は貯蔵庫だ。あんたを殺しやしないよ。ただ、腐るに任せるだけさ。どうだい、名案だろ？」

いいえ、そうは思えない。

「ネズミに食われるまでじっくりと、自分がいかに愚かだったか、他人の問題に首をつっこまなきゃよかったかを反省するといい」

この三十分、ずっとそれをやってるわ。

デーンはわたしの顔の前でチーズのバスケットをぶらぶらさせた。

「ネズミはカマンベールを喜ぶんじゃないかなあ。あんた、どう思う？」くすくす笑い。「だれも見つけてくれないぜ。この建物は忌み嫌われて、クインのおばさんの大学誘致計画はご破算さ」

デーンにはじめて会ったとき、反抗的な人だなとは感じたけれど、ジーグラー家の末裔として、ここまで病的とは思いもよらなかった。

彼はポケットから鍵の束をとりだした。そのループには、なんとアーソのＩＤタグがついている。デーンはクインの指輪とこの鍵をいっしょにくすねたのだろう。ワイナリーの窓が割られるなど、何らかの破壊の跡がないかぎり、だれもここに人が閉じこめられているとは想像もしないはずだ。

「どの鍵かな……あ、これだこれだ」玄関の鍵穴に鍵を差しこんで、ひねる。「当たり！」彼はドアを押しあけた。「あんた、道順はもう知ってるよな。さあ、行け！」わたしの背中の真ん中を思いきり突く。

わたしは咳こんだ。

「ふん、猿ぐつわは不要かな。ほかにだれもいないから、叫びたいだけ叫んでいいぞ」彼はわたしの口から丸めた紙をつまんで引っぱりだし、ウィンクした。

わたしは叫ばない。彼にはそれがわかっていた。そんなことをしたって何の意味もないからだ。人通りのある道まで逃げてはじめて、思いっきり叫んでやる。そのときまで、喉を痛めるようなことはしない。手首のスカーフは少しずつゆるんでいた。でも、まだまだ足りない。急げっ！

デーンは貯蔵庫に通じるドアをあけた。「おりろ。レディ・ファーストだ」

じめっとした臭気が、真正面から顔を襲った。恐怖で喉が詰まる。ほんとうに生きたまま埋められたらどうしよう……。わたしは戸口の敷居につまずいた。

「おいおい、落っこちるなよ」彼がわたしの腕をつかんだ。

どうか神さま、この男がスカーフのゆるみに気づきませんように。

「ハーカーはのんきに暮らしていたよ」わたしの背中を押しながらいう。「上流階級だからな。女にも、もてでもてて。だが、人間的にはどうしようもなかった。死んで当然の男だった」

「殺されて当然なんて人はいないわ」わたしは思わずいった。

「いいや、いるよ。性根の腐ったやつなら当然だ」

「あなたはどうなの？」

「おれはまともさ。悪いやつを懲らしめているんだから。おれを信じろよ。いずれ世のなかは、おれの気高い行為に感謝するだろう。ハーカーは女たちを利用しただけだ」

「あなただっておなじよ」

「ちがうね」

「あなたもクインを利用したわ」

「いいや、していない」

「あなたはクインのスカーフで人を殺し、彼女に罪をなすりつけようとした。気高い行為でも何でもないわ」

「あのクソ女。おれを手玉にとったつもりでいやがる」デーンはわたしを突いて、石の床、レンガの衝立の横にすわらせた。そしてチーズのバスケットをとなりに置く。

「あなたがこの衝立をつくった理由はわかってるのよ」

「へえ」ばかにした笑い。「教えてくれよ」

「自分の姓をたたえるためよ。ツエギエルスキーは、レンガ職人の意味だから」わたしは手首を、そっとこすりあわせた。スカーフがまた一センチほどゆるむ。「おれはなんて頭がいいんだろうって、さぞかしご満悦だったでしょうね」

「だって、そうなんだから」と、にやつく。「おれは頭がいいのさ。それで、宝石は？　みんな勝手な想像をしていたよな。だけどともかく、ここに財宝なんてものはないよ。宝石もなければ、金貨もない。ほんとうだぜ、このおれが調べたんだから」

「このまえの一月、あなたはこの町に来た。そして博物館にも行った。いっしょにいた人はだれなの？　エドセルやウィノナじゃないでしょ？　もうひとりはだれ？」

デーンは返事をせず、わたしの背後にある何かに目をとめた。

「ところで、おれはあんたを鉄柵に縛りつけるか？　いいや、それはしない。おれはあんたを昇降機の穴に入れて、だれにも発見されないように穴をふさぐつもりだ。トラックにはまだモルタルがあるからね。さあ、立て！」

「あなたのお母さんはどうして自殺したの？」

デーンのからだが一瞬硬直した。それから、ひきつった笑みをうかべる。

「ずいぶん調べものが好きなんだな」

「インターネットのページは、開いたままにしてきたわ。うちのショップのコンピュータよ。スタッフのだれかが確実にあれを読むわ」

デーンはため息をついた。「インターネットはほんとに便利だよな。そのページは、あとでおれが消しておこう」

「アーソ署長がじきにここに来るわよ。わたしの靴に追跡機をつけてるから」わたしは嘘をついた。

「ふん。笑わせるなよ。こいつはばかなテレビ番組とはちがうんだ」

その言葉にわたしはレベッカを思い出し、小さな、かすれた笑い声をもらした。

「何がおかしい？」

こういうとき、レベッカだったらどうするだろう？　たぶん、いまあるものを目一杯利用しろ、というはずだ。護身教室でもそう教わった。でも、ここには利用できるものがない。ランプはないし、椅子もない。錆びたショベルのひとつもない。

「早く立て」デーンがわたしの二の腕を殴った。

恐怖でわたしは縮こまる。

「手荒なことをさせるなよ」

鼻血はなんとか止まったものの、全身が痛んだ。それでも手首を動かすと……はらり、とスカーフがはがれた。

「立て！」

デーンがわたしを立たせようと腕をつかんだ。肘がチーズのバスケットにぶつかり、わたしは心のなかで万歳を叫んだ。利用できるものがあったじゃないの！　わたしは手探りでバスケットの取っ手をつかむと、思いきりふった。本体がデーンの耳に当たって籐が割れ、飛び出したジャムの瓶が彼の顎を直撃する。

彼はうめき、わたしの腕を放して、よろよろっとあとずさった。

わたしはもう一度バスケットを勢いよくふった。ところが彼は籐をつかみ、わたしの手からバスケットを引きはがすと投げ捨てた。

「おあいにくさま。中身があるとないとじゃ大違いなんだよ」

デーンはわたしに飛びかかってきた。

わたしはなんとか身をかわし、レンガの衝立に張りついた。バランスをとるために、衝立のてっぺんをさぐって握る。と、レンガがひとつ、ぐらりと動いた。このまえレベッカをさがしに来たときにはがした場所だ。わたしはそのレンガをつかむと、死にものぐるいで腕をふった。レンガはデーンの側頭部に命中。

彼のからだがかしぎ、そのまま鉄柵にぶつかると、くずれるように床に倒れた。

わたしはすべり落ちたスカーフをあわてて拾い、結び目をほどいた。デーンの両手を鉄柵のあいだに入れて、スカーフで縛りつける。ガールスカウトで身につけた、結び目をたくさんつくるマクラメ結びだ。

そのとき天井で足音がした。一階。玄関ホール。

デーンに目をやる。共犯者がいるのだろうか？　エドセルをばかにしたのは、たんなるカムフラージュ？

ここに通じるドアが、きしんだ音をたてて開いた。

「だれかいるの？」プリマドンナふうの女性の声。

あれはウィノナ？　彼女がデーンの共犯者だった？　わたしは、わたしたちみんなは、彼女にだまされていた？

いざとなったらレンガを投げつけてやる。わたしはその気で戸口に向かって走り――立ちすくんだ。うす暗がりのなかにいたのは、シルヴィだった。

「シャーロット……何かあったの？」シルヴィは階段を足早におりてくると、ほの暗いなかで目を細めた。「外のトラックに、あなたのみすぼらしいバッグがあったから、どうしちゃったのかと思って」

え？　みすぼらしい？　わたしはあのバッグをとっても気に入っているのだけど。

「あらっ！　あなた、ここに――」シルヴィは指で自分の鼻の下をさした。「血がついてるわよ」

「平気、大丈夫」

そこでシルヴィはデーンに気づいた。「あの人はだれ？　シャーロットはあの人に連れてこられたの？　まさか、死んでるんじゃないでしょうね？」

「そのうち目が覚めると思うわ。頭痛はひどいだろうけど」

「ともかくあなたが無事でよかったわ」シルヴィはわたしを抱擁した。

でも直後、気まずい空気がただよった。わたしと彼女が、こんなふうに触れ合うのは何カ月ぶり？　何年ぶり？　わたしたちはぎこちなくからだを離した。

わたしは咳ばらいをひとつ。「ところでシルヴィは、何をしに来たの？」

答えはわかっていた。いま、彼女はいつもとちがう目立たない服装にブーツ。大きなトートバッグにはおそらく宝さがしの道具が入っているのだろう。

「シルヴィは、埋もれた財宝の噂を信じているのね」

「ううん、信じちゃいないわ。財宝があるのを知っているのよ。金貨を見つけたんだもの」

「えっ、見つけた？」

「このまえここに来たときは、その……あんなふうに早めにきりあげちゃったでしょ？　だからきょうは、もう一回ちゃんと見ようと思ったの。博物館で、ザカライア・ジーグラーの日記を読んで……そういえば、あの博物館はなかなかいいわね。わたしが手袋をしていたから日記を読ませてくれたわ。くだらない規則だとは思うけど。それで、ともかく日記には、宝の隠し場所のヒントが書いてあったの」

「どんなヒント？」

シルヴィはトートバッグから日記をとりだし、掲げてふった。

「内緒ね。ちょっと借りてきただけだから」

つまり、黙って持ち出したのね？

「ジーグラーは海賊になったつもりで考えたの」シルヴィは日記をめくり、わたしに見せた。「そして歩数を使って、財宝の隠し場所を決めたのよ。たとえばね、こっちに四十歩、それからあっちに十歩。でもね、ジーグラーの一歩はわたしの一歩よりずいぶん大きいはずだから、それぞれ少しずつ歩数を足してみたら、財宝は屋敷の外に埋められたことがわかったの。ほら、その暖炉の外側あたりよ」

シルヴィが指さす方向に目をやると、そこは事件の夜、クインが隠れていた壁のくぼみだった。

「たぶんあそこから、貯蔵庫に入れたんだと思うわ」と、シルヴィ。「それをジーグラーがふさいだのよ。ずいぶん頭が働く人だと思わない？」

それはシルヴィ、あなたのほうだわ。わたしは彼女をかなりみくびっていたらしい。

シルヴィは唇を噛んだ。「財宝を自分のものにする気はないのよ。町の所有物だと思うから」

「ええ、そうよね」とはいえ……彼女の目的は何だろう？　いさぎよい態度を見せて、マシューの気持ちをとりもどしたい？　でも、それはたぶん無理だわ。

シルヴィは頭をかいた。「アーソ署長に電話をしましょうか？」

「それならわたしからするわ」

そういうと、わたしはデーンの意識がもどっていないのを確認し、シルヴィのわきを通って階段を駆けあがった。そして外のトラックへ。バッグから携帯電話をとりだして、アーソにかける。すぐに応答があった。

彼の声が聞けて、こんなにうれしいと思ったのははじめてだった。

31

あくる日の晩、プロヴィデンス劇場のロビーは大勢の観客でにぎわっていた。立食テーブルには白い布のクロスがかけられ、ラッパズイセンを生けた花瓶がいくつも置かれて美しい。そしてひと口サイズのピザに、プロシュットとメロンとハヴァーティ・チーズの串刺し、マカロニとチーズのタルトなど、アペタイザーの大皿もカラフルだ。わたしは幕間の休憩で軽食をとる観客にまじり、いま観たばかりのお芝居に不満の声はないだろうかと耳をそばだてた。でも《ポーの出口なし》はおおむね好評でほっとする。例のインターネットの酷評が話題にはなっても、だれもたいしてとりあわなかった。バーナデット・ベネットは自分のやっていることがちゃんとわかっている、というのがみなさんの感想で、孫のわたしとしては誇らしいかぎり。

　飲みもののテーブルでジュースが出てくるのを待っていると、フレディとクイン、ウィノナ、エドセルがホールにあらわれた。フレディがわたしに会釈し、わたしはほほえみを返す。ウィノナが何やらささやいて、彼は声をあげて笑った。エドセルはクインの腰に腕をまわしているけど、クインは平気な顔。むしろ、彼がいるのを喜んでいるふうだ。フレディとウィノナがふたりでビュフェのほうに行くと、エドセルはクインをさもいとおしげに見つめた。デーンが話したエドセルの恋愛嗜好は、どうやら口からでまかせだったらしい。

メレディスとマシューが姿を見せた。どちらも笑顔満開だ。明るいムードには磁石の効果があるようで、わたしはジュースをキャンセルすると、ふたりのほうへ行った。大勢のお客さんたちの真ん中あたりで出会い、立ち止まる。

「何かいいことがあったの？」

わたしがたずねると、マシューの笑みはさらに広がった。白い歯がシャンデリアの明かりを受けてきらめくほどに。

「大学誘致計画は継続されることになったんだよ」

「すごいでしょ？」メレディスのほうは、笑顔の明るさ百万ワットだ。

「よかったわね！」わたしとメレディスはハイタッチ。

「町議会が動いてくれたんだ」と、マシュー。「シルヴィが発見した埋蔵金で、資金面は問題なくなったしね」

「それに、ほら、あっちのニュースも伝えなきゃ」メレディスがうながした。

「監護権をとれたんだよ。ナカムラさんはじつに腕がいい」

「ほんとにね」メレディスがうなずく。

「これで何の問題もなく、子どもたちと暮らせる。シルヴィも面接交渉権をもつことはできるけどね、ぼくが認めれば」晴れ晴れとした顔つき。

「申し分なしね」わたしはいとこの腕を握っていった。「エイミーやクレアには話したの？」

「劇場に来てるのかしら？」メレディスはマシューの腕にそっと手をからめた。「今度の出し物は少し……大人っぽいけど」

「そうなの。だからおじいちゃん《ペペール》が楽屋に連れていって、トランプをしているわ」わたしはマシューの顔を見た。「それでシルヴィの反応はどうだったの？」

「シャーロット！」レベッカがわたしの横にやってきて、「あちらをご覧あれ」と顎をふった。

彼女の視線を追うと、ジャッキーとアーソがいやに楽しそうに話していた。アーソは水色のシャツにピンストライプのスーツで、なかなかいい男に見える。わたしは胸がちくちくした。といってもジェラシーではなく……満足感とか、喜びとか？　あんなに満ちたりたようすのアーソをわたしは久しぶりに見たような気がした。

「おや、ここにいたのね、レベッカ」祖母が観客のあいだを歩いてこちらにやってきた。「あなたをさがしている人がいたわよ」親指をつきあげて、そのまま歩き去る。

祖母が指さした先にいたのはイポ・ホーだった。たくましい厚い胸をおおうのはアロハシャツと革のジャケット。壁ぎわに立ち、薔薇を一本持っている。そして何やら、ぶつぶつ独り言をいっているような。もしやスピーチの練習？

「またかな」と、レベッカ。

「またって、何が？」

「たぶん、またプロポーズするんだと思います。無邪気というかなんというか……」彼に目をやり、「でも、かわいいでしょ？」とほほえむと、はずんだ足どりでそちらへ向かった。

あちらもこちらもいいムードで、わたしはひとりとり残された気分になった。ジョーダンとはここで会う約束をしていない。でも、わたしが来るのはわかっているから、彼もたぶん来てくれる、と期待していた。もしかしたら、グリュイエールへの旅行は考えなおしているかもしれないけど。デーンが逮捕されたあと、わたしの写真が新聞の一面にのってしまったから、そんなわたしと旅をすれば、ジョーダンの身元もさぐられかねない。

わたしはマシューとメレディスをふりむき、「それで……どこまで話したっけ？　あ、そうだ、シルヴィのことだったわね。ひどくおちこんだりしなきゃいいけど」

「シルヴィは、いつだってシルヴィだよ」と、マシュー。「ひきつった笑みをうかべて、氷のような白い髪をさっと手ではらって――」彼女の真似をする。「きょう、イングランドに帰るらしい」

「いいえ、帰りませんよ」つかつかとやってきたのは噂のシルヴィその人だった。今夜は偽のオセロットの毛皮ではなく、うすい黄緑色の膝丈コートだ。それに合わせて、髪には緑色のメッシュが入っている。

「帰らないってどういうことだ？」マシューがぎょっとした顔で訊いた。

「わたしの運命はこの町に来てから変わったのよ。だから、ここにおちつくべきだって考えたわけ」

「おちつく？」マシューの声が裏返った。

シルヴィはにっこりする。「財宝発見で、報労金二十パーセントの交渉をしたの」

そりゃそうよね。シルヴィは、まぬけじゃないもの。主張できる権利は主張するでしょう。

「シャーロットの家の近くにささやかな部屋を借りたわ」

「うちの近く？」今度はわたしの声が裏返った。

「チェリー・オーチャード通りにすてきなお店があったから、手付金を払ってきたの。資金管理に失敗して」顔を寄せて小声になる。「倒産したらしいのよ」

「どの店だ？」マシューはメレディスの手を握りしめていた。血の気がうせて真っ白になるくらい強く。

「お菓子屋さんよ。でも、わたしはブティックにするつもりなの。〈アンダー・ラップス〉って名前にして、アウトレットとか、何でも扱うわ。あのプルーデンスのお店より繁盛させてみせるから」

わたしは不吉な予感におそわれた。マシューにふたご、メレディスのことが心配なのはもちろん、プルーデンスがこの成り行きを快く思わないのは確実で、非難の矛先をわたしに向けそうな気がするからだ。

シルヴィはにこにこした。「すごいと思わない？　この町で子どもたちと暮らせるんだもの。裁判所のいうことなんかどうでもいいわ」

「どうでもよくないよ」マシューがきっぱりいった。「あの子たちはぼくと生活する。一日二十四時間、一年三百六十五日だ」

「はい、どうぞ。でもわたしは、会いたいときは会うわよ。わたしはあの子たちを愛しているし、大切にしたいの。だって、母親なんだもの。それに今度の事件で、親が愛情をかけることがいかに大事かがよくわかったわ」そしてこちらを見る。「ところでシャーロット、わたしがさっき子どもたちにあげたプレゼントを見てちょうだい」

「おじいちゃんといっしょにいたはずだが」と、マシュー。

「ええ、そうよ。でもわたしなら、娘たちがどこにいても見つけられるわ」ふん、と鼻を鳴らす。「それが母性ってものよ」

今度はマシューが鼻を鳴らす。「ついでに知性と徳性ももってくれ」

わたしは笑いをかみころし、メレディスも白い歯を見せマシューの肩をたたいた。

するとシルヴィがわたしの手首をつかんでうしろに引っぱり、劇場の横の細い芝地に手をふった。見れば茶色の、ずいぶんと毛の長い大きな犬がいて、ふたごが櫛を手に犬の毛をすいてやっている。

「あれはね、ブリアード種のオスなの。大きくてもまだ子犬よ」と、シルヴィ。「このブリアードって名前はね、フランスのチーズのブリーにちなむんですって」

「チーズじゃなくて、ブリー地方だと思うけど」

シルヴィは手を横にふった。「チーズだっていいんじゃない？　牧羊犬ならぬ牧チーズ犬よ。あの子犬は、町のブリーダーのところにいたの」

「ブリーダーじゃなくてアニマル・レスキューよね？」

「どっちでもいいわ。ブリアードって、家族と農場を必死で守るんですってよ。それに足も速いらしいわ。名前はロケットにしたの。かわいいでしょ？」

たしかにかわいいけど……。あの足を見るかぎり、体重はそのうち五十キロくらいになりそうだ。わたしは首をふった。

「ねえ、シルヴィ、新しくお店を始めるうえに、犬の面倒までみるのはたいへんよ」

「あら、それはちがうわ。わたしはエイミーとクレアにね、ロケットはあなたたちといっしょに暮らすのよ、って説明しといたから」

つまり、わたしの家で？

「いったいどういうこと？」わたしの髪はさかだち、脳みそが沸騰寸前になる。

「かまわないでしょ？　まさか、幼い少女の心を傷つけたいわけじゃないわよね？」シルヴィはにやにやした。

「それはそうよ。だけど、いまだって――」わたしは冷静になろうと、自分に鞭打った。

「ショップを経営して、ふたごとラグズの面倒をみるのでやっとなのよ。クレアのアレルギーにも気をつけなきゃいけないし」

「わたし、子どもにペットは必要だと思うわよ。あら、もうこんな時間ね」シルヴィは時計をちらとも見ずに、小走りになった。「エイミー、クレア！　お母さんはもう行きますからね！　お仕事があるのよ！」子どもたちを抱き、キスをする。直後、彼女の姿はもうなかった。

ふたごはロケットの赤いリードをいっしょに持って、こちらにやってきた。

「毛がきれいでしょ？」クレアがわたしにいった。

「すごく人懐っこいの」と、エイミー。「しゃがんで、顔を近づけてみて」

わたしは両手でスカートをつまんでもちあげ、犬の横にしゃがんだ。

するといきなりロケットは、わたしの顔をぺろぺろ。そしてわたしはメロメロ。

「飼ってもいいでしょ、シャーロットおばちゃん？」エイミーがあまえた声でいった。

ロケットは鼻先をわたしにこすりつけ、極太の足をわたしの膝にのせる。

ふたごの目は笑っているように見えた。つまり、わたしがイエスと答えることを、この子たちはわかっているのだ。そしてクレアはといえば、さっきまでつづいていたくしゃみがやんだ。アレルギーの原因は、何より母親なのでは？　とわたしは心のなかでため息をついた。

「さあ、あなたたち」わたしはふたごにいった。「ロケットを劇場の裏に連れていきなさい。今後のことは、お芝居が終わってから話しましょう。ね？」

ふたごはいわれたとおりにした。毛むくじゃらの大きな犬が、小さな女の子ふたりにはさまれてとことこ歩く姿はなんともほほえましい。

ビュフェのほうにもどりかけると、ジョーダンが入口の階段をあがってくるのが見えた。フラッドライトが、きりりとした顔を照らしだす。高い頬骨。力にあふれた瞳――。わたしの全身が小さく波打った。ジョーダンはわたしに気づくと、片手をポケットにつっこんだまま立ち止まる。これほどセクシーな男性って、この銀河系にはジョーダン以外にいないわよ、ね？

ところがそのとき、彼の口もとがゆがんだ。視線が険しくなる。

「ぼくが遅刻したせいで、きみは早くもべつのやつに乗り換えたのかな？」わたしが外に出ていくと、ジョーダンがいった。

「乗り換えるって？」

「ほかのやつとキスをしていた」

「は？」

「あの犬だよ」

わたしは肩ごしに、去りゆく大きな犬のお尻をながめた。そしてジョーダンに視線をもどす。彼は静かにほほえんでいた。そしてわたしの手をとって自分の腕にからませ、唇に熱いキス。

「旅行の準備はできたかな？」

「もちろんよ」とは口先だけで、わたしは内心あせった。

「おや」ジョーダンはわたしの鼻をつつく。「何もやってないみたいだな。お芝居が終わったら、走って家に帰ってスーツケースの準備をするんだね。出発はあすの朝だよ」

「あした？　だったら、これからアイロンをかけて、荷造りして、わたしの留守中マシューが疲れて子どもたちのごはんをつくれないときの予備食にマフィンを焼いて、キャセロールをつくらなきゃ」

「おいおい、そんなにがんばらなくてもいいよ。マシュー親子のことを気にかけるように、妹にいっておいたから」

「ジャッキーがそこまでしてくれるの？」

「あの子はいま、巣づくりモードに入っているから」ジョーダンはわたしを両手で抱きしめた。

「でもチケットは？　そんなに急に日付変更はできないでしょ？」

ジョーダンは、はやしてもいないひげをひねってみせた。「ぼくなりのやり方があってね」

「シャーロット！」祖母が玄関まで来ていった。「後半が始まるわよ！」

「行きましょ」わたしはジョーダンにそういってから、約束をひとつとりつけなくてはいけないことに気づいた。といっても、ごく単純な約束だ。わたしは彼の胸を人差し指でなでながらいった。「わたしがまえにいったことを覚えてる？　旅に出るには条件がひとつあるの」

「条件？」ジョーダンは、首のかしげ方までステキだわ。

「わたしに何もかも話してくれるっていう条件。あなたはプロヴィデンスに来るまで何をしていたのか。そして名前も。ほんとうのことを教えてほしいの」

ジョーダンは一度にいくつも質問されたかのように、しばし考えこんだ。それから、手のひらをこちらに向けて片手をあげる。

「真実を、すべて偽りのない真実を、真実のみを語ります、神に誓って」

わたしの全身をまたべつの震えが襲った。ジョーダンはこの台詞を何度も口にしたような気がしてならないのだ。裁判所の判事に対して。

だけどそんなことは、どうだっていいわよね？

パルミジャーノのミートボール

【材料】

［ミートボール］

ターキー（ミンチにする）…… 400〜500グラム

米 …… ½カップ

すりおろしたパルミジャーノ …… ½カップ

パセリ …… 大さじ1

塩 …… 小さじ1

胡椒 …… 小さじ1

卵 …… 1個

［スパイシー・ケチャップ］

ケチャップ …… 大さじ6

ウスターソース …… 大さじ1

ホースラディッシュ・ソース …… 大さじ1

【作り方】

1. オーヴンを150℃で予熱。
2. ミートボールのすべての材料を混ぜあわせる。
3. クルミ大に丸め、クッキーシートに並べる。
4. 30分焼く。
5. 温度を上げて、さらに5分。
6. 焼きあがったミートボールをペーパータオルにのせて、余分な水分をとる。
7. スパイシー・ケチャップの材料を混ぜあわせてミートボールにかけていただく。

【作り方】

1. ヘビークリームを鍋で温める。弱火で3～4分ほど(沸騰させない)。
2. 1にゴートチーズ(切ったもの)を加え、固まらないように、泡だて器で混ぜる。
3. 2に胡椒、グリーンオニオン、ワイン、小麦粉(またはタピオカ粉)を加え、全体がなめらかになるまで5～7分混ぜる。
4. 野菜とバゲットを切ったもの(またはクラッカー)を大皿に盛る。

メモ

●できあがったフォンデュが固すぎると思ったら、適宜クリームを足しましょう。逆にゆるすぎると感じたら、チーズを加えます。
●グリーンオニオンは、料理ばさみでおなじ長さにそろえてカットするのが、シャーロットのお好み。

ブロッコリの蒸し方

①6リットルのお鍋に水1カップと塩・小さじ½を入れて沸騰させる。
②ブロッコリ1～2個をひと口サイズに切って、鍋に入れる。
　4分ほどゆがいてから、湯を捨てる。
③ふたたび鍋に蓋をして、さらに4分。
④蓋をあけて、ブロッコリを冷水で洗う(余熱でさらに熱が加わるのを防ぐ)。

ゴートチーズのフォンデュ
一般的なタイプとグルテン・フリーのもの

【材料】4人ぶん

ヘビークリーム（乳脂肪分36％以上）……¾カップ
ゴートチーズ……200～250グラム
白胡椒……大さじ1
グリーンオニオン（青ネギ）……大さじ1（葉の青い部分のみ）
白ワイン……大さじ1
小麦粉……小さじ2
バゲット……1個
蒸したブロッコリ
スライスした生のニンジン
スライスした生のセロリ

［グルテン・フリーの場合］
小麦粉を同量のタピオカ粉に、
バゲットをクラッカー
20～30枚にする。

ブルーチーズと
ガーリックのフォンデュ

【材料】

ガーリック …… 2片

ハーフアンドハーフ(牛乳とクリームが半々のもの)…… ½カップ

ポイント・レイエスなど、お好みのブルーチーズ
…… 50～60グラム

タピオカ粉 …… 小さじ1

【作り方】

1. ガーリックを半分に切って、フォンデュ鍋の内側にこすりつける。
2. 1の鍋を中火にかけて、ハーフアンドハーフを入れる。そこにチーズを加えて、しっかり溶けるまで混ぜる。
3. さらにタピオカ粉を入れて、かたまらないように混ぜる。ここまでで5～7分。
4. 小ぶりのクロックポット(電気鍋)で、カットした野菜といっしょにいただく。

メモ

●野菜はブロッコリやセロリ、ニンジン、アスパラガスなど。クラッカーやパンでもおいしい。
●グリーンサラダに、温ドレッシングとして使ってもグッド。

チェリースコーン

【材料】6～8個ぶん

ドライ・チェリー …… ½カップ
バター（やわらかくしたもの）…… 大さじ4
牛乳 …… ⅔カップ
オレンジジュース …… 大さじ2
砂糖 …… ⅓カップ
卵 …… 1個
小麦粉 …… 2¼カップ
ベーキングパウダー …… 小さじ1
粉砂糖 …… 適宜
ホイップバター …… 適宜

【作り方】

1. ドライ・チェリーを½カップの湯に10分間ひたしておく。
2. オーヴンを190度で予熱。
3. バター、牛乳、ジュース、砂糖、卵を混ぜあわせる。
4. 3に小麦粉とベーキングパウダーを加え、全体によくなじむまでかきまぜる。
5. 1のチェリーの水気を切り、4に加えてよく混ぜる。
6. 5をクッキーシートに、大きめのサイズに分けて置いていく。
7. きつね色になるまで焼く（15～17分）。
8. 粉砂糖をふりかけ、ホイップバターを添えて、テーブルへ。

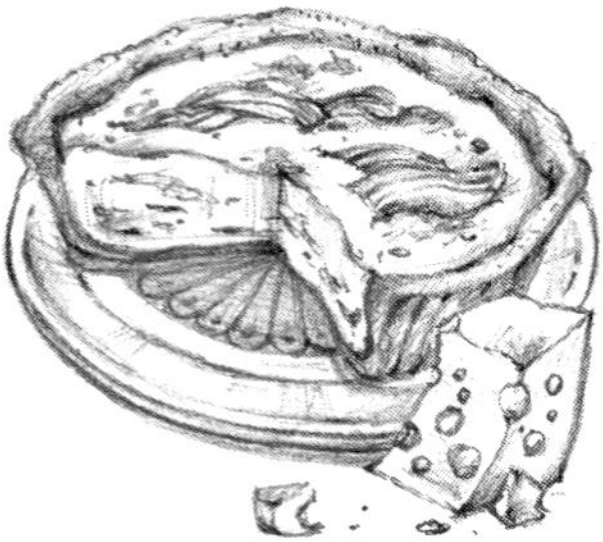

【作り方】

1. オーヴンを190度で予熱。
2. ベーコンを焼くか炒めて、かりかりになったらペーパータオルで荒熱をとり、3等分する。
3. スライスしたグリーンオニオンとヴィデーリア産たまねぎをオリーヴオイルで炒める(中火)。やわらかくなったら蜂蜜を加えてさらに炒め、少し色がついたところでとりだす。
4. パイクラストに白胡椒を、それからチーズを半量ふってから、3をのせる。
5. 4の上に、3等分したベーコンを置く。
6. 牛乳とクリーム、卵とシナモン、塩・胡椒をよく混ぜ、5に入れる。
7. その上に、残り半量のチーズを散らす。
8. 7を軽くこげ色がつくまで、オーヴンで35〜40分焼く。

ヴィデーリア産たまねぎと
エメンタールのキッシュ

【材料】6人ぶん

アップルウッドでスモークしたベーコン …… 6枚

グリーンオニオン(青ねぎ) …… ¼カップ(スライス)

ヴィデーリア産たまねぎの薄切り …… ½カップ

オリーヴオイル …… 小さじ2

蜂蜜 …… 小さじ1

白胡椒 …… 小さじ1

エメンタール・チーズ(刻んだもの)
…… 100グラム(お好みでもっとたくさんでも)

パイクラスト …… 1個(手づくりでも冷凍ものでも)

クリーム …… ¼カップ

牛乳 …… ¾カップ

卵 …… 4個

シナモン …… 小さじ1

塩 …… 小さじ½

胡椒(挽いたもの) …… 小さじ¼

訳者あとがき

チーズを使わない料理は、力のこもらない握手とおなじ。
という諺《ことわざ》が、ヨーロッパにはあるようです。また、チーズを食べない人は年じゅうイライラしている、とも。

そんな食の楽しみの〝必需品〟をふんだんに使った料理、ならぬコージー・ミステリが、エイヴリー・エイムズの「チーズ専門店シリーズ」です。

シリーズ第一作の邦訳『名探偵のキッシュをひとつ』は二〇一二年四月に刊行され、本書はその二作目にあたります。

前回はキッシュで、こんどはフォンデュ――。食いしん坊の主人公は、チーズをこよなく愛する独身女性で、名前はシャーロット、現在三十四歳。生まれも育ちもアメリカ・オハイオ州の田舎町プロヴィデンスですが、祖父母はフランス系の移民で、シャーロットはその祖父母から〈フロマジュリー・ベセット〉というチーズ・ショップを引き継ぎました。そしてワイン専門の別館を設け、こちらはシャーロットのいとこでもとソムリエのマシューがきりもりしています。

チーズとワイン、とくればこれはもう〝時の流れを超えた永遠の友〟なので、本シリーズでも牛乳、山羊乳、羊乳のチーズだけでなく、各地のさまざまな品種のワインも登場します。

そして片田舎とはいえ殺人事件が発生し、二作目の本書では、古いワイナリーを訪ねた美術学生が絞殺されて、シャーロットの親友メレディスの姪っ子が第一容疑者になってしまいました。

いうまでもなく、シャーロットは親友のためにひと肌脱ぎたいのですが、前の事件（シリーズ一作目）で無茶な素人調査をしまくったため、幼なじみの警察署長から「捜査に首をつっこむな！」と、きつくクギをさされています。といっても、おせっかいな性分はどうしようもなく、あちこち嗅ぎまわっているうちに、なんとわが身が危険にさらされ――。

「チーズ専門店シリーズ」では、シャーロットを中心とする事件の謎ときだけでなく、彼女をとりまく家族や友人、ご近所のショップ・オーナーたちの人間模様も描かれて、恋愛あり騒動あり、親子の絆に仕事の悩み、秘められた過去など、悲喜こもごもで展開していきます。その意味では、プロヴィデンスという小さな町を舞台にした庶民の暮らしが描かれているといってよいかもしれません。実際、本国アメリカでは、テレビのホームドラマを見ているようだ、という感想もたくさん寄せられているようです。

けれど、それもそのはずというか、作者のエイヴリー・エイムズは一時期女優をするかたわら、テレビ・ドラマの脚本も手がけていたのです。
その後、夫とともにカリフォルニアに移ってからミステリ小説を書きはじめ、二〇一〇年に出版した*The Long Quiche Goodbye*（「チーズ専門店シリーズ」第一作）が、みごとアガサ賞の最優秀処女長編賞を受賞しました。

ではここで、ミステリと料理の両方を愛する方たちに向け、ウェブサイトをひとつ紹介させていただきます。名称は、そのものズバリ「ミステリを愛する人たちのキッチン*Mystery Lovers' Kitchen*」です。(http://www.mysteryloverskitchen.com)
このサイトでは、本書のエイヴリー・エイムズをはじめ、クレオ・コイルなど九人のミステリ作家が日替わりで、アペサイダーやメイン、デザート、カクテルなど、思い思いのレシピを紹介しています。写真がいっぱいのカラフルな楽しいサイトで、見ているだけでよだれがでそうな料理もあれば、「これはいったい何？」とつい身を乗り出して見入ってしまうものなど、〝おいしいひととき〟を味わっていただけるのではと思います。また、作家の近況報告の写真や、新刊・既刊も掲載されているので、興味のある方はぜひ一度、のぞいてみてください。
ちなみに、本シリーズの次回作（邦訳は二〇一三年六月刊行予定、原題*Clobbered by Camembert*）で起きる事件は養蜂場がらみ、〝主役チーズ〟はカマンベールです。となると、脇をかためるチーズとワインの顔ぶれは――。

本書に挿入されているイラスト付きのチーズ紹介は、日本語版のオリジナルです。本シリーズでは、日本でなじみが薄いものもたくさん登場することから、編集部の相原結城さんの発案で、後藤貴志さんがイラストを描いてくださいました。この場を借りておふたりに、心よりお礼を申し上げます。

コージーブックス

チーズ専門店《せんもんてん》②

チーズフォンデュと死《し》の財宝《ざいほう》

著者　エイヴリー・エイムズ
訳者　赤尾秀子《あかおひでこ》

2012年　11月20日　初版第1刷発行

発行人　成瀬雅人
発行所　株式会社　原書房
〒160-0022 東京都新宿区新宿1-25-13
電話・代表　03-3354-0685
振替・00150-6-151594
http://www.harashobo.co.jp
ブックデザイン　川村哲司(atmosphere ltd.)
印刷所　中央精版印刷株式会社

落丁・乱丁本はお取り替えいたします。
定価は、カバーに表示してあります。
 ISBN978-4-562-06009-2 Printed in Japan